大鱼文化传媒　大鱼文学

你的名字，

我的 欢喜

落清 / 著

百花洲文艺出版社
BAIHUAZHOU LITERATURE AND ART PRESS

图书在版编目（CIP）数据

你的名字，我的欢喜 / 落清著. — 南昌 ： 百花洲文艺出版社，2017.12（2021.4重印）
ISBN 978-7-5500-2532-5

Ⅰ. ①你… Ⅱ. ①落… Ⅲ. ①长篇小说－中国－当代
Ⅳ. ①I247.5

中国版本图书馆CIP数据核字(2017)第291343号

出 版 者　百花洲文艺出版社
社　　　址　江西省南昌市红谷滩世贸路898号博能中心A座20楼 邮编：330038
电　　　话　0791-86895108（发行热线） 0791-86894790（编辑热线）
网　　　址　http://www.bhzwy.com
E－mail　bhzwy0791@163.com

书　　　名　你的名字，我的欢喜
作　　　者　落　清
责任编辑　王俊琴　李　瑶
特约编辑　伍　利
封面设计　刘　艳
内页设计　米　籽
经　　　销　全国新华书店
印　　　刷　北京时尚印佳彩色印刷有限公司
开　　　本　880mm×1230mm　1/32
印　　　张　9
字　　　数　204千字
版　　　次　2018年2月第1版
印　　　次　2018年2月第1次印刷
　　　　　　2021年4月第2次印刷
书　　　号　ISBN 978-7-5500-2532-5
定　　　价　42.80元

赣版权登字：05-2017-486

目录

Chapter1
好似故人来 /001/

Chapter2
灯火阑珊处 /017/

Chapter3
旧时回忆深 /040/

Chapter4
重重迷雾里 /056/

Chapter5
探得虚与实 /074/

Chapter6
情窦初开时 /094/

Chapter7
暗潮汹涌中 /113/

Chapter8
蓦然回首间 /130/

目录

Chapter9
风起现云涌 /156/

Chapter10
小荷露尖角 /174/

Chapter11
两厢自摊牌 /196/

Chapter12
情归向何处 /211/

Chapter13
入骨心尖宠 /228/

Chapter14
往事旧曾谙 /245/

番外
后来的他们 /277/

Chapter1
好 似 故 人 来

夜晚将近十一点的工夫，窗外的雨渐渐停了，连日来阴雨绵绵的凉城总算正式入了秋，老旧的工业式装修将二楼的办公室呈现得别有一番复古风味。从窗口缝隙穿堂而过的冷风将顶上的灯泡晃得灯光摇曳，雨停了后的夜里，静得仿佛只剩下墙壁上大钟的奔走声。

办公桌前的女人对着手里的照片久久失神，突然，像是终于不耐烦了，啪地将一沓照片重新扔回桌上，紧接着抱紧双臂，满足地把自己蜷缩进宽大的皮质软椅内。

远处的男人抬了抬鼻梁上的眼镜，思忖片刻，也不担心是否会惊动到她，懒懒地放下手里的工作第一百零一次地揶揄她："你说你一个艺术史毕业的高才生做什么不好，非跑来当什么私家侦探，你怎么想的？"

阮愉闭着眼睛含混不清地说："你每天都问这些千篇一律的问题，你问得不累我听着都累。"

"阮愉，我是为你好，你每天尽做这些昧着良心的事儿早晚会出事。"顾南皱着眉头，这架势，颇有几分说教之道。

阮愉听了却有些嗤之以鼻。她和顾南是通过某次相亲认识的，当时顾南不知哪根筋出了问题，一眼就看上了阮愉，阮愉对他倒也算不上排斥，两人一来二往也就熟稔了起来，但跟所谓的爱情没有一星半点的关系。

她从软椅里坐起来，顺手抄起外套往自己肩上一搭，对他下了逐客令："下班时间到了，工作室要关门了。"

"我说的话你究竟听进去没有？"

"顾南，你明明这么看不惯我的职业，干吗还对我死缠烂打不放？我记得我跟你说过，咱俩不是同道中人，走不到一块儿，做朋友可以，爱情免谈。"

顾南有片刻愣怔，这话怎么听怎么熟悉，阮愉对他一贯都是铁石心肠不留情面的，认识将近一年时间，他依旧走不进她心里去。都说水能穿石，但他忽然开始怀疑自己了。

在他出神的空当，阮愉已经走到了门口，啪嗒一下关了电源，房间内忽然一片漆黑，她就站在门口等着他离开。

"这么晚了你一个女孩子回家不安全，我送你。"

"不用了，我家离得近，走走就到了。"

阮愉几乎不留任何余地，或者说想尽办法不让顾南对她产生一丝丝希望，这个世界有很多东西可以勉强，但唯有爱情是强扭不来的。

晚风吹过二楼挂着的那块写有"阮氏私家侦探"六个字的招牌，顾南望着她渐渐走远的身影，一股巨大又熟悉的沮丧感随之而来。

腕间手表的指针指向十二点，阮愉走到家门口，忽然有些不想上楼，于是找了个可以靠的地方，从包里摸出烟来，可翻遍了整个包包和大衣口袋都没能翻到打火机，她顿时有些心烦意乱，扭头四下张望。她所在的这栋住宅只有独栋高层，这个点，周围寂静无声，偶尔有猫叫声响起，三三两两地穿过马路便不见了踪影。她细细一看，只有不远处的台阶上似乎坐着一个人。

阮愉二话不说便朝那人走去，高跟鞋的脚步声顿时打破夜的宁静。

她走到那人面前，路灯隔得有些远，凭借夜色才能看到他，可依旧看不清那人的面容。

"先生，不好意思，可否借个火？"她声音清脆，礼貌地询问对方。

对方抬头看了她一眼，也让阮愉堪堪看清了他的面容。

这人，发型梳得一丝不苟，穿一件黑缎长衫，手边放着一个老式的浅棕色公文包，看上去还是崭新的。他长相清俊，眉宇间却尽是疲态，面对她突如其来的打扰并未显出一丝不耐。

阮愉见他在公文包里捣鼓了半晌，最终掏出一盒被压得有些干瘪的火柴，火柴划下燃起的火花瞬间照亮两个人的脸，阮愉怔了怔，这年头居然还有人用火柴这种东西？而眼前这个男人的五官比她以为的要更加好看。

"小姐，火要灭了。"男人不禁出声提醒。他的声音不高不低，透着一种温火，像海水的波纹一般连绵不断。阮愉猛地回过神来，甩开心里的某种异样，叼着烟凑近他掌间的火光。

烟圈吐出的一刹那，她瞧见这个男人几不可见地微微蹙眉，便一屁股坐到了他身边，边抽烟边和他聊天："这么晚了，等女朋友？"

他侧头看着眼前的女子，长发及肩，夜色下的侧脸弧度有些坚硬，烟雾缭绕之间，女孩唇边的笑意显得越发深刻。

"很少见到有好人家的姑娘抽烟。"半晌，他的声音仿佛带着露水，清冷地响起。

阮愉扑哧一笑："你从哪里看出我是好人家的姑娘？"

他面色如常，只微微蹙了蹙眉，似乎想说什么，但见阮愉吐出最后一口烟圈，起身拍了拍大衣，约莫是要走了的意思，便也没再开口。

"谢谢你的火。"阮愉冲他眨了眨眼睛，将包包甩到肩上，渐渐地走远了。

刷卡开了门禁，不知为什么，阮愉又鬼使神差地回头看了一眼，那个男人依旧一动不动地坐在那里，像是没借火前的那个样子。

阮愉一个晚上都没有睡好，确切地说，往常虽然睡眠也浅，可昨晚却意外地做了一整夜的乱梦，起来的时候头疼得天旋地转。她拍拍自己的脑袋，走到窗边往下看，这个角度正好能看到昨夜那个男人所在的位置，只不过此刻那个位置空空如也。

依旧是阴天，乌云黑压压的一层悬在空中，好像随时都能撕破。

阮愉戴上墨镜，刚要伸手拦车，一辆眼熟的车便停在了自己面前，从车窗里露出顾南的脸，他打开副驾驶的位置示意她上车。

待她落座，顾南才忧心忡忡地说："阮愉，你要不要再考虑考虑？我觉得这个丧礼你还是不要出席为好。"

"我妹妹的丧礼我怎么能不出席？"阮愉瞥了他一眼，一副你在讲笑话吗的表情。

"我知道你恨你妈妈，你这个妹妹即使是同母异父的，可你们好歹也有血缘关系，这种时候你就不要去给你妈妈的伤口上撒盐了。"

阮愉懒得再听顾南说教，解开身上的安全带作势就要下车。顾南知道她听不进去，叹了口气，发动车子。

等他们赶到墓地的时候丧礼已经结束了，墓碑前只余两人，阮愉远远看着，那两个相互扶持的背影越发刺眼。

阮愉还记得，那时她同母异父的妹妹陆苑躺在病床上岌岌可危，母亲下跪央求她捐献骨髓的表情，那种绝望和痛苦的情绪真真切切地传达到了阮愉身体里，然而那个"不"字还是不假思索地脱口而出。骨髓配对成功的概率未曾发生在身为亲生父母的他们身上，反而降临到了阮愉。阮愉永远无法释怀，当自己得知母亲对父亲背叛时的那种深恶痛绝，在她十岁那年，母亲抛家弃子离开她和父亲的时候，她的恨就已经根深蒂固。

她的母亲林巧萍显然伤心过度，双眼哭得红肿，在丈夫陆权的搀扶下才能堪堪站稳，可一转身，三个人对峙而立，阮愉清清楚楚地从林巧萍的脸上看到了埋怨。

她假装没注意，走上前弯腰将手里的花放到墓碑前，然而花还没落地，就被林巧萍一把拦下："你没有资格来看望她。"

林巧萍平时是个十分温婉的女人，可此时此刻却异常强势。阮愉想，林巧萍的强势大概只会用在她和父亲身上，毕竟对外，林巧萍一直都是温柔贤淑的陆太太。

阮愉弯着腰，手僵硬在空中，听到林巧萍这么说，也没太大的情绪波动，继而把花随手摆放在了旁边的墓碑前，洒脱地耸了耸肩，墨镜遮住了她大半张脸，使人看不真切。

远处的乌云黑压压一片压过来，山峦间尽是看不透彻的雾气，起风了，阮愉抬了抬鼻梁上的墨镜，转身欲走。

"阮愉，你这样跟杀人凶手有什么分别？"

阮愉的步子突兀地顿住，扭头看向林巧萍，这个世界的颜色就像阮愉透过墨镜所看到的颜色，灰暗一片，没有彩虹。她嘴角溢出一抹凉薄的笑，轻悠悠地反问："你当初亲手把我爸爸送进监狱，害他莫名其妙死在里面，那你和杀人凶手又有什么分别？"

　　林巧萍气得浑身发抖，肩膀一上一下地颤着："他是咎由自取。"

　　"陆太太。"阮愉淡漠的声音冷得没有丝毫温度，"总有一天我会还我爸爸的清白。在此之前，你和陆先生可要好好地过日子，这样摔下来才会痛。"

　　这下连一旁沉默着的陆权都变了脸，阮愉觉得自己仿佛出了一口恶气，从未有过的舒爽。为了不让这种舒爽消失得太快，下山的时候她刻意避开了顾南等着的正门，转而从边上的小道穿了出去。

　　回到市区时，阴沉沉的天空像是终于憋不住了，淅淅沥沥地又开始下起雨，阮愉穿过人行横道路过某条巷子，手腕蓦地被人一拽，紧接着一股力量将她往巷子里一拉。她一头撞到那个人身上，紧张的情绪瞬间涌上心头，她反手就想挣脱，谁知那人用另一只手捂住她的嘴巴，反应迅速地在她耳边轻声呢喃："别动，有人跟踪你。"

　　这声音……她手上的动作狠狠一收，视线所及之处，果然是昨晚那个无论怎么看都显得十分复古的男人。

　　阮愉错愕之余迅速理清思路，手腕上传来他掌心的热度，他的长袍上尽是雨水留下的痕迹，眉眼间有一股阮愉从未见过的内敛和桀骜。

　　她轻声笑笑，仰头望进他的眼里："这位先生，跟踪我的人是你吧？"

　　他静默不语，视线从她身上移至巷口。阮愉也跟着看过去，等看到两个鬼鬼祟祟的身影时，身体猛然间僵住。兴许是注意到了她的表情变化，他终于放开她退了一步，与她保持了些许距离："从你的反应来看，你应当认识那两个人？"

阮愉迅速恢复如常，不在意地摆了摆手："只是同行而已。"

阮愉整理好身上的套装，双手抱胸像审视犯人一般打量他。

白天看得更清楚些，所以阮愉的目光在触及他的脸后便有些移不开了。她得承认自己的确是个标准的颜控，更可耻的是，眼前人的这张颜，正是她喜欢的类型。

"实不相瞒，从小姐出门以后我就紧随其后，还请小姐见谅。我其实……想去一趟小姐家里，看一幅画。"

阮愉眉心一蹙，那种本能的防备突然间筑起，这个男人是怎么知道她家里有一幅画的？

她戒备地盯着他，街上的车水马龙仿佛成了背景，雨渐渐大了，从一旁经过的摩托车碾过路上的水花，溅了阮愉一脚。这人是谁？想干什么？小偷？还是别有居心？

他在雨里耐着性子同阮愉解释："小姐千万不要误会，我并非别有企图，小姐家里那幅画可是旧时北平胡同里的四合庭院？画于民国十六年，落款人可是祝伊城？"

阮愉闻言，瞳孔慢慢放大，若不是对画极有兴趣之人，很少会对一幅画记得这么仔细。她家中那幅油画的确如他所说，一字不差，那年她在巴黎花重金买下这幅画，后来想再珍藏这位画家的其他作品，却被告知这位画家产量极少，得亏他并非名家，所以画作的价钱也没高到阮愉无法接受的地步。

可祝伊城既非名家，而且在历史上并没有留下太多痕迹，知道他的人恐怕只有万分之一的概率，这个人又怎么知道？

"你是谁？"阮愉问道，却看见他的脸色越凝越深，满是倦意的脸上又格外认真。

他似乎在思忖什么，沉默了片刻，终于看向阮愉，温文的声音透着儒雅，沙沙地传进阮愉耳里："也许说出来小姐会觉得十分荒唐，就连我自己都甚觉荒唐，可我的确就是祝伊城，小姐家中那幅画，是在我的那个时代，我在巴黎求学时因思家深切所作。"

阮愉脑袋里轰的一下，她听到了什么？他说他是祝伊城？以祝伊城的年龄推断，即使他如今尚且还在世，也已经是个一百多岁的老头子了，怎么可能是眼前这个风华正茂的年轻人？

"我知道这让小姐觉得匪夷所思，可现如今我没有别的办法了，能否请小姐带路？"

阮愉看到他紧蹙的眉心，那双透亮的眼睛隐隐显现出焦急，雨水打湿他的发，他原本被梳得一丝不苟的发丝此刻也垂了下来挂在额前，很奇怪，明明该是狼狈的样子，可他看上去却仍旧气宇轩昂、玉树临风。

这是一个听上去太过荒唐的故事，阮愉一点都不想相信他，可当视线注意到他的另一只手正挡在她头上，虽然这样的行为对于越来越大的雨来说遮挡能力微乎其微，但他还是绅士地为她挡着雨。

蓦地，她深吸一口气，闭眼思索了片刻，再睁眼，换成她抓住他的手腕，跑到街上拦下一辆出租车，朝家的方向驶去。

没有人会用这样荒唐的事情去欺骗人，即使他是一个再高明的骗子。

他在阮愉家门口的地毯下取出自己的公文包。阮愉记得这个公文包，当时因为他在包里掏了好一会儿的火柴，所以她也多看了几眼。

"你知道我住在哪里？"

祝伊城侧目望着她，眼里有海水一般的清冷，光辉在刹那间隐去，他拍了拍公文包，侧过身请她开门。

门开了，他径自走到卧室里的那幅画前，阮愉跟在他后头，从进门时开始心头的那股怪异更加浓重，他好像对她家里的格局非常熟悉，难道在她不在家的时候他曾悄悄潜入过她家？

"上个月的十八号，千钧一发之际我出现在小姐的房间里，当时小姐家中无人，为避免冒昧打扰到小姐，故我先行离开了。这一个月来我总想不通为何我会来到这里，思来想去，这个世界与我唯一有些许联系的，可能就只有小姐家中这幅画了。"

阮愉的眉头越皱越深。

上个月十八号，阮愉和林巧萍因捐献骨髓一事大吵一架，她眼睁睁看着自己所谓的妹妹躺在病床上奄奄一息，脑海里浮现的全是父亲死去时最后一刻的那张脸。有些恨仿佛深入骨髓，连理智都能被吞噬。她的亲生母亲哭着哀求，那一刻阮愉觉得自己的心冰冷得可怕。

上个月十八号，祝伊城在北平最有格调的茶馆天香馆内与人喝茶谈画，不料误闯入三楼某间雅阁，里面血流成河，一个人躺在血泊之中。他被指认为杀人凶手，百口莫辩，巡捕房的人来时将黑洞洞的枪口对准了他所在的雅间，苦口婆心地劝说他认罪，千钧一发之际他身体一沉，不省人事。

"你说……这幅画是你在民国十六年时所画？"阮愉迟疑地问。

"不错。"

"那现在是几几年？"

祝伊城仿佛被问到了，一时间竟无法回答。这个世界与他的世界有着某种相连的熟悉感，却又有着天翻地覆的变化。这一个月来，他努力让自己适应这里，卖掉身上唯一值钱的手表才勉强能去酒店洗漱休息，但大多数时候他都会回到这里，想方设法地让自己能够回去。

阮愉的脑袋里一团乱麻，她知道这些对话有多荒谬，可潜意识里居然已经相信了他的话。她微微往前踱了一步，突然，原本安静的房间里响起电子钟的报时声。

——十二点整。

阮愉下意识地看向床头柜，再回过头去的时候，心里狠狠一颤。

眼前一片空白，整个房间除了自己之外，再无他人。

手脚刹那间冰冷，她的瞳孔猛地放大，房间里静谧得可怕，她颤抖着双脚走到方才他站着的位置，努力抑制住发颤的身体，触手什么都没有。

那个人就这样在她面前凭空消失了。

祝伊城的身体不过只有一瞬间的悬空，而后细细碎碎的脚步声便从耳边刮过，他捏紧手里的公文包环顾四周，正是一个月前天香馆出事的那间雅间里，地上用笔画了个大概的人形，想必是当时死者的位置，房门外隐约有路过的人影，但这个雅间却自始至终未曾有人进来。待到天黑，茶馆已然关门打烊，趁着夜深人静，祝伊城才暗自离开了天香馆。

已是深秋，萧瑟的道路上只余祝伊城一人，他穿过大半个城市，在即将踏入祝公馆的那一刻，有人在身后轻轻一拍他的肩，他扭头旋即瞧见了姐姐的贴身丫头香兰。香兰对他做了个噤声的手势，查看四下无人，将祝伊城带到了离祝公馆不远的另一处别院。

这别院是当初姐姐祝天媛生日时祝老爷子买下来赠予她的，这些年她只偶尔过来，大多数时间都是空着的。

香兰来得快去得也快，安顿好祝伊城后不一会儿工夫便没了踪影。

红棕桌上橘黄的灯光摇曳，他忽然想起那个世界，声色犬马，仿佛永远没有白天黑夜之分，以及那个在深夜里独自抽烟的女人。

翌日清晨，天还未亮，祝天媛便风风火火地赶了过来。祝伊城一夜未合眼，见到姐姐心下松了口气，在祝家，若说除了母亲之外还有谁是真心待自己的，那便只有姐姐了。

祝天媛见到他，心里又急又喜，一颗悬着的心总算是放下了，戳戳他的脑袋："你还知道回来？出了这么大的事你居然一走了之？你不知道这叫畏罪潜逃吗？说吧，你这些日子都去了哪里？"

祝伊城面上始终带着笑意，心里却在想该作何解释。说他去了另一个世界吗？祝天媛八成会以为他疯了。

"大姐，你还不知道我吗？我胆子小，当时看到现场乱成那样，哪还顾得了那么多，何况人又不是我杀的，我留在那儿做什么？正巧有友人约我出游我就去了呗，我以为这阵风头过了就好了，谁想这事儿竟然能闹得这么大。"祝伊城脸上露出一丝惯常的纨绔笑意，语气里竟是全然的不在意。

祝天媛深吸一口气，她这个弟弟的性子她是知晓的，从来觉得天塌不下来，没有钱解决不了的事情，往常仗着祝家还能到处游戏，可这回这事却不是随随便便就能摆平的。

"你大哥对你已经相当不满，伊城，这回是死了人，可不是你半常那些花花柳柳的事儿，你可知死在天香馆里的人是谁？"

祝伊城手里掂着一个橘子，摇头。

"是你大嫂的堂兄，林清平。"

祝伊城手上一顿，眉梢几不可见地微微一冷，身上依旧是那件许久未换的黑缎长袍，整个人上下仿佛沾着露水，一身的风尘仆仆。

"大哥听说你身在案发现场却落荒而逃，气得大发雷霆，你总该回去同他解释清楚吧？"祝天媛为这个弟弟真是操碎了心。

"人又不是我杀的，我自当去跟大哥说清楚。"祝伊城霍地起身，说着便要出门。

祝伊城年少时虽然有些不服管教，离经叛道，但为人一贯光明磊落，祝天媛年长他几岁，几乎和他一起长大，自己的弟弟是什么样的人她再清楚不过，可他再心胸坦荡，也敌不过旁人的恶意揣测。

他一下就看出祝天媛的担忧，总算是收起了那副毫不在意的模样，反倒宽慰起祝天媛："大姐放心，我没杀人，我坦坦荡荡的，不怕巡捕房的调查。"

只是祝伊城没有想到，形势仿佛一张巨大的网，在他毫无察觉的时候，早已密密地织上。

这天祝家的大门敞开，里头显得格外热闹。祝家姐弟一进厅堂，才发现巡捕房的人早已候在了那里，祝伊城眼睛一眯，几乎在一瞬间就明白了大哥祝天齐站在了哪一边。

"看来大哥一早就知道我已经回来了，这下正好，趁着巡捕房的人也在，我把话和大家说说清楚，省得背上这不明不白的罪名。"祝伊城径直走到厅内离祝天齐最近的位置坐下，转手端起一杯茶。

祝天齐冷冷地瞧着他："你平时没有规矩也就算了，竟然给我惹上了命案，你当真认为祝家这个招牌能护你一世胡作非为？"

"大哥这是认定了命案与我有关？"

"伊城，这世上女人多的是，为兄我也料想不到，你居然会因为一个风尘女子惹下命案，你知道现在外头是如何传你的吗？说你为人师表竟做出如此伤天害理之事，我祝家的颜面都要被你丢尽了。"祝天齐冷哼一声，他对这个弟弟是半点都看不上，祝伊城虽是二房所出，但自小受到父亲喜爱，因此养成了无法无天的性格，年少的时候从巴黎留学归来，更是风流不羁，没有一点规矩可言。

祝伊城对大哥的冷脸视若无睹，似笑非笑："大哥口中所说之人可是柳絮？若我没记错，这柳絮和大哥可有些交情，大哥用风尘女子这样的词恐怕不妥吧？"

祝天齐双眸一紧。

"半个月前，天香馆内，你为了柳絮同林清平大打出手，为兄我可是印象深刻。"语气里尽是讽刺，听来已经不想和祝伊城多说废话。

"林清平当众羞辱柳絮，我打得还算轻了。"祝伊城放下茶杯，直言不讳。

"是吗？你要充当大英雄替人打抱不平，可人家领你的情吗？巡捕房一问，人家就把你给招了。"

祝伊城心里一沉，总算收起了笑意："这是什么意思？"

巡捕房的人这时大概总算有了那么一点点存在感，上前一步，道："那柳絮说，前些日子你醉酒时曾大骂林清平，虽然她与你关系深厚，可思来想去，仍觉得你嫌疑最大。祝小少爷，话不多说，你跟我们走一趟吧。"

"该不是你们对她用了刑吧？"

"有什么话，我们去巡捕房说。"那人说着就要上来抓祝伊城，可见早就经了祝天齐的同意，否则谁敢在这祝公馆造次。

祝伊城扬手拂开了那人，站起来，一身气场。那人猛地一愣，早听说祝家这少爷平日里风流倜傥少有正经，真真的一个富家公子哥，没想到这一下竟把在场的人都唬住了。

"没有真凭实据就敢来抓本少爷？这日后若是查出真凶并非本少爷，你们是不是准备在我祝公馆门口跪地谢罪？"声音分明不大，甚至还透着几许调侃，却掷地有声、不容置疑，一时间竟真的没人敢上前动他一下。

"祝大少，这……"巡捕房的人一看形势不对，立刻为难地转头向祝天齐求助。

没想到祝伊城却率先抢了话："看我大哥做什么？我大哥跟我顶的可是同一个姓，难道我被认定为杀人凶手被带出祝公馆他脸上有光？我大哥总不能和你们这帮吃着空饷的人同流合污吧？"

一旁的祝天媛狠狠为祝伊城捏了一把冷汗，再去看祝天齐，脸色已经铁青。她深知祝伊城只是想将祝天齐一军，可这种做法未免有些冒险，若祝天齐真不顾兄弟之情，祝伊城也只能就范。

"难道大哥希望祝家不明不白地出一个替死鬼？"祝伊城遂又将话锋转向了祝天齐，身上褪去了方才那股戾气，反倒多了几分无害。

两人对峙，这种时候一个不慎就能使两兄弟从此反目。半晌，祝天齐突然冷冷一笑，眼睛盯着祝伊城，话却是对巡捕房的人说的："是啊，万一抓错了人，我祝家以后颜面何存？小少爷要真凭实据，你们就给小少爷找出来，可别随意诬陷了他。"

祝伊城看着祝天齐，挑眉笑道："还是大哥明察秋毫。"

祝天齐最终拂袖而去。

祝公馆里的热闹一下便散了，祝天媛忍不住上前埋怨："你跟你大哥这样说话，这梁子可是越结越深，你难道不明白，这个节骨眼只有你大哥才帮得上你吗？你呀，这天不怕地不怕的性子什么时候能收一收？”

“大姐还看不出来，大哥是铁了心要把我往牢里送？否则巡捕房的人怎么进得了祝家的门？我看啊谁都帮不上我，还是我自个儿去探个究竟。大姐不用忧心，我自有分寸。”祝伊城说着拍了拍祝天媛的手，扭头就出了祝公馆。

这两兄弟从小就不对盘，明着暗着斗了不少回，只不过两人都未捅破这层纸，祝伊城表面上一副满不在乎的样子，可骨子里却十分尊敬自己这个大哥，渴望得到祝天齐的肯定。祝天媛暗暗地想，祝伊城这一去，可千万别再惹出更多的事端才好。

夜深，天香馆迎客满堂。

祝伊城找了一圈，终于在后院的柴房找到了柳絮。柳絮见到祝伊城，下意识地慌了，脸上露出片刻的失措，但好歹是看尽了人间百态之人，很快便恢复如常。

祝伊城双手抱胸，轻松地斜靠在柴房外粗粝的墙壁上，玩笑似的说：“柳姑娘，我跟你可是无冤无仇，只不过平时闲暇听你唱几首曲的情分，你何至于把我往火坑里推？”

柳絮立刻听出他话里的意思，面露为难：“祝少爷，你也知道巡捕房那些人的做事风格，我要是不说这些话，这会儿还被关在暗房里呢。你有祝家这块护身牌，我可没有。”

“所以你就同他们说，我看着像是凶手？”

柳絮一脸歉意，伸手想去扯一扯祝伊城，却被祝伊城轻巧地躲开：“柳姑娘，你的那些事我可是全当不知道，谁都没说，怎么反而到头来被你咬了一口？你这做人不厚道啊。”

柳絮闻言脸色一变，眼里千变万化之间被祝伊城尽收眼底。

"祝少爷，你今儿来应当是想知道那天究竟发生了什么事吧？你看这也不是说话的地儿，你随我来，我们换个地方说话。"

祝伊城立刻跟上了她。柳絮乃是天香馆的头牌，唱得一手好曲，所谓卖艺不卖身，在这圈子里有些名头，待遇自然不比那些富家小姐差，只不过歌姬终究是歌姬，出身就输了旁人一大截。

两人甫一进门，柳絮就关严实了房门，这个时候祝伊城还有心思开玩笑："这要是让别人看了去，又该说我祝伊城冲冠一怒为红颜了，传到我大哥耳朵里，可不好听。"

"你用不着总拿你大哥来威胁我。"

"柳姑娘，虽然我平日里懒得多管闲事，可不代表我什么都不知道。林清平如何会死在天香馆，我想你应当清楚一二，我生平从不相信任何巧合，能威胁得了你的人也不止一个我。这件命案，我怎么看都像是一个一石二鸟的高明之计，以柳姑娘的心性怕是想不出来，难道是背后有高人相助？"祝伊城一步步逼近，因高出柳絮一个半头，迫得柳絮越发紧张。

"祝少爷这爱瞎说的毛病也该改改了。"

"林清平可是我大嫂娘家的人，他你也敢动？如果没有人点头，我不信柳姑娘你有这个胆子。"祝伊城字字见血，眼看柳絮就要招架不住，蓦地，柳絮伸手抓住了祝伊城的手臂，换上与刚才截然不同的笑脸。

"祝少爷，没有人告诉过你，知道得太多会出事吗？"

祝伊城心里一凛，突感身后异样，一个转身，柳絮死死地拽着他的手臂拖住了他，一道白光在他眼前闪过，腹部猛地一痛。

模糊之间，他仿佛看到柳絮由扭曲到震惊的脸……

Chapter2
灯 火 阑 珊 处

　　深夜十一点多，阮愉回到公寓，下意识地望向卧室的方向。半个月前，那个自称祝伊城的男人在自己眼前凭空消失，那种震惊至今还存在体内，她到现在都无法相信，这么一个活生生的人居然能从自己的眼皮子底下消失，这简直无法用常理来解释。

　　她走到窗口点了根烟，吐出第一口烟圈的时候，门外由远及近的脚步声清晰传来，不多时，虚掩着的门便被人从外边轻轻推开了。

　　阮愉一点也不意外会见到顾南，顾南有时候对自己展现出一种连她都无法理解的固执，她记得有一次问过他，他们明明也不过几个月的交情，他何必对于她的事如此挂心，挂心得几乎都有些偏执了。那时候顾南话里有话地说："我对你存着什么心思，你难道不知道吗？"

　　"顾南，有没有人告诉过你，你戴着这副无框眼镜很像斯文败类。"顾南的视线落在倚在窗口抽烟的女人，眉头微微一皱。他一直觉得阮愉抽烟的时候有一种撩人心魂的风情，尽管他很不喜欢女人抽烟，可他喜欢看阮愉抽烟。

"你打算跟踪你继父到什么时候？"

"到他露出马脚为止。"阮愉望着窗外的万家灯火，淡淡应道。

"阮愉，你有没有想过，也许打从一开始你就错了，也许你父亲的死跟他没有半毛钱关系，到那个时候你浪费的何止是现在这些心力和时间？"

"顾南，不要质疑我的能力，也别拿你看你那些病人的眼神来看我。"

"阮愉，一意孤行并不是能力的体现。"

阮愉仿佛没听到他的话一般，随手拿起一个细巧的烟灰缸将烟头摁灭，她正弯腰准备放回烟灰缸时，静谧的空间里突然一阵闷响，两人的视线同时望向漆黑的卧室，卧室的房门半开着，里头并没有开灯，可那声音确确实实是从里面传来的。

在顾南转身就要往卧室走的时候，阮愉陡然快步冲到了他的面前，阻拦了他的脚步，也阻断了他的视线。

"你不是会随随便便带朋友回家的人。"

阮愉撇嘴一笑："不要装作你很了解我似的，顾南，你知道你哪里最讨厌吗？你这人，职业病太重，看谁都像是在看病人，可你听好了，我可不是你的病人，我也不接受任何你自以为是的诊断。"

她的眉头微微一挑，挑衅似的迎向他的视线。

顾南心知肚明，阮愉这种突如其来的反应只是为了掩饰心虚，卧室里的确有人，而显然，她并不想让他知道那个人的存在。

她毫不客气地对顾南下了逐客令，直接把他朝公寓门口引，她对他向来淡漠，从来不会因为他对她多一分的关心而多一分热情。阮愉这个姑娘就像是一颗黑巧克力，乍一入口，又苦又涩，等苦味过后才发现香醇可口。

公寓的门在顾南面前无情地关上，他视线里最后留下的是阮愉匆忙的背影。那个在卧室里神神秘秘的人会是谁？毫无疑问，一定是个男人。

阮愉匆匆回到卧室，心不知为何不规则地剧烈跳动起来，她啪嗒一下打开卧室的灯，灯光刺进眼膜，那个男人的身影模糊而又真实。

他半躺在地上，半个身子靠在床尾，脸色苍白，毫无血色。等阮愉视线下滑，猛地倒抽一口冷气，这才发现他的左手紧紧捂着自己的右侧腹部，浅灰色锦缎长袍下，是一摊殷红的鲜血。他极力隐忍着，原本梳得一丝不苟的发丝此刻也耷拉在脑袋前，挂着豆大的汗滴。

鬼知道他经历了什么。

幸好刚才她果断地阻止了顾南，否则若是让顾南看到这种场景，她就是有十张嘴巴也说不清了。

祝伊城明明一副很痛苦的样子，可仍是抬头歉意地朝她勉强一笑："抱歉，吓到小姐了。"

阮愉心里巨震，可很快就平复了下来，迅速地把他扶到床上。在客厅翻了半圈才找出一个着上去十分不靠谱的医药包来，等返回卧室的时候祝伊城正闭眼假寐，原本洁白的床单已经被他身上的血迅速染红了。

阮愉跪在他身边，有些不知道该如何下手，她从来没有为人包扎过伤口，而且她不知道祝伊城这伤从何而来，是否需要消毒。

"不如叫辆救护车吧。"她喃喃道，转手就要去抓手机，"你忍着点，我带你去医院。"

祝伊城闷哼一声，昏昏沉沉地睡了过去。

二十分钟后，祝伊城被送入离阮愉家最近的医院急诊，他右腹有一道很深的刀口，好在送医及时，急诊医生很快处理好了伤口，在写病情的时候，医生有意无意地瞄了眼陪护在身侧的阮愉。

"他怎么受伤的啊？这可是刀伤啊。"

阮愉脸色一白，苦着一张脸，脸不红心不跳地说："刚才有人不仅劫财，还想劫色，他……我男朋友，我男朋友看到急了，上前就跟人扭打在一起，没想到那厮居然还带了武器，就这么一刀下去了……"

"这法制社会还有这么猖狂的歹徒？报警了吗？"

"这不我男朋友伤得挺重的嘛，我一时吓蒙了给忘了。不过我男朋友人没事就好了。"

阮愉演得倒还挺像，三两下就把医生糊弄过去了。等她回头去看祝伊城的时候，祝伊城正一眨不眨地盯着她，白炽灯光下，他的脸色显得更加苍白。待医生一走，只剩下他们两人时，他才费力地开口，连声音都沙哑得厉害。

"小姐方才所说……怕是不妥吧。"

阮愉以为他是在怪她说谎，脸顿时一垮："那你要我怎么说？说我家里突然来了一个不知道为什么受伤且来历不明的可疑家伙？"

祝伊城猜想她是误会了自己的意思，急得连连咳嗽，白着一张脸急道："我不是这个意思，我是说，小姐将我说成男朋友，恐怕折辱了小姐。"

阮愉听不得他这话，声音一沉："你别老一口一个小姐小姐的，多难听，我叫阮愉。"

祝伊城虽不知她为何不喜欢自己唤她小姐，但还是顺从地改了口："阮小姐，我叫祝伊城。"

"我知道，你半个月前已经自我介绍过了。"

时间顿时陷入一片寂静之中，深夜的急诊室外来来回回都是匆忙的脚步声，室内的白炽灯吱呀吱呀地晃动着，大约是药效的缘故，祝伊城很快进入了睡眠，然即便是如此，他睡得仍旧不安稳，额前的汗似乎从未断过。

祝伊城做了一个绵长的梦，梦里是黑洞洞的枪口对准自己，他仿佛被束缚住了手脚，无从闪躲也无从辩解，不知道为什么就被人轻易定了罪。像一座没有出口的迷宫，他在里面费尽了心机仍旧一无所获。

醒来的时候，天光乍亮。

阮愉双手负在身后盯着他看，见他醒来，完全没有要挪开视线的意思，四目相对，反倒是祝伊城最先避开了目光。

"医生让你多注意伤口，不要感染，这些天暂时不要碰水，勤换纱布勤换药，很快就能痊愈了。我已经办完手续了，你把这碗粥吃了我就带你回家。"

阮愉把热腾腾的白粥往他面前一挪。

"已经麻烦阮小姐一个晚上了，就不……"

"你有地方去吗？"祝伊城话音未落，阮愉率先发问。

他怔住。

"你在这里有认识的人？"

他静默不语。

"还是说你身上有很多很多的钱？"

他再次无言以对。

阮愉脸上露出一抹满意的笑："既然你没有地方可去，也没有认识的人，身上更没有钱，那就乖乖跟我回家。你回去不是还要靠那幅画吗？"

祝伊城猝然抬头，深邃的眸中有叫人看不穿的深渊。

"你别用这种眼神看我，我又不是脑子不好使，上次你急匆匆地拽着我回家去看那幅画，接着就凭空消失了，说明那幅画就是你回去的关键所在啊。"这个时候，阮愉早已经接受了这个男人不属于这个时代的事实。

想着无法反驳阮愉，祝伊城苦笑一声："那就有劳阮小姐了。"

窗外星辉月朗，墙上的挂钟显示十点的时候，祝伊城往门口瞧了一眼，大门紧闭。早上阮愉把他送回公寓，简单交代了几句后便出门了，直至现在已经过去将近十几个钟头，仍然不见她回来。

其间他想去浴室做简单洗漱，才发现阮愉不知什么时候已经在浴室里摆放了新的浴巾和毛巾，一套叠得整整齐齐的黑棕色睡衣安静地躺在架子上，看上去有些旧了，但对现在的祝伊城来说，只要能有一身换洗的衣服好让他能够褪去身上的血腥味便已经足够感恩。

公寓的门铃在这个时候突兀地响起，坐在沙发上的祝伊城怔了怔，阮愉是这公寓的主人，所以自然不需要按门铃，那么来人是谁已经不那么重要了，对他来说，在这个世界，除了阮愉，他一无所知。

他笔直地坐着一动不动，想假装屋内没人。可外头的人像是铁了心似的，不开门不罢休。祝伊城兀自思忖了片刻，最后还是起身去开了门。

门打开的瞬间，屋外的男人猛地怔住，屋内的男人文质彬彬谦和有礼："不好意思，阮小姐不在家。"

顾南的内心像是受到了巨大的冲击，他认识阮愉这么久，从未听说阮愉有交往甚密的男性朋友，他认识的阮愉就像是只天生感情淡漠怎么养都养不出感情来的猫咪，他从来没有想过，有一天她的家里会出现一个陌生男人。

祝伊城目光温和却透着不属于这个时代的疏离和清冷，他面对顾南咄咄逼人的目光从容不迫，高大的身躯挡在门前，丝毫没有让屋外的人进屋的意思。

顾南的脑海里电光石火间，突然想起昨晚从阮愉卧室里传出的声响，那时阮愉坚定地挡住了他的去路，莫非那个时候在卧室里的就是眼前这个人？

"你是阮愉的朋友？"顾南不动声色地将他上上下下打量了一遍，疑问的语气却又透着肯定，"从来没有听阮愉提起过你，请问你贵姓？"

祝伊城原并不想回答他的问题，可想到他也许是阮小姐的好朋友，为避免给阮小姐招来不必要的麻烦，于是撑着一身倦意平静地回他："免贵姓祝。"

不知是不是祝伊城的错觉，在他说出自己姓祝之后，这位先生的脸色隐隐一变，接着，原先那种带着探询的眼神突然之间多了一种奚落。

"你就是用这种方式让阮愉对你另眼相看的？"顾南失笑摇头，"看来是对阮愉做了些功课的。接下来你该不会是要说，你姓祝名伊城吧？"

"先生怎知我的姓名？"祝伊城肩梢微微一跳，可他天生就有种倨傲，因此整个人看上去显得更为冷淡。

顾南觉像是听到了一个大笑话，没能忍住，扑哧一声笑了出来。

"阮愉喜欢的一贯都跟别人不一样，在巴黎美院学习的时候，其他人都喜欢那些名画名作名家，只有她喜欢一个名不见经传的画家，不分昼夜满巴黎地找他的画，像得了什么珍藏似的宝贝得不得了。哦，你应该知道的吧，她喜欢的那个画家就叫祝伊城。一个在百度上除了名字什么信息都没有的人，你怎么会想到用这种方式去吸引阮愉的注意的？现在这年头，泡妞的方式还真是层出不穷。"言外之意已经很明显——顾南认为这个男人是为了靠近阮愉投机取巧。

祝伊城听明白了他的意思，客厅的灯光慵懒地洒在他身上，漆黑的发丝柔软而富有光泽，像有一圈光晕顶在他头顶。他侧脸的线条分明有致，那双眼里虽然透着一股无害的温和，却深邃凌厉。

的确是阮愉会喜欢上的那种男人的样子。顾南在心里想。

顾南的视线这次扫过祝伊城身上那套看上去大小尺寸完全不搭，但旧式气质又完全吻合的睡衣上，正要开口，电梯门忽地叮咚一声响，紧接着，一天不见的阮愉就这样出现在了他们面前。

顾南回头的时候，祝伊城不动声色地退回了屋里，将房门轻轻虚掩上，纵是如此，门外的声音仍是断断续续地传了进来。

"这么晚了找我有事？"是阮愉的声音。

"下午你母亲来了诊所，问什么时候能听到我们的婚讯。"

阮愉闻言淡淡冷笑："你没有顺便替她看看她脑子是不是有问题？"

"阮愉，你一定要这么尖锐吗？"

"顾南，我丁点都不想跟你谈关于她的事情，麻烦你以后不要因为她的事跑来烦我，我的时间虽然不值千金，但也不是这么糟蹋的。"

顾南顿了顿，目光渐渐深了些："好，那我们来讨论讨论那个叫祝伊城的男人。阮愉，你对那个画家应该不会痴迷到仅仅因为一个相同的名字就芳心暗许的地步吧。"

阮愉深吸一口气，她今天完成了两个 Case，累得跟狗一样，真的没有力气在这里跟顾南瞎掰扯，于是边往屋里走边说道："你想怎么想就怎么想吧，再见。"

顾南倒也不是那种真的不识趣的人，看得出阮愉已经无心再跟自己周旋，然而下一句话还没说出口，门已经砰的一声在他面前关上了。

他们之间好像真的从来没有过任何改变，不管他怎么努力靠近她，对她好，她的态度自始至终，从未变过。不爱就是不爱，容不得半点勉强。

阮愉靠在门上闭了会儿眼，感觉一瞬间整个世界都安静下来了。她感受到自己的呼吸渐渐平稳下来，遂睁开眼，才发现祝伊城就站在离自己不远的地方。他身上穿着那套很不搭调的宽大睡衣，令她一下出了神。

"阮小姐，我是否给你添麻烦了？"祝伊城迎着她发怔的视线，声音醇厚地响起。

"这睡衣买来后你还是第一个穿它的人，好像有点大？"阮愉自顾自地走到他跟前，伸手替他卷起腕间留长出来的袖子，动作不自觉变得温柔了起来。

"阮小姐？"

"我爸爸从前最喜欢这种料子，说穿着格外舒服，我特意让人做了两套给他备着，心想等他出狱之后穿得上。谁知这身睡衣，最终也没能等来它的主人。"她喃喃说着。两人之间近得只余几厘米，祝伊城甚至能闻到她发上柑橘味的洗发水味道。

"阮小姐，有什么我可以为你效劳的？"

"那你呢？是不是遇到了麻烦，才让你受了这一身的伤？"阮愉仰头反问。

祝伊城心里一跳，惊讶于她直白的问话。

她温软的唇在那一刹那几乎擦过他的唇，凉丝丝的，内心顷刻间一阵躁动。阮愉心跳陡然加速，猛地往后退了一步，昏黄的灯光掩盖了她脸颊不由得升起的绯红。

祝伊城眉头微微一皱，眼中随之闪过一丝窘迫。

"你早些睡吧，明早我带你去个地方。"她说完，落荒而逃。

城市的夜一瞬之间陷入无边荒芜和璀璨，隔着一扇门，明明同处于一个世界，却像有着一辈子都无法跨越的时差。

祝伊城抿了抿嘴，冰凉的唇上仿佛仍留有余香。

后来阮愉一夜未眠，窗外的月光打在并未完全合拢的纱帘上，她就着夜色幽幽的光盯着正前方墙上的那幅画。画里旧时的北平，与如今相比天差地别，只是在祝伊城画笔下的那时北平，总透着一种到了骨子里的文艺，他的色调和笔触，与大多画家不相同，那年阮愉第一次见到这幅画便升起了一种占有欲——那是那么多年来的第一次。

翌日，阮愉出卧室的时候发现祝伊城已经换下了昨天的睡衣，又穿回了自己的长袍，已经穿戴整齐等在了沙发上，两人目光对视，她微微一愣，他旋即一笑。

"阮小姐，早安。"

阮愉一贯都是独居，一个人惯了，像这种早晨起来还有人同自己说早安的日子早已经变得遥远而模糊。这套公寓里常年都只有她自己的气息，顾南一直都说，她的房子也只是一个房子而已，缺少一些烟火味，终归不是个家。

祝伊城见阮愉一脸的没精神，想来定是昨夜没睡好，张了张口，又觉得自己的关心或许会有些唐突，最终还是闭了嘴。等阮愉洗漱完出来，目光盯着他看了许久："你的伤口怎么样了？还疼吗？"

祝伊城温和地摇头："愈合得很好，不疼。"

"换药了吗？"

"换过了的。"

祝伊城虽出身大户人家，但从小就知道察言观色，并且能够把自己照顾得很好，多年留学生涯，早已练就他独身的本事。

清晨的早班高峰期，车子就像在路上爬行的蜗牛，怎么都驶不快，阮愉因自身的职业特殊性，再加之自己就是老板，上班时间故也随意了些，能避开高峰期就绝不给城市交通添堵，像今天这样卡在路中间的次数一个月来屈指可数。

她开始有些后悔，为何会选在这个时间点出门。

祝伊城察觉到她小小的情绪波动，眼波扫过眼前这个比他见过的巴黎更为现代化的城市，和他初来这里的时候所形成的认知呈相反的状态。在他的潜意识里，他总觉得自己目前所看到的一切都那么不真实，可身边的阮愉，这些天发生的这些事情，都清清楚楚地向他证明，这是一个鲜活的世界，而他的感官和认知虽然受到了冲击，却又真真切切。

大约四十多分钟后，他们终于到达目的地。是一个不大，但颇具个人特色的画廊，看得出画廊的主人十分用心，无论是装饰还是格调都尽显艺术气息。

祝伊城对这样的环境倒还算熟悉，在巴黎留学的时候，他一有空就去美术馆看画展，或是去到当时巴黎颇为有名的画廊临摹学习，这些都曾是他所熟悉的生活。

阮愉一看祝伊城的表情便知他喜欢这里，忍不住露出一抹笑意，下意识地钩住他的手臂，往里头一努嘴："走啊。"

画廊到处透着一股安详和静谧，极其简约的现代化风格，前台只有一位工作人员负责接待，转弯便是内室，墙上隔着一段距离便挂有一幅名画，狭长的走廊意外地采光极好，每幅画下面都有详细的对这幅画的介绍，不至于让不懂画的围观群众看不懂。内室的最深处还有一间不大，但光线好到极致的作画室，各种作画工具一应俱全，但几乎不接受访客作画。阮愉平时最喜欢来这里，对她来说，这是少有的极为私密的空间。

祝伊城自打留学回来后便很少再去画廊，一是平日里课业繁忙，没有时间；二来，便是北平也实在没有能够让自己为之欣赏的画廊。他回北平后多以教书为主，闲暇时间在旁人看来也不过游手好闲，渐渐地，也很少再拿起画笔。

他走到画廊的最深处，目光触到正中间的那幅画，心中巨震，仿佛被某样东西直直击中心脏的部分，呼吸逐渐变得急促起来。

"我临摹的。"阮愉的声音陡然从身后响起，如脆铃一般在他心里回荡。

作画室内有个微型酒吧，祝伊城就坐在吧台边，目光似乎有些恍惚，阮愉递过去一听易拉罐啤酒，在他面前晃了晃，他一抬头，便瞧见她抿嘴浅笑，白皙的皮肤在阳光下亮得发光。无疑，对祝伊城来说，阮愉算是特别的，不仅仅因为她和他身处不同的世界，他从未见过一个女人明明温婉的眉眼里却闪着不羁的桀骜，两种截然相反的气质在她身上结合得仿佛天衣无缝。

阮愉拉开易拉罐喝了一口，凉丝丝的液体滑过喉咙，她满足得发出一声感叹。

"这里有些是真迹，但大多数都是临摹，我买不起那么贵的画。"她自嘲地笑道。

他早该想到这里是她的私人画廊，这里的所有一切摆饰和风格都与她家中极为相似，她的喜好太容易猜，根本就是个一眼就能看通透的女孩子，可偏偏又喜欢装出一副生人勿近的姿态。

阮愉在他的沉默中眨了眨眼，手指敲打着光滑的桌面，将目光凑近祝伊城："这里只有我和你，你可以和我说说，你的那些伤究竟从何而来。"

祝伊城面上无异，他原以为自己不说，阮愉就不会问。

"祝先生，一个人身受刀伤，不明不白地出现在我家里，我还带你去医院帮你圆谎，我总得知道，自己救下的这个人究竟有没有需要我承担的风险吧？"

"阮小姐还是不相信我？"

"相信你是八十几年前的人？祝先生，现在可是 2018 年。"言下之意，她虽对他好，怀疑却仍在。

祝伊城面色平静，低头想了片刻，就在这数秒的静默之间，阮愉已经将这人看了好几十遍，以她这些年做私人侦探的经验，他绝不简单。

"阮小姐，实不相瞒，在我所处的那个世界，我正身陷囹圄，被当成了杀人凶手。"他以最简洁明了的口吻将那些事情归纳为一句再简单不过的话，可阮愉却听懂了。

"有人陷害你？"

祝伊城摇摇头："还不能肯定究竟是何人所为，但这一次在我来这里之前，有人似乎想杀我灭口。"

他将事情的原委同阮愉简单地讲了一遍，毕竟不是同一个世界的人，想来即使告诉阮愉，也不会对阮愉造成什么不好的影响。然而阮愉听完，神色却渐渐凝重。

"祝先生，你难道还没有察觉，自己已经成为替死鬼了吗？"

"不知阮小姐有何高见？愿闻其详。"

阮愉又喝了口酒，却是眨了眨眼："你先告诉我，那个柳絮和你大哥是什么关系？"

　　天生八卦心。

　　"有些交情。"祝伊城尽量把话说得隐晦。

　　阮愉取笑他："是有些不正当关系吧？"

　　见祝伊城只是淡然一笑，阮愉接着说："事情很简单啊，你也说了，你有一次无意之中撞见你大哥和柳絮私会，那时你同那个死了的叫林清平的人在一起，也就是说有两个人知道他们的私情，其中一个死了，另一个当然逃不掉。何况你跟你大哥关系又不咋的，他当你是不是兄弟另当别论，可他的确是想置你于死地的，诬陷你是杀害林清平的凶手，比他自己动手更不费力。否则你想，你同那个林清平实则交情并不深，为什么那么凑巧，好死不死偏偏死在那个地方？还是你在的时候？这不就是故意设的局吗？"

　　"事情恐怕没那么简单，我虽然平日里人不了大哥的眼，但他不至于因为这点事要了我的命，更何况我知道他和柳絮的事情已经有一年多的时间了，他若要动手犯不着等到这个时候。"

　　"所以你觉得还有其他原因？"

　　"那天晚上我原本想去找柳絮问清楚，可她屋里有人埋伏。"

　　"说明那女人早知道你在那个时候会过去，要不是你平白无故地到了这里，这会儿已经成为刀下魂了。"阮愉冲他挑了挑眉，伸手越过吧台，拍了拍他的肩膀，"不过你放心，既然你来了这里，我保管你不会有事。"

　　祝伊城拧眉注视着她，见她一听酒喝到了底，才又听她问道："不过祝先生，你看上去仪表堂堂，长得也不错，为何跟你大哥关系这么恶劣？莫不是你平时总做些和他作对的事吧？"

一谈起这个，祝伊城就变换了一下表情，仿佛与刚才有什么不同，他冷嗤一声："大哥为人正派，自然是瞧不上我的。"

"他为人正派……也就是说你不正派喽？"

祝伊城眯了眯眼，摇头道："各人生活方式不同，谁也没有必要强求谁。"

"嗯，看来祝先生在那里倒是个风流的人。"阮愉这样下了结论，随手把易拉罐扔进垃圾桶里，跳下高脚凳冲他眨眼，"走吧，回去了。"

然而令阮愉没想到的是，公寓楼下等待她的居然是一群不知道从什么时候就已经蹲点的八卦记者。待她的车子一靠近，几个眼尖的记者隔着挡风玻璃一下认出了她，一群人立刻在车子外团团围住，猛烈地敲着窗户，大有将阮愉一把从车里拽下来的气势。

相机的闪光灯咔嚓咔嚓作响，刺进她的眼里，她握着方向盘的手指隐隐发白，骨节冷得分明。

祝伊城似乎察觉到阮愉的不对劲，身体往她那边一倾，伸手猛地挡住她的视线，也阻断此起彼伏的闪光灯，他在她耳边轻轻叫了声："阮小姐，你没事吧？"

阮愉的手明明还有些抖，可听到他的声音后，好像有一股力量在她身后狠狠推了一把，她蓦地清醒过来，勉强对他一笑。

而窗外那些记者的问话隔着车窗仍清晰可闻。

——听说当初你妹妹卧病在床，原本是可以有办法医治的，你母亲和继父跪地相求，可你就是见死不救？

——你继父最近陷入了包养门丑闻，是你把信息抖出来的吗？

——你父亲当初死在狱中，是否和你母亲有关？

阮愉的耳边就好像有无数个声音在不断回响着，她耳边轰轰直响，只觉得脑袋快要炸了。这个时候她早已手脚冰凉，除了耳语纷扰，只余身边人手心滚烫的温度。祝伊城紧紧盯着她，另一只手覆在她放在方向盘上的手，仿似完全未被外界干扰，低头对她轻轻地说："阮小姐，你轻轻踩着油门，我来把控方向，慢慢前进。"

阮愉的内心突然之间像有星辰大海，顷刻间平静下来。她怔怔地望着祝伊城的侧脸，真的就照着他所说的做了，不管外面的好事记者如何拍打着车窗，车子在一堆人里终于开始缓慢地前行。

好在当初阮愉买这套公寓的时候首要看中的便是它的安全性和隐私性，车子一开入小区大门，便出来许多保安把那些妄图跟进来的记者拦了下来。

直至车子停下，阮愉才发现自己的手心里全是冷汗。

她和那些追踪到这里的记者干着几乎相同的事，却惧怕他们。

身边的车门开了，祝伊城站在外面等她下车，她深吸一口气，熄火下车，走在他身边。不知为什么，她脑子里忽然闪过刚才他挡住闪光灯时的画面，除了已故的父亲，很少有人会这样当众维护她，大多数她的那些所谓的亲人，只会在她和她母亲之间权衡利益，两面三刀。

"是不是觉得我挺可恶的？"

祝伊城扭头看向她，不明白她话里的意思，没想到她嫣然一笑，继续道："没错啊，那些事都是我做的。我同母异父的妹妹躺在病床上，只要我点头同意捐献骨髓她就能活下来，可是我没有。我继父包养女大学生，被捅到社会头版头条也是我做的，我每天没日没夜地跟踪他调查他，就是等着他身败名裂的那一天。"

阮愉的声音仿佛跨过了时间和空间，她嘴角凝着笑，眼里徒升起一股悲哀。祝伊城想到那个深夜造访的男人似乎也曾说过类似的话，那个夜晚虽然他受着伤有些神志不清，可突然回到这个时代，在阮愉的房间里，断断续续还是听到了一些。

"阮小姐，不必管他人如何作想，你自己开心就好。"祝伊城叹了口气，从她手里接过钥匙，熟稔地转动，开了门。

果不其然，第二天林巧萍就找上了门，此时阮愉正要出门，林巧萍就这么挡在了门口，低头看了眼她背在肩上的相机，面上露出讥讽的笑容。都说女儿是母亲的小棉袄，可她们母女之间好像从来不曾亲昵，就连最基本的亲情都因为当年父亲的突然入狱而极速恶化。这些年阮愉试着反省过自己，后来才发现无论怎么努力都没有办法靠近母亲。如果一个人早已经打从心底开始拒绝你的靠近，那么你的努力永远只能是白费功夫。

"又要去偷拍陆权？"林巧萍的语气里带着毫不掩饰的轻蔑，仿佛女儿今天会这样与自己敌对完全与她无关。

阮愉视线扫过她，正打算关门，林巧萍这时忽然伸出手一把抵住了门："听说你在家里藏了个男人，怎么也不给我这个做妈的看看？他人呢？长辈都到家门口了还躲着不出来，是不是太没教养了？"

"擅闯私宅，没有教养的人是你吧。"阮愉双手抱胸，侧身看着林巧萍在自己的客厅里撒泼，这种戏码在过去的几年里不知上演了多少回，阮愉几乎已经习以为常。

"阮愉，你就不怕遭报应吗？你现在在做的这些事情，哪一件是上得了台面的？陆权究竟做了什么伤天害理的事情让你像疯狗一样对他死咬着不放？"

阮愉心里微微叹了口气，看吧，她在那里撒泼了大半天，最终的目的无非还是为了那个男人。永远都是这样。

"你都不怕遭报应，我怕什么？林女士，我说过的吧？就算是死我也会拉个垫背的，活着已经足够冷清了，死去的时候一定要热热闹闹才好。"

林巧萍的脸色青一块白一块，阮愉十岁那年她离开，即便是在没有离婚的那十年里，母女俩的相处时间也是少得可怜。如今会变成这种局面，她也扪心自问过究竟问题出在那里，可事到如今，即便知道问题根源又如何，最该陪伴的那些岁月，她们终究都错过了对方。

"林女士，你闹也闹够了，是不是该走了？我上班要迟到了。"阮愉心平气和，甚至是笑呵呵地说着。

林巧萍面色不善，母女两人在静谧的客厅里无声地对峙，谁也没有要让步的意思，这么些年了，与其说是亲人，不如说是敌人更妥当些。

突然，原本紧闭的卧室门慢慢打开了，客厅内的两人同时转移视线，紧接着，祝伊城出现在了门后头。

阮愉的目光一触及他，不知怎的，心里猛然涌现出一股类似于羞愧的感觉。很奇怪，自从干了这一行后，她几乎已经很少会有这种感觉了。可祝伊城在她面前就像一个儒雅的绅士，他看上去那么干净那么简单，眼神虽然深邃，但从未让人有过不舒服。

林巧萍眯了眯眼，内心震了震。阮愉的性格从外表看不出什么，但了解她的人都知道，她一贯有一种抵触外人靠近的孤僻，像卧室这种隐秘的私人领域，她怎么可能让人随便进入？更别提是一个素来都不相熟的陌生人。

所以答案已经显而易见——这个人对阮愉来说，至少是特别的。

阮愉大脑将近有十几秒的空白，而后迅速冲到祝伊城面前，挡住林巧萍探询的视线，声音较之刚才已经冷了不少："人你看到了，请回。"

"这位就是昨天和你一起，在车里被记者拍到照片，被卷入是非中心的那位先生？"

"你再不走，我立刻报警。"阮愉挑了挑眉，拿出手机便要按下去。

林巧萍知道阮愉真的做得出来，去年也曾经有过一次，母女俩吵得不可开交，那时她已经有些失去理智，阮愉二话不说便报了警，最后的结局当然是两个人都被带去了派出所。

阮愉的性格里有一种两败俱伤的决裂性。

林巧萍走了，带着一个谜之微笑，可阮愉在顷刻之间便秒懂了那个笑容背后的意思。

她回头，一脸冷意地盯着祝伊城："祝先生有没有读过孔子？所谓非礼勿视、非礼勿听、非礼勿言、非礼勿动，你不该开这扇门。"

一贯清冷的这张脸，在这个早晨，比往常更加令人捉摸不透。

祝伊城的视线穿过她的头顶，嘴角弧度慢慢弯成一个不起眼的笑容，慢条斯理却又礼貌地说："阮小姐心里应该也清楚，如果她看不到我，不知会闹到什么时候，你不是急着去工作吗？"

阮愉一怔，脑海里突然闪过他们第一次相见的那个深夜，她向他借火，他点燃一根火柴凑近自己，那时他便是一个斯文儒雅的男人，不管时光和环境如何变迁，想要改变一个人的品性总归是一件难事。

阮愉想的是他不该在那个时候出现，这样她就不需要去跟人解释他究竟是谁。

祝伊城想的却是为阮愉解决麻烦，好让她迅速脱离刚才她不喜欢的那个局面。

在祝伊城面前，她觉得自己就像是一个无理取闹的小孩。

阮愉的事务所位于城西一块极不显眼的地带，如果不是仔细找，甚至很容易忽略错综复杂的巷子里头还矗立着两三层楼高的办公楼群。这些面积小而矮的办公楼外部结构都已经十分老化，楼侧的爬山虎蔓延整块嶙峋墙面，一到夏天，这里就成了许多小清新拍照的绝佳去处。

　　祝伊城跟着阮愉绕进其中一条巷子，这有点像北平的胡同，蹿进去后若是不熟悉的人也会被绕晕过去。他随阮愉进了其中一幢三层楼高的办公楼，阮愉打开了二楼其中一个房间的门请他入内。

　　阮愉见祝伊城在一眼就能望到边的老式房子里转了一圈，仿佛对什么都异常好奇，于是忍不住问："你就不想知道我是做什么的吗？"

　　"私家侦探。"

　　"你怎么知道？"她不记得告诉过他自己的职业啊。

　　祝伊城轻轻一笑，那笑容如沐春风，一下便暖进阮愉心里，有种一笑可以倾城的感觉。

　　"我在阮小姐的房间里见过阮小姐的名片，上面有阮小姐侦探事务所的名称。"

　　阮愉狠狠一拍脑袋，祝伊城的细致远远超过她的想象，很多事情根本不需要由她提及，他就已经想到了。

　　"不过……事务所只有阮小姐一个人吗？"

　　阮愉耸了耸肩，抿嘴笑笑："对呀，我就是老板，我为我自己打工。"

　　祝伊城目光澄明，身上穿着昨天阮愉买给他的衣服，普普通通的白衬衫却被他穿出了一股子贵族气，他身上那种不属于这个时代的旧派气息反倒成了阮愉喜欢的样子。

　　"阮小姐，其实你可以不必这么辛苦。"

阮愉的手微微一顿，他的声音透亮地传来，在一刹那间仿佛直抵心脏，指尖的颤抖像是在出卖她此时此刻的内心波动，那些拼命想要掩饰的坚强居然能被人毫无波澜的一句话激起千层浪，也或许因为这个人是祝伊城，所以如此轻易就能够让她动容。

她对祝伊城的那种喜欢，从前是超越时间和空间的喜欢，那就像是她精神里的某一部分，成为她坚持下去的源头。而今这个喜欢着的人活生生地站在自己面前，这种感觉奇特而微妙，她努力地与人一贯保持着距离，可到头来才发现那只是无可奈何的自欺欺人。

如果你曾经喜欢着一个只存在于过去的人，那么你根本无法抵挡这个人的突然出现。

阮愉点了根烟抽上，烟雾穿过喉咙的刹那她才稍稍感觉到情绪的平息。

"早上来家里闹着要见你的那个人，其实是我母亲。"

她扭头去看祝伊城的反应，发现祝伊城仍旧是那副云淡风轻的表情，仿佛早已料到。

"我父母在我十岁的时候就离婚了，离婚后我母亲重组家庭，嫁给了她现在的丈夫，也就是名义上我的继父——陆权。十岁之后我再也没有和母亲一起生活过，见面的机会也屈指可数。不知道你能不能理解，我生性有些凉薄，对母亲几乎完全没有一个女儿该有的那种感情，我母亲也一样，她离开我父亲后开始一心一意重新生活，他们生下一个女儿，家庭美满，和和睦睦。然而好景不长，在我十五岁的时候，我母亲错手伤人，我父亲是个死脑筋，这一辈子只认定我母亲一人，母亲出事后，父亲出面甘愿为她顶罪，法院念他是正当防卫又是无心之举，于是判了十年。可这十年间，我母亲非但没有领父亲的情，反而越发猖狂，她和陆权恩爱有加，可我知道陆权表面是个正经商人，其实压根不是什么好东西。本来我并不想去管他们的事情，可就在十年期满，我父亲即将释放的前一个月，他莫名其妙死在了监狱里。他们告诉我，我父亲是被里面一个患有精神病的狱友在发病时捅死的，我表示要见那个人，对方却拒绝了我的要求。这其中的猫腻，明眼人一看便知。后来我放弃自己所学，成立了这家只有我自己一个人的侦探事务所，偶尔有些小 Case，还能赚些钱，也幸好我父亲给我留了些钱，让我不至于流落街头。"

说完最后一句话，阮愉的烟也燃到了尽头。

原本觉得的是一件永远都无法启齿的事，在祝伊城面前却能说得这么坦然。

狭小的空间里到处都是刚刚燃尽的烟雾气息，祝伊城走到阮愉的办公桌面前，伸手打开窗户，好让烟味能够更快地散去。他幽黑的眼睛中带着某种引人的诱惑，令她不自觉地想要在他身上看到更多。

"阮小姐，这十年里，你可曾觉得累过？"

阮愉呆呆地望着他，烟头仍在指尖。

"阮小姐，我不知道这么说算不算唐突，但是请问，我有没有什么可以帮得上你的地方？"

她静静地看着他，胸腔内的某种欲望像井喷一般爆发，她忽然站起来绕过办公桌走到他面前，毫不犹豫地伸手圈住他的腰身，将脸埋进他的怀里。他身躯隐隐一颤，她分明感觉到了，可还是放纵自己紧紧抱住了他。

祝伊城紧绷着身体，连呼吸都变得小心翼翼，生怕自己一个用力会惊动到她，他的双手不知该放在何处，最后还是默默地垂在了身侧。

　　"你不是说有没有什么可以帮得上我的吗？那就让我靠一会儿，一会儿就好。"阮愉的声音带着某种陌生的孩子气，闷闷地从他怀里传来。

　　此时此刻，她只想顺应自己的内心，在他面前任性一回。

　　他低头闻着她的发香，身体一动不动地任由她靠着，那样平静温和，又儒雅从容。偶然抬头的一瞬间，他的视线与在门口的顾南重叠。

　　顾南立在那里，昏暗的光影里，有一种令人捉摸不透的孤冷。

Chapter3
旧 时 回 忆 深

阮愉工作的日子里，祝伊城常常会一个人去画廊里头的作画室作画，因为画廊的老板就是阮愉，所以他相当于有了绿色通行证。如何坐车，如何生存，以及这个时代所有的规则，阮愉都同他讲得事无巨细，生怕他无法照看好自己。

然而事实上这一切都是阮愉多虑了，祝伊城的适应能力以及理解能力实在强她百倍，她有时候觉得在他面前自己才是那个什么都不懂什么都不会的白痴，可饶是祝伊城已经懂了，每次都还是耐心地听她讲完，听的时候他嘴角总挂着淡笑，让她恨不得一口咬上去。

"祝伊城。"她叫唤了他一声。

彼时，祝伊城正研究阮愉买给他的手机，修长的手指在屏幕上来回滑动。

他轻轻应了她。

"祝伊城。"她又唤了一声。

祝伊城这才放下手里的东西，坐直身体，认真地看向她的眼睛。

阮愉歪着头笑眯眯地问他："祝先生，你在你的那个世界，应该已经过了成家的年龄了吧？"

"阮小姐，我还未婚。"祝伊城望着她的眼睛，声音清澈地回道。

阮愉眨眨眼睛，又问："你长得这么好看，等着嫁给你的女人应该不少吧？"

"在来这里之前，我并未有中意对象。"

阮愉一顿，心里渐渐被一种异样的情愫填满。

"那……你若成婚，会依父母之命，媒妁之言吗？"

"阮小姐，我一贯不喜繁文缛节，所以在那里，我是异类，常被批判。"

阮愉的眉眼漾了开来，嘴角的笑意越来越深："可你看上去温文儒雅，并不像是异类。"

"人不可貌相。"

"可我就只看脸。"阮愉微微笑着，平日里的清冷早已不见，与祝伊城相处是她最为轻松的时候，在他身边她不需要伪装，也不用戴着面具，他那双深邃的眼睛总在不动声色之间就能将她看穿，所以她懒得在他面前演戏。

"阮小姐，听闻明日是你生辰？"

阮愉正要去拿咖啡杯的手悬在半空，眼里全是疑惑："你是怎么知道的？"

"阮小姐的身份证上有写。"

灯光下，祝伊城的笑越加动人。

阮愉突然觉得自己每每问他的问题都是在显示自己如何白痴，脸上蓦然烫了起来，掩饰似的别过头尴尬得呵呵直笑。

"阮小姐，我有份生日礼物送给你，就在你的画廊里，希望你会喜欢。"

这么多年，自从父亲入狱，第一次有人记得她的生日。

"祝先生原来这么会哄人。"

祝伊城目光一沉，没有承认，却也没有否认。他仿佛想起了某些过去，柔软漆黑的发丝在灯光下耷拉着，阮愉心里微微一空，仍是对他说了谢谢。

谢谢你，在我孑然一身里的陪伴。

阮愉生日这天，凉城从早到晚都是阴蒙蒙的，到了傍晚，一场大雨冲刷掉了街头的泥泞，阮愉坐在窗口望着窗外的倾盆大雨，千头万绪如鲠在喉。林巧萍究竟是为什么对陆权如此死心塌地，就连陆权被曝出在外包养小三，都能做到不离不弃恩爱有加，当年她离开父亲的时候可是头也不回。陆权究竟给林巧萍灌了什么迷魂汤？

还有当初在监狱里，因为突发疾病而捅死父亲的那个人，至今都没有下落，一个人怎么可能做到人间蒸发？

阮愉越想越觉得头大，耳边嗡嗡作响，她用力敲敲自己的额头，想让自己冷静下来，每一个细节，甚至陆权曾经说过的每一句话都有可能成为线索，所以她更要让自己时刻保持警醒。

咚咚咚——

和着雨声，敲门声猝然响起。门是开着的，阮愉的事务所只要有人，门常年都是开着的。她看到顾南就站在门口，与往常不同的是，今日他并没有穿阮愉所熟悉的一身正装，而是简约的家居服。

这样的顾南无疑是阮愉陌生的。

"进来啊，站在门口做什么？你平常也都是随意进出的。"阮愉仍旧坐在那里，远远地对顾南说。

顾南浅笑出声，边往她这边走边说："怕事务所有人，打扰到你。"

话里有话，不由得让阮愉蹙起了眉头，她放下手里的笔，舒展着往后靠。

"顾南，不要跟我玩心理游戏，有话直说。"

他方才那句话无非就是针对祝伊城。跟顾南认识这么久，他的说话方式处事态度阮愉倒是颇为了解。其实心理医生并不好相处，他们永远有一种谜之自信，自认为能看透你所想所猜所得。

顾南耸了耸肩，将手里的东西放到桌上，阮愉这时才发现他手里还拎着一个精心包装的盒子，是她平日里最喜欢吃的那家甜点店的包装盒。

"阮愉，你不要总觉得旁人都有恶意，我只是来送蛋糕给你，生日一定要吃生日蛋糕。"

一股暖流蓦地卷进阮愉心里，她突然有点羞愧，为自己刚才的小人之心。她看着顾南将蛋糕从盒子里拿出来，点上蜡烛，又推到她面前，笑着说："来，吹蜡烛，许愿。"

阮愉坐着没动，心里五味杂陈，若不是昨天祝伊城提醒，她早就忘了自己的生日。这么多年，她很少会记得这个日子，就像平时所有的普普通通的日子一般，其实并没有任何的不同。这一天不会因为你多吃一块蛋糕而变得更好，也不会因为你不吃蛋糕而变得更差。她自以为早早地将生活看透，原来还是会被一丁点的温暖打动。

——我为阮小姐准备了一份生日礼物，就在阮小姐的画廊里。

祝伊城的声音蓦然在耳边响起，阮愉一个激灵，猛地直起身子。天啊，她都忘了这回事了。

顾南见她像是突然想起了什么重要的事，表情不自觉地一凛，紧接着便见阮愉吹灭了蜡烛，冲他歉意一笑："抱歉，顾南，我忽然想起一件急事要去办，改天我们再约？"

"没事，你忙你的。"

他能说不吗？反正在阮愉面前，他向来只能说是、可以等诸如此类的话。

阮愉一路开往画廊，也不知道今天是什么日子，这么晚的时间路上却堵得厉害，她一路被红灯拦着，不知为何，没由来地开始感到心焦。等赶到画廊已经过了十点整，画廊早已歇业，她熟稔地按开密码锁，一路直奔画室而去。

灯光亮起，那幅几乎快要到她肩膀的画布赫然入目。

画里的阮愉靠在自家的落地窗前温柔恬淡，与平日里表现出来的凉薄盛气凌人完全相反。

阮愉想不起来这个动作自己曾在什么时候做过，但祝伊城却细腻地捕捉到了这一幕，并将其搬上了画布。

不到一个月的时间，就能完成这样一幅作品，且完全保持着高水准，丝毫没有任何瑕疵和水分，直到这个时候，阮愉的内心才开始真正往祝伊城倾斜，如果之前只是隐隐怀疑，那么现在，至少她不能否认祝伊城在绘画上的天赋。

尽管至今她仍觉得这实在是一个荒诞的笑话，可，她身边的祝伊城，竟然真的就是她一直以来崇拜着的那个男人吗？

阮愉来不及细想，快速转身往外走，边走边掏出手机打电话，第一遍祝伊城没有接，她便打第二遍，她还从没对一个人这么耐心过。

直至第五遍，在终于接通了电话后，阮愉急切地问道："你现在在哪儿？我来接你。"

电话那头的祝伊城一愣，听阮愉的声音似乎很急的样子，于是抬头看了看自己周围是否有象征性的地标之类的东西，随即耐心地说道："我前面十点钟的方向有一座写有汇通大厦的高楼，高楼对面有一个公园，公园南侧过了马路就是我所在的位置。"

阮愉迅速滤过他所表述的环境，很快就推断出他现在的位置："你在那儿站着别动，等我十分钟，我马上就到。"

"好。"

他的声音仿佛还带着软软的笑意，令阮愉微微一愣，这么简单的一个字，在刚才的一瞬间竟然稳稳地击中了她心里的某一处。她呼吸猝然一顿，紧紧地捏着方向盘。

二十分钟后，阮愉总算以蜗牛般的速度到达了祝伊城所在的地点，她在车里远远地便瞧见在路边的祝伊城，他身材颀长，站在那里玉树临风，气质与周遭人群显得如此格格不入。阮愉不禁有些看痴了，那个曾经百度无数次都找不到任何一张照片的神秘画家，真的就是此刻站在那里等待着自己到来的男人吗？

她泊好车，只需要跨过一条马路就能去到祝伊城身边。此时此刻，她内心唯一的想法就是能站在祝伊城身侧，如果可以的话，挽着他的手，他看上去儒雅又有些书卷气，可臂膀的力量却是极大。

一步、两步、三步……他们之间的距离越来越近，彼此脸上的笑容在对方眼里越渐清晰，然而，就在那一瞬间，汽车的大灯狠狠地穿过阮愉的眼膜，她停下脚步，下意识地抬手去挡，感到眼前一黑，险些站不稳。她努力调整好自己的姿势，再次去看祝伊城时，只见他飞快地朝自己冲来，原本温和儒雅的笑在顷刻间扭曲变形，他紧张到几乎有些害怕的表情成为她在昏迷前眼里最后的光景。

刺耳的刹车声、慌乱的脚步声、人群里的尖叫声，在一瞬间会聚成一股乱流，砸着阮愉昏沉沉的耳膜，她仿佛在混沌的黑暗里无法识别方向，混乱之际，有一只手蓦地紧紧拽住她的手腕，用力将她往怀里一揽。

低低的耳语不再，混沌的黑暗不再，她在他的怀里，不省人事。

转眼间，又是祝伊城所熟悉的道路和建筑，大姐的别院就在他身后，他低头看向怀里昏迷的阮愉，慢慢皱起了眉头。

祝天媛收到消息后立刻赶往别院，到了之后才听别院的管家曾叔说少爷今早天还没亮就回来了，怀里还抱着一个来历不明的姑娘，一进门便闭门不出。

"去把小少爷叫出来。"

曾叔闻言一时有些为难，左右摇摆不定，但见祝天媛凌厉的眼神扫过来，他当下便跑向祝伊城的房间。

咚咚咚——

"少爷，大小姐来了，请您出去说话。"

曾叔站在门外头，只觉得额头冷汗直冒，他们祝家的这个少爷，风流倜傥，桀骜不羁，常常不按牌理出牌，即使在祝家并不受欢迎，也从来不迎合别人委屈自己。

这边厢曾叔忐忑不安，心下盘算着若祝伊城不出来该如何向祝天媛交代，可没想到没一会儿的工夫，面前的门忽然开了。

祝伊城已经洗漱过，换了身干净的衣裳，对曾叔吩咐："让厨房熬些米粥，再配些可口的小菜。"

曾叔如释重负，长长松了口气。

待曾叔走远，祝伊城才轻手轻脚地关上了门。远处的祝天媛将一切尽收眼底，在祝伊城还未回头之前，不动声色地回了偏厅。

"听闻你昨夜带了位姑娘回来？之前也不曾听你提及，是哪家的姑娘让你这么欢喜？"这回祝天媛先发制人，她清楚祝伊城不会同自己说实话，这些年，她这个弟弟的心思可是越来越重了。

显然祝伊城并不想回答姐姐这个问题，一语带过："只是萍水相逢罢了，大姐还不知道我吗？身边莺莺燕燕，能有几个让我上心的？"

"那纪如烟怎么办？"祝天媛可不会相信祝伊城这种鬼话，忽然哪壶不开提哪壶。

祝伊城的眉心蓦地蹙起，没有说话。

祝天媛继续道："伊城，你可别忘了，纪家小姐可是一直对你芳心暗许，纪老爷也一直把你当未来女婿看待，你若对纪家小姐当真无意，就该把话同他们讲清楚。"

"我从未说过或者做过任何让纪家误会的话和事，他们怎么想和我没有半点关系。"祝伊城依旧心平气和，不想再讨论这个问题，话锋一转，问道，"大姐怎么不问问我这些天去了哪里？"

说到此，祝天媛的表情又是一滞，祝伊城从姐姐的表情上就能猜出，柳絮并未把自己那晚去找过她的事说出来，他这些天不见，他们大约又只当他闲来无事懒得见人。

这时曾叔忽然跌跌撞撞地进来，指着门口心绪不定地说："大小姐，小少爷，大、大少爷来了。"

偏厅顿时一片寂静，祝天媛首先想到的是将祝伊城藏起来，可祝伊城一句话就打消了她的这个念头。

"大哥既然会来这里，就说明他已经知道我回来了，这时候我若避而不见，岂不是更加说明心中有鬼？"

"说得好，既然心中坦荡，就去巡捕房接受调查。"

敞亮的声音猝然响起，正是祝家如今的当家祝天齐。

这话祝天媛听不过去了，刚往前一步，眼光一瞥，外头巡捕房的人已经一拥而进，气势汹汹。她目光忽然一凛，瞥向自己的大哥："你带了巡捕房的人来？"

祝天齐让出一条道来，这时巡捕房的人也已经进了偏厅，举着手里的枪，黑洞洞的枪口正对着祝伊城。前两次祝伊城的无故消失已经让他们心有余悸，翻遍了整个北平都没找出他来，如今他出现了，自然不可能放过他。

这是要将祝伊城逮捕的意思啊。

祝天媛几步挡在祝伊城面前，可祝伊城却抢过了她的话："大姐，我没杀人，料想他们也不敢真的往我头上安什么罪名。只是我带来的那位姑娘初次来北平，对这里并不熟悉，还请大姐在我不在的这段时日里对她多加关照，切莫让她受什么委屈。"

祝天媛内心狠狠一震，祝伊城何曾向她提过这种请求？他这个人，从小就生性淡薄，和人总保持距离，就连一直爱慕他的纪如烟来家里找他，他也从来都是对人礼让三分不冷不热的。她从未见他对哪个姑娘如此上心过，唯独这一位，莫不是那位姑娘有什么不同之处？

祝天媛有很多的话想问他，可转眼，祝伊城已经被巡捕房的人带走了。

最近这段日子，北平城里疯传，祝家小少爷祝伊城成了杀人犯，两次畏罪潜逃，这件至今没有进展的凶案早已成了街坊邻居的口舌之谈，祝家因此蒙羞，祝天齐自然不会放过这个绝佳的立威之机。

阮愉清醒过来后就发现了不对劲，这个房间除了大还是大，空间大概得有她那套公寓的卧室加客厅，西洋式的装修，摆饰看上去都价值不菲，她曾在跟某个富豪的案子里见过这些类似的古董摆设，虽不算精通，但也算得上有些眼力见儿。

可房内空无一人，她明明记得在昏迷前，祝伊城抱住了自己。开了门，偌大的庭院吓了她一跳，扭头，一个身穿旗袍、打扮精致的女人正朝她走来。

她心里顿时升起一股不好的预感，呆滞地站在原地，对方倒先开了口。

"我是伊城的大姐，祝天媛，请问小姐怎么称呼？"祝天媛大方得体，面上笑嘻嘻的，实际刚才就已经将阮愉从上到下打量了一遍。

这位神秘的小姐穿着似乎……有些古怪。

阮愉脑子转得飞快，不确定地开口询问："你说你是……祝伊城的姐姐？"

祝天媛微笑点头。

"这里是……"

"这里是北平，听伊城说小姐是第一次来北平？"

北平？听到这个称呼，阮愉心里简直有一万句脏话想飙，她飞速地环顾四周，确定没有任何道具、摄像头之类的东西，所以……如果说祝伊城能够去到她的时代，那么也就是说……她也能来到祝伊城的时代？

难道……她是被祝伊城带到这里的？还是说，连祝伊城都无法控制自己在两个世界的穿梭，无意中把她带到了这里？是了，一定是在那个时候，他们两个差点遭遇危机，然后一起到了这里！阮愉突然想起上次祝伊城带着伤忽然出现，电光石火之间，似乎某一种相同点几乎呼之欲出。

"祝伊城呢？"阮愉急急问道，她很想当面将自己的设想向祝伊城问清楚。

却见到祝天媛眼里闪过一丝迟疑，脸上犹有担忧神色。

阮愉不由自主也跟着紧张起来："他出事了吗？"

"没有，伊城出去办事了，不日就会回来。小姐这几日就先在这里歇下吧，若有日常需要可以吩咐我的丫头香兰。"

就在祝天媛转身要走时，身后响起了阮愉的声音："是不是警察抓走了他，指认他为杀人凶手？"

祝天媛猛然顿住，惊讶地扭头看向她，她怎么知道？可还没等祝天媛问出个所以然来，刚才那群走了的人又再次复返。

阮愉还来不及反应，就被一堆举着电棍的自称是巡捕房的人团团围住在别院的房间外。"我们怀疑你跟上个月发生在天香馆的凶杀案有关，请你跟我们去一趟巡捕房。"为首的那人被其他人称为陈老大，个头不高，人也不算壮实，说话粗声粗气的，有点趾高气扬地对阮愉说道。

阮愉站着没动，将来人纷纷打量了一遍，祝天媛更是觉得脸上无光，才要训斥，却被那陈老大抢了先。

"这位小姐，跟我们走一趟吧。"陈老大的声音里有轻微的威胁。

"有逮捕令吗？"

"什么？"陈老大像是怕自己听错了似的，侧过身提高了音量。

谁知阮愉站在那里，不卑不亢："警察抓人是不是得有逮捕令？无法出示逮捕令，我是否有权拒绝？你说我跟某个凶杀案有关，证据呢？这样空口无凭就能抓人，你这案是不是办得太敷衍了？"

"你！"陈老大哪被人这么怼过，扬起手就想呼出去，可见阮愉直挺挺地立着，压根就不怕他，想到毕竟是在祝家，若真弄出个什么好歹怕是不好对付，于是一只手硬生生顿在了半空中。

"祝伊城什么都不肯说，这位小姐，你若是想救他，就跟我走一趟，把你知道的都说出来。"

"没有证据就敢关人，我看你们身上这身制服是穿腻了吧？"阮愉冷冷道，"要我看来，那天香馆的柳絮嫌疑更大，你们怎么不往她身上扑？还是她背后有人，靠山硬得连祝家小少爷都不如？"

陈老大脸色一阵青一阵白，没想到居然碰上了个不好对付的主儿，刚想反驳，谁知阮愉又开口了："要我跟你走一趟没问题，但我有个条件。"

陈老大见事情有转机，忙问："什么条件？"

"我要见祝伊城。"

这上头交代，说祝伊城带了个来路不明的女人进了祝家这个别院里，要他务必把人带回去，这会儿祝天媛在场，他又不敢得罪，正巧阮愉同意跟他走一趟，这个条件他自然答应也得答应，不答应也得答应。

"阮小姐，伊城很快就会出来，你犯不着惹这些麻烦。"祝天媛正想把阮愉叫回来，可阮愉心意已决。

"如果你当真有办法救他，也不会在此坐以待毙。"阮愉的声音清冽而有力。

直至阮愉的背影消失，祝天媛才恍然大悟，初次相见，她就觉得这个姑娘非同寻常，到刚才才发现，那不同之处就在于，阮愉的目光里有种看穿的通透和处变不惊的沉稳，虽不言不语，可在波澜之间早已了然于心。

巡捕房的关押室有些昏暗，偌大的房间里只有顶上一盏老式的吊灯散发着暗幽幽的橘黄灯光，一阵风吹过，发出吱呀吱呀的响声。

审问的人来了一拨又一拨，可没有人能从祝伊城口中挖出些什么来，祝伊城除了一遍又一遍地重复自己不是凶手，那日刚巧只是路过之外，怎么也不肯讲那两次突然消失的原因，以及去了哪里。偏生他有祝家这个背景，上刑自然也上不得。

此刻，祝伊城心里想的全是阮愉。不知她醒来后发现自己身处这个时代是否会慌乱，看不到他会不会害怕，大姐可有照顾好她。只要想到她有可能会出现的惊慌失措，他便觉得心里像针扎一般，若不是他，她也不会被带到这里，跟着遭这些原本并不属于她的罪。

他只想快点离开这里。

寂静之中，关押室的门再次开了，这回不知又换了哪个来审讯，祝伊城对此毫无兴趣，甚至连头都未抬，可当那个声音突然之间响起的时候，他毫无波动的心顷刻间仿若复苏。

"祝先生，你还好吗？"

他在过去的二十多年生命里，从未如此想念过一个人，渴望听到这个人的声音。他猝然抬头看向她，她就这样站在自己眼前。

见她好好的，他一直以来悬着的那颗心总算放下了。

阮愉不动声色地打量着祝伊城，即使是这样昏暗的空间也掩盖不了他身上那种与生俱来的气质。

"阮小姐，睡得可好？"他望着她，僵硬的面部总算浮现出了一丝丝笑意，连带着一直冰冷的眼神也难得出现了温度。

阮愉走到桌子的另一头，拉开椅子在他对面坐下："祝先生，你不肯说的原因是不知道该如何解释那两次的失踪？"

祝伊城仿佛怔了怔，随即嘴角凝起一抹无奈的苦笑："实在不知该如何解释，说我去了另一个世界吗？他们只会当我精神错乱说胡话吧。"

"可你什么都不说，他们怎么可能放你离开？这样耗着，终究不是办法。"

两人皆是沉默，原本就静得有些诡异的房间此刻更瘆人，没多久，阮愉重新看向祝伊城，语气里多了几分笃定："祝先生，等会儿他们若再审讯，你就说那两次你同我在一起，我的家在凉城，上海边上的凉城，因我在凉城出了事故，你心下担心，便两次赶去看望我，走得急，所以才没有同家里联络，你记住了？"

祝伊城瞳孔蓦地收紧，并不赞同道："不可，不能把阮小姐拖进这乱局当中……"

"那你认为现在还有比这个更好更快的办法可以让你离开这个鬼地方？"

她说得没错，若他无法清楚交代那两次突然失踪的去向，巡捕房不会放他离开。

"可这事关小姐名誉……"

"我不在乎。"她微微一笑，轻启红唇，吐出了这四个字。

这时关押室的门咿呀一声开了，陈老大能给她的时间只有这么多，她起身对祝伊城笑笑，像是在提醒他别忘了方才自己说的话。等房门重新关上的时候，祝伊城恍然间觉得自己好像做了一场梦。

梦里，有他，还有阮愉。

"你说祝伊城那阵子都跟你在一起？你怎么证明你们在一起？"陈老大对阮愉的话半信半疑，不，从他的表情来看，他是完全不相信阮愉刚才的口供。

阮愉做无辜状，蹙着眉说："祝伊城回来那日穿了一件浅灰色外套，里头是一件棕色格子衬衫，他当时来找我时十分匆忙，忘了带换洗衣裳，那是我在凉城买给他的，你可去别院找找，他回来后便换下来了，应当还在那里。"

"阮小姐，几件衣服并不能证明那段时间你们在一起。"

"陈老大，你可以去问问，那两件衣服款式新颖，做工精致，我想整个北平应该还买不到那样的衣服。祝伊城平日里喜欢穿长袍，你也可差人去他家问问，他是否有这样的衣物。"

"好，就算你说的是真的，那么阮小姐，你刚才说你出了事故，请问是什么事故？"

"我妹妹因病去世，他担心我伤心难过，于是二话不说便跑来看我。"阮愉说得脸不红心不跳。

见陈老大似乎并不相信，阮愉突然提高了音量，怒道："你觉得我会拿家人的死来开玩笑？"

"阮小姐息怒，我不是这个意思，既然是阮小姐说的那样，那为何之前祝伊城怎么都不肯说？"

"我与他之间的事他家人并不知晓，他怕说出来会损我名誉，故而一直闭口不言。"

似乎合情合理。

陈老大正欲张口，忽然有人慌慌张张地跑进来，脸上的汗都来不及擦："陆……陆家出命案了。"

"哪个陆家？"

"还能是哪个陆家，就城南那个陆家！"

陈老大心头一紧，忽地听到一声冷笑，一回头，就见阮愉脸上挂着一抹嘲讽，听到她说："你们在这儿围着祝伊城打转，可给了凶手杀人的大好时机，你们这样算不算帮凶？"

"阮小姐！我对你礼让三分，你别得寸进尺！"

阮愉双手一撑桌面，起身问道："陈队长，请问我可以带祝伊城走了吗？"

好在这时祝天媛不知听到了什么风声，及时赶到，向巡捕房施压，陈老大接了个电话，大约是上头打来的，挂了电话后极不情愿地将祝伊城带了出来。

"你们可以带他走，但他身上的嫌疑还没有完全洗清，随时都有可能被传唤，这段时间就好好待着，不要再玩失踪的把戏。"

祝伊城疾步走到阮愉身边，拂手将她往自己身后一挡，有眼睛的人都能看出这祝家少爷对这位姑娘的上心，陈老大不好发作，愤愤地带了人就往陆家赶。

等人一走，祝伊城才回头看向阮愉："委屈阮小姐了。"

"委屈倒是不委屈，祝先生要不要一块儿去看看陆家出的命案？"

"阮小姐这是为何？"

"在这么敏感的时候还敢杀人，我也好奇这究竟是声东击西还是顶风作案？"阮愉朝他眨了眨眼，她的职业病在这个时候可真真犯了。

Chapter4
重 重 迷 雾 里

　　城南的陆家在当地算是大户人家，同祝家关系虽说没那么紧密，但也算交好，因阮愉执意要去看看，祝伊城只得作陪。可他心底是不愿意阮愉去冒险的，阮愉的性子就像是烈日下的玫瑰，倔傲又带着刺，祝伊城知道这刺并不是随意就能拔的。

　　祝家的车就停在巡捕房的门口，司机一见着祝伊城忙迎上来，像是大大松了口气。阮愉已经自顾自上了车，一点也不把自己当外人，吩咐司机："去陆家。"

　　司机有一瞬间的错愕，眼珠子从阮愉身上再转到祝伊城身上，心想这姑娘可真把自己当成自家人，颤悠悠地问祝伊城："小少爷，哪个陆家呀？"

　　"还能是哪个陆家？就城南那个陆家。"阮愉已经率先抢了话，并不在意祝伊城投来的目光。

　　司机见祝伊城并没有反对的意思，遂回过头去发动了车子。

阳光从窗外打进车里，照得阮愉的发顶一层金色的柔光，她坐在老式轿车里，身体颠儿颠儿的，总算有了身在旧时北平的感觉，早前那种不真实感早已被抛到九霄云外。也不知过了多久，轿车开过热闹的市集，总算驶上了一条人迹稀少的路，祝伊城的声音才低沉地响起来："阮小姐，这里的事情不是闹着玩的，我本不欲将你牵扯进来，你又何必非要弄个明白？"

"祝先生，事已至此，就算你不愿我过问你的事情，在这里我也已经同你绑在了一起，只有你好我才能安全，这点道理我懂，你应当比我更懂。"阮愉看事情一贯先把自己放到局外人的角度，这样才能看得清楚看得透彻。

祝伊城知道无法说服阮愉，低叹一声，再也无话。

轿车开到陆家门口，看热闹的人将陆家大门围了个水泄不通，一个个探头探脑的，恨不得进门看个清楚。

祝伊城的出现又是另一个骚动的开始，人群里不知是谁爆发出了一句："看，是祝家那位小少爷。"

于是众人回头，阮愉就这样变成了许多人围观的对象，人多嘴杂，祝伊城握住阮愉的手，将她稍稍拉向自己。在司机的保护下，两人进了陆家的大门，间隙间，阮愉仿佛听到有人低低地说了一声："他怎么还有脸来这里？"

阮愉听到了，祝伊城自然不可能听不到。她偷偷地抬头看了眼近在眼前的祝伊城，只见他面无表情，眉梢挂着她从未见过的凛然，全身透着一种生人勿近的凉意，偏偏握着她的那只手却是热的。

陆家早已乱成一团，从二楼传来的哭声连绵不绝。巡捕房的人将陆家搜了个底朝天，除了一具尸体之外什么都没搜到。中堂的首座上坐着一位气度不凡的老人，阮愉猜想这应该就是陆家的主人。陆老的身边是正掩面低啜的陆夫人，反倒是另一个看似跟阮愉同龄的女子引起了阮愉的注意。陈老大正在问她的话，从两人的对话里阮愉知道了这位被问话的正是陆家唯一的小姐，而死者则是这位陆小姐成婚还未满一年的丈夫。

阮愉正想上前，不想祝伊城手上力道却紧了紧，他眯着眼，什么都没说。

被陈老大问完话，陆静妍视线终于得空，恍惚间扫到不远处的祝伊城，再瞥见他身边的女人，眸子微微一沉，刚想过去问候，陈老大却抢先了一步。

"呦，小少爷，你这刚从巡捕房里出来，来这儿凑什么热闹？赶紧走，这血腥地儿可不是你这种金贵的小少爷能待的。"陈老大话里的讽刺不言而喻，他挥一挥手就让手下赶人。

"陈老大，你这办案能力可让人不敢恭维，上一次的案件还悬而未决，这又出了新案子，我看你这资质，恐怕十天半个月也破不了案，我们只是来瞧瞧你的热闹，热闹瞧完了，我们也就走了。再说了，这外面的人能看得，我们就看不得了？没这个道理吧？"阮愉的视线扫过身后指指点点的人群，又看向陈老大瞬间铁青的脸色，心里一口气总算是出得差不多了，转而抬头看祝伊城。

"祝先生，这热闹恐怕还有些时日能看，不急于这一时，我们走吧。"

远处的陆静妍心里蓦地一动，那两个人彼此眼神相交，祝伊城虽看上去无害，可她与他认识数十载，怎会看不出他言语动作之间的那种维护。

等那两人走了，陆静妍才状似不经意地问陈老大："祝少爷身边的那位小姐是谁？看着有些眼生。"

"不知是谁，伶牙俐齿、咄咄逼人的，一点也不讨喜，也不知祝小少爷被灌了什么迷魂汤，护她护得可紧。"陈老大忽地想起曾听过的传闻，猝然闭嘴，犹疑地看向陆小姐，却见这位陆小姐淡笑着离开了。

他们没有再回祝公馆，祝伊城将阮愉安置在了祝天嫒的别院里。到了傍晚，院里忽而起了风，有种山雨欲来的架势，阮愉倚在回廊上，望着这旧时的天空，乌云黑压压地挤在远山处，看上去和几十年后的世界并没有什么两样，甚至如果不是祝伊城亲口告诉她，他是来自几十年前的人，或许她只会觉得他只是做派有些复古，也仅此而已了。

肩上忽地多出一件长外套，阮愉蓦地回头，正巧对上祝伊城的目光，他的眼睛里仿佛氤氲着水汽，一股淡淡的歉意传入她眼底。

她抬起手挡住祝伊城的眼睛，掌心的温度若有似无地触在祝伊城冰凉的脸上。

"不要用这种眼神看着我，感觉我就像是只可怜虫。"

风沙沙地吹过，伴着阮愉的声音，在下一刻消散在空气里。

"不管如何，我仍然对你感到抱歉，你原本不需要被卷进这些事。阮小姐，我一定会想办法尽快送你回去。"

阮愉嫣然一笑，拢了拢肩上的外套，冲他眨了眨眼："如果我说，我很乐意和祝先生一起经历这些事情呢？"

像是有什么，轻轻划过祝伊城的心里。祝伊城的眸子里清晰地映出阮愉的身影，她歪着头巧笑嫣然，连风雨都停了下来。

那天他们终究再没说什么，两人的房间只隔了一堵墙，第一次让她觉得这样安心。

迷迷糊糊不知过了多久，阮愉是被一阵争执声吵醒的。

大厅内，祝天媛双手抱胸，神色凝重，祝伊城神情自若，旁若无人。

"祝伊城，你现在是连我的话都不听了是吗？"祝天媛见祝伊城手里一直在摆弄着早餐，半分没有听她说话的意思，气不打一处来，他们家这位小少爷十分讲究她是知道的，可这早餐一贯都是下人送上来他便开动的，什么时候会像现在这样，仔仔细细地擦拭过盘子，再一一将食物叠放得整整齐齐。

"大姐，我听着呢，可现下事情已经到了这个地步，再急又有什么用？"

"死的可是陆静妍的丈夫，早前陆静妍成婚的时候关于你们俩的传闻就闹得满城风雨尽人皆知，本以为她成了婚你们就不会再有什么瓜葛，这可好，还不到一年，她就死了丈夫，死了也就死了，你偏生还去凑热闹，伊城，人言可畏啊。"

祝伊城嘴角勾起一个弧度，像是在笑自家大姐太过多虑："大姐，所谓清者自清，何况你什么时候见过我在乎外人的看法？他们怎么说我跟我有什么关系？"

祝天媛要说出口的话被他生生卡在喉咙里，说也不是，不说也不是，好半晌才又把话题转到了阮愉身上："好，那我们不说你，我们来说说住在你隔壁的那位阮小姐。祝公馆的规矩你不是不知道，往常你身边莺莺燕燕总也没个正经的我也就不说你了，可这若非是要娶进门的姑娘，你怎么敢往家里带？"

祝伊城总算布好了餐具，似笑非笑道："大姐怎知我没有求娶之心？"

祝天媛蓦地愣住。

"只可惜阮小姐这样的姑娘，岂是一般人可以并肩的。"他面色温和，甚至连语气都含着笑，他低垂着眼，脸上是什么表情却让人看不真切。

这个被自己从小宠到大的弟弟，何曾说出过这样的话来？从小锦衣玉食，养尊处优，一贯都是意气风发的，旁人钦羡攀附都来不及，这一个来历不明的姑娘怎会让他生出这般无奈？

这时，祝伊城发现了在廊柱后头的阮愉，嘴角沁上笑意："阮小姐，昨夜睡得可好？"

阮愉一点也没有偷听别人谈话被抓包了的窘迫，大大方方地进了厅内，向祝天媛微笑问好，随即转向祝伊城："祝先生今日有什么安排？"

祝伊城将热过了的牛奶递到阮愉手里，想驱驱她身上的凉意。

"案件没水落石出之前，少不得被束缚自由，这几天要委屈阮小姐了。"

阮愉低头抿了一口，温热的牛奶从喉咙滑入胃里，一扫昨夜因难眠而带来的倦意："祝先生，这陆家死了女婿，和你又脱不了干系了，你说说你到底是得罪了什么人，怎么每桩命案都能和你扯上关系？"

阮愉这话听着像是揶揄，祝伊城倒并不在意，可听到祝天媛耳里又是另一番意思了。祝天媛护弟心切，上前一步挡在他们二人中间，对阮愉说道："阮小姐这话是什么意思？我家伊城虽然干过不少荒唐事，可从未触及底线，这命案和他有关，实则他才是受害者才对，怎么听阮小姐话里的意思反而他才是罪魁祸首似的？"

阮愉愣了一下，天地良心，她话里可没有半分这个意思。

"大姐，阮小姐不是这个意思。"

"伊城，你今天把话给我说清楚，你到底是从哪里弄来的这姑娘？

你平常跟那些不三不四的姑娘厮混，我当你只是玩心太重也就睁一只眼闭一只眼了。如今倒好，把人都带进家里来了却连一句解释的话都没有，你觉得这像话吗？"

祝天媛话音刚落，许多天未见的管家曾叔忽而从前院而来，瞧他神色紧张的样子，怕又不是什么好事。

果然——

"大小姐，小少爷，陆小姐在门外求见。"

阮愉闻言，若有所思地看向祝伊城，发现祝伊城也正盯着自己，他眼底漆黑一片，波澜不惊，看不出此刻心里在想什么。

阮愉端起牛奶又喝了一口，陆小姐……就是方才祝天媛口中所说的和祝伊城早前闹得满城风雨，昨天又刚刚死了丈夫的陆静妍？

真有趣。

陆静妍就立在门外，素黑色的长裙衬得她脸色看上去更加苍白，阴天透着光，她站在那里，在阮愉眼里倒像是一幅动人的画，只不知在祝伊城眼里又是怎样一番景象。

阮愉忙放下手里的热牛奶，屁颠屁颠跟上正欲往外走的祝伊城。祝伊城蓦地停下脚步，阮愉猝不及防地撞上他的后背，吃痛地揉一揉自己的额头，皱着眉抬头去看祝伊城，却见祝伊城眉目温和，说："阮小姐，牛奶要凉了。"

阮愉眉心一挑："我喝饱了。"

祝伊城又看了她一会儿，想是觉得和她说再多，两个人的思维也无法跳转成一致，于是转身朝门口走去。

陆静妍一眼就瞧见了祝伊城，眼前忽地一阵恍惚，算起来，他们大约有一年没见了，从她嫁人之后，他们的距离就如天地一般看着近，实则越来越远。当初在巴黎求学时的往事还历历在目，可现实却将回忆冲击得溃不成军，那个时候，她放下一切女孩子家的矜持求嫁，换来的只是祝伊城一句："静妍，我不知道哪里让你误会了，可是，我对你从来没有一丁点男女之间的想法啊。"

她至今仍记得祝伊城那时的模样，他英俊的脸上挂着淡淡的笑意，眼里如星辉明月一般，谁都知道祝家少爷一身倜傥，偏她一人吊死在了他这棵树上。谁都劝她放下他，偏偏她从北平到巴黎，跟了他那么多年，在他眼里却只是一场误会。那一年，陆家小姐成了北平的笑话。

出嫁那日，陆家府外，祝伊城一身西式西装，一收往日的不羁纨绔，同她说了一声祝贺。从此陆静妍将爱埋葬在了心底，孩子气似的在心里赌气，若他不来找她，她便再不见他，可一年过去，他真的再未找过她，纵使偶尔在一些场合见着，他们也疏离成了点头之交。

待祝伊城在身前站定，陆静妍才如梦初醒，她对他轻轻一笑："昨天在家里见到你，才发现我们已经有那么久没有见面了。伊城，最近一年，你还好吗？"

祝伊城面上照旧是陆静妍熟悉的漫不经心的笑意。

"北平说大不大，说小不小，我好不好，难道你还会不知道吗？"

"我知道你是被冤枉的。"

"祝家小少爷现在可是巡捕房重点怀疑的杀人犯，陆小姐家刚刚出事，还是不要和我走得太近为好，免得我这轮罪名还未洗清，又被人落下话柄。"祝伊城剑眉飞扬，语速飞快，甚至有种盛气凌人，听不出他这番话究竟是虚情还是假意，但听在阮愉耳里，却觉得这真不像是温文儒雅的祝伊城会说出来的话。

陆静妍垂下头，不免有些难过："看来你并不想见我。"

"我认为我们没有叙旧的必要。"祝伊城未给陆静妍一点面子，直接下了逐客令，刚想转身回去，却见阮愉忽然从他身后蹿出来，笑眯眯地挡到了他身前。

"陆小姐，北平有没有什么喝咖啡的地方？我想请陆小姐喝一杯咖啡。"

陆静妍微微错愕，盯着阮愉，半晌才笑开来："不知小姐怎么称呼？"

"我叫阮愉。"阮愉大大方方地自我介绍，接着朝一脸不赞同的祝伊城伸一伸手，"祝先生，可以借我点钱吗？"

祝伊城似乎想说什么，可最终还是劝道："这里不比阮小姐的家乡，阮小姐若无什么紧要的事还是少出门为好。"

"祝先生的意思是好死不如赖活着？"她冲祝伊城眨了眨眼，手往前又伸了一些，似在催促。祝伊城最终无奈，仔细叮嘱阮愉注意安全，等她们离开后，又派人在远处暗中跟着。

阮愉和他不一样，没有经历过这样的世道，她所在的那个世界并然有序，哪像这里，也许处处都存在着危险。

天香馆对街的街角就有一家不错的咖啡馆，叫米歇尔咖啡馆，听陆静妍说，咖啡馆的老板是从法国而来，米歇尔便是老板的名字。

旧时北平的咖啡馆里，阮愉对这一切都异常新奇，进门的转角处就摆着一台留声机，正播着音乐。等坐下，阮愉才发现从窗口就能将天香馆一览无遗，她看向正为自己点咖啡的陆静妍，突然问："陆小姐经常来这里吗？"

服务生是个性格活泼的姑娘，不等陆静妍回答便大大咧咧地说："陆小姐可是我们这里的熟客，每次来都坐这个位置。"

陆静妍瞪了服务生一眼："就你话多。"

"陆小姐，你今天特意找上门，是为了你丈夫的事情吗？"阮愉也不绕弯子，直截了当。

"本只是心里堵得慌，想找伊城说说话，结果你也看到了，他根本不想见我。"

"陆小姐心里还喜欢着祝先生是吗？"阮愉不着痕迹地瞥过陆静妍放在桌上不断摩挲着的双手，她的十根手指洁白光滑，除了腕间一个看上去不那么值钱的镯子之外，身上几乎没有任何首饰。

闻言，陆静妍神情猛地一顿，而后苦笑开来："连你都看出来了，偏偏他却从来视若无睹。"

"陆小姐，你丈夫尸骨未寒，这样合适吗？"阮愉笑眯眯地说着，搅了搅服务生送上来的咖啡，眼角的余光瞥到街角那头天香馆敞开的大门。

大约是因为丈夫已死，陆静妍并没有觉得自己的话有任何不妥之处，目光直指阮愉："我知道阮小姐不是那种乱嚼舌根的人，看阮小姐的谈吐也是新式人，应该不会拘泥于这些繁文缛节。"

"陆小姐，太自信可不是什么好事。"阮愉笑笑。

陆静妍微怔，抿了一口咖啡，不动声色地将阮愉上下打量了个遍。她也说不上来是哪里不对劲，总觉得阮愉同这个场景有些格格不入，再加之刚才祝伊城对阮愉那样小心翼翼的态度，那个在祝家即使被人在背后说成身份卑微，却从来也意气风发不将别人放在眼里的祝伊城，怎么会对一个女人这般细致？

"恕我冒昧，请问阮小姐与伊城认识多久了？"

阮愉一只手托着下巴，一只手握着勺子有一搭没一搭地敲击着咖啡杯，像是在数数似的掰着手指头："大约有段日子了。"

　　她没有说具体时间，陆静妍也就无从猜测祝伊城和阮愉的关系究竟发展到了哪一步，但看祝伊城对阮愉的态度也知道，他对阮愉紧张得很，坦白说，她从没见过他对哪个女人如此上心。

　　"对了陆小姐，你怎么看祝先生纠缠在身的那桩命案？"阮愉状似无意提起，但看陆静妍的表情，一点也不意外，像是知道她一定会问。

　　"阮小姐，你对祝伊城此人了解多少呢？"陆静妍将散下来的发丝捋向耳后，笑起来让阮愉有种莫名的寒意。

　　"还请陆小姐指教。"阮愉自然不落下风，陆静妍的确漂亮，别说是男人，就是连身为女人的自己都忍不住感叹陆静妍的美，她想在这个时代，大约没有哪个男人会拒绝陆静妍这样长得漂亮又有家世的女孩子。可她再如何掩饰，扔无法盖住骨子里那种攻击性，一个人的美丽若让人觉得有那么一些攻击性，要么激起男人的征服欲，要么熄灭男人的热情，而对于阮愉来说，多多少少有些索然无味了。

　　"阮小姐，你认识祝伊城的时间不长，不了解他并不奇怪，在阮小姐眼里他温和儒雅，身上总透着一股书卷气吧？可在北平，但凡和祝家有些交情的，谁都知道祝家小少爷祝伊城为人肆意、性格张狂，且仗着祝老爷的疼爱目中无人，从前就连他大哥都拿他没办法，也就是这一年祝老爷失踪了，祝伊城才稍稍收敛了一些。他这个人啊，在外人面前总装得一副读书人的样子，可他做的那些事却没有一件是读书人该做的事，惹了一身桃花债不说，对谁都是无所谓的样子，也不知他心里究竟在想什么。"

　　阮愉一副听得津津有味的样子，眼睛眨也不眨地盯着陆静妍，她笑起来眉眼弯弯，煞是好看："看来陆小姐对祝先生的评价并不高，那为何陆小姐即便是嫁了人还对祝先生念念不忘？"

陆静妍微微蹙着眉，低头叹了口气："有些人住进了心里，想忘掉又谈何容易。"

"那依陆小姐所看，祝先生像是会杀人的吗？"

"阮小姐，人性这东西谁又说得准呢？你能保证一辈子都不干糊涂事吗？"

顶上的旧式吊灯闪着橘黄的光，外头不知何时已经乌云满天，像是一场大雨即将赴约，陆静妍的脸在灯光摇曳里忽明忽暗，阮愉忽然之间便有些明白陆静妍想对自己表达的意思了，这时陆静妍之于她，比刚才更加索然无味。

人性或许难测，可懂得隐忍的人必定能够把控所谓的人性。难怪祝伊城看不上这陆静妍，她不懂他。

阮愉在陆静妍些微的错愕里起身同她告别。阮愉将咖啡杯喝了个底朝天，朝陆静妍微笑致谢："这里的咖啡口感不错，谢谢陆小姐分享好地方。"然后将祝伊城给的钱大方地拍上桌子，她最擅长的事情之一就是慷他人之慨。

对面的天香馆仍旧开着门，这样的地方，按道理来说，直到午后才会陆续开展生意，这大早上门口格外冷清，她走到门口，果不其然被里面打扫卫生的丫头拦住了去路："不好意思，我们还没开始营业。"

"我找祝大少，烦请通报一声。"

那丫头古怪地看了眼阮愉，像是在思忖阮愉话里的真假，这时蓦地从楼上传来一阵夜莺般的声音："祝大少可不在我这里，这位小姐恐怕找错地儿了。"

阮愉循着声音望去，便见二楼廊道上一位身穿殷红旗袍的美娇娘，她皮肤白皙，勾着红唇，似笑非笑地冲阮愉摆手。

"我亲眼见着祝大少进了这个门，难不成是有什么见不得人的事不便让旁人知道？"阮愉说话直接又犀利，她可不管这祝伊城的大哥是什么人物，对她来说也只能算是个几十年前的旧人罢了。

柳絮靠在栏杆上，笑脸盈盈："好一个伶牙俐齿的小姑娘，你叫什么名字？"

"我可不是来交朋友的。"

柳絮还想再说什么，一个浑厚的男声在静谧中猝然响起："请阮小姐上来。"

阮愉挑了挑眉，心里冷笑，就凭祝天齐对祝伊城那般态度，知道她的名字也在意料之中。

柳絮似乎心有不甘，在祝天齐的命令下才无趣地挥了挥手，让丫头将阮愉带上了二楼东边最里面的雅间。阮愉不动声色地观察这个在北平颇有名声的天香馆，这里环境极好，一物一木都十分考究，乃是北平达官显贵光顾最为频繁的茶馆，说是茶馆，但实际做着什么生意，大约来这里的人都已经心照不宣。

阮愉在雅间门口突然停了步，指着北边被封条封了的那房间问："那里就是祝伊城杀人的地方？"

柳絮闻言扑哧一声笑出来："阮小姐究竟是哪边的人？"

阮愉拧眉佯装沉思："除了祝伊城这一边，还有哪边可以靠？"

"柳絮，阮小姐是贵客，不可无理。"祝天齐的声音从雅间传来。

阮愉耸了耸肩，越过柳絮直接进了雅间，雅间内环境清雅，祝天齐从屏风后面走出来，对阮愉点头示意："阮小姐远道而来，原该是我祝家招待才是，可不巧家里发生了一些事，还请阮小姐多多见谅。"

"祝大少客气了，伊城是我的朋友，我最喜欢为朋友排忧解难了。

对了祝大少，刚才进来的时候我看到北边那个雅间被封了，我想进去看看，不知道方不方便？"

祝天齐慢条斯理地为自己斟了杯茶，喝了一口，悠悠道："阮小姐，这浑水你还是别蹚的好。"

"难道祝大少是等着自己的家弟坐实凶手之名？"

"阮小姐，你也看到了，那封条是巡捕房封的，我也奈何不了。"

"以祝家在北平的名望和地位，区区这么一点小事应该不在话下，何况我也就是看看，我一个姑娘家还能做什么不成？"

祝天齐面上虽笑着，略一沉思，朝柳絮看了一下。柳絮立刻心领神会，领着阮愉就去了北边被封了已有多时的雅间，自从出事后，除了巡捕房的人之外，就没人再进过这里，后来就连巡捕的人都不来了，可没得到通知，这两张白条子也不是随便就能揭下来的。柳絮动作娴熟地小心从底部轻轻往上一带，封条立刻开了。

柳絮轻轻推开门，尘埃扑面而来，阮愉皱着眉捂住嘴，好一会儿才踏进去。屋子被封了许久，台面上早已布了一层灰，地上画了一个简单的人形框，大约就是当时死者的位置。她再往里头仔细瞧去，死者的位置就在中间的圆桌边上，可桌上放置的茶壶等物品摆放得整整齐齐，就连圆桌边的圆凳也井然有序，她蹲在人形框边上看了一会儿，回头去看柳絮。

柳絮倚靠在门口，一手托着腮，柳眉轻扬。

"这里有人来打扫归整过吗？"阮愉问她。

"出了命案后这里就被封了，阮小姐现在看到的样子就是当时命案发生时的样子，谁那么大胆子敢进封了的屋子里啊？"

阮愉假装听不出柳絮话里的别意，站起来走到窗口。天香馆靠北的这头连接的是一条河，河面不宽，常有游船经过，对面则是北平最为热闹的游街。若是懂水性会游泳的人，从二楼跳下去再游至安全的地方也不是一件难事。再回头看整个雅间，空间并不大，至多十几平方米，屏风倒是做得相当别致，将后头那张软榻隔离开来，红木圆桌质感十足，与四张圆凳配为一套，圆桌边沿处的花纹极为考究，看得出这天香馆的老板也是个有品位的人，在这些细节方面一点也不含糊，可见也是个有些家底的人物。

再到屏风后头，十足可算是间迷你卧室，软榻、衣柜、洗漱架一应俱全，以方便醉了的客人留宿，想得不可谓不周到。阮愉弯腰敲了敲床，软软的，坐上去一点也不硌人，她双手撑在身体两侧，随意在边沿摸了摸，手指卡在缝隙时忽然碰到个什么东西，因卡得紧，半晌才将东西从缝隙里弄出来，拿起来一看，是枚粗布盘扣。她隔着屏风看门口才发现，这屏风能从里头大约看清外面的景象，可从外面却一点也看不清里面发生了什么，有点像现代的单面镜，她一边将盘扣放进自己的外衣口袋，一边低头看个究竟。

高跟鞋嘚嘚的声音猝然响起，柳絮那张标致的脸上笑意融融，却也清晰地透着不耐："阮小姐，看够了吗？巡捕房随时会来人，这要是让他们瞧见我私自让你进来，只怕我也吃不了兜着走，还以为我也是祝小少爷的帮凶呢。"

阮愉眯起眼笑："也？"

"阮小姐不知道呀？昨儿刚死了丈夫的陆小姐前阵子也央着我要进来瞧瞧，看能不能帮得上祝小少爷。要我说，这祝小少爷脾气虽说不小，可女人缘却让别人望尘莫及。"柳絮有意无意地提及了陆静妍，可阮愉脸上没有一点点变化。

"那陆小姐进来了吗？"

"我哪敢擅自做主啊，要不是今日祝大少开口，我也是不可能让阮小姐进来的。"

阮愉耸了耸肩，淡然开口："也是，明哲保身也是一项生存技能。"

她边说边跟着柳絮往外走，仔细地看着柳絮锁上房门，再熟练地将封条封成原样，这动作之利落，要说没人进过这房内，她当然不信。

她又回到祝天齐所在的那个雅间，与刚才不同的是，他身后站了一个人，看上去像是跟班。因为窗户开着，外面雨水哗哗地流淌，阮愉这才发现大雨已至，像是要将城市颠倒一般，隔着雨声，她固执地站在门口与祝天齐对视。与祝伊城相比，祝天齐的确显得成熟老练许多，他那一双眼睛精明地在她身上打量，不动声色，却满是城府。

这两兄弟长得真是一点也没有相像之处。

"阮小姐找出替我小弟开脱罪名的东西没有？"祝天齐悠悠地问向阮愉，话语里全是探究。

阮愉不是不知道这个人此刻正思忖她的来历和身份，她坦荡地立在那里，无奈地一耸肩："想来也只是无用功而已，若是真有什么实质性的证据，祝大少早就替自家小弟做主了，是吧？"

虽然隔着几步距离，可两人的眼神交会，却是谁都不让谁，阮愉嘴角噙着一抹若有似无的笑意，根本叫祝天齐无法看透。祝天齐身边的女人大多依附于他，很少会有这样敢于和自己直视打嘴炮的女人，小弟身边忽然出现的这一个，可真是有些趣味。

雨肆无忌惮地下，刚才拦着阮愉那丫头噔噔地踏上二楼，对柳絮汇报："柳小姐，祝小少爷在门口，说是来接阮小姐回去。"

门内的祝天齐微一挑眉，似乎有些意外，对着阮愉揶揄："难得也有我那弟弟上心的时候，阮小姐，你不简单啊。"

"多谢祝大少夸赞，既然伊城来了，那我就先告辞了。"临走前她眼波扫过祝天齐和柳絮两人，唇边的笑意更开了，饶是一个外人也能看出这两人关系非同一般，精明如这两人，怎会不知避讳？

祝伊城手里撑着一把伞站在雨里，静静地望着阮愉由远及近，其实再近几步便有躲雨的地方，再者进天香馆内等也是可以的，偏生他心里存着一丝执拗，宁愿在雨里让雨水打湿了长衫的尾摆也不愿再踏进这是非之地。

阮愉笑嘻嘻地走到他面前。

他举着伞的手微微往前一伸，另一只手抓过阮愉的手腕，将她整个人罩在大伞之下。

"等一会儿，阿忠去前面买些糕点，马上就来接我们了。"祝伊城对阮愉微微笑道，声音温润儒雅。

"你怎么知道我在这里？"阮愉却和他岔开话题，眨着眼睛玩笑似的问。

"我派人跟着你。"他答得坦白，一点也没有要避讳的意思。

"你不放心我？"

"阮小姐，是我把你拖到这乱象之中，我有责任保护你。"

阮愉歪着脑袋仰着头去看他，没有高跟鞋在脚，她和他差了足有十厘米，他下颌弧度显得异常柔，眉梢仿佛总挂着一丝冷意，可没有拒人于千里的漠然，这一张英俊的脸，也不知蛊惑了多少个陆静妍这样的女孩子。

她忽然伸出手，握住祝伊城垂在身侧的手，十指交握，然后满足地再去看他，发现他也正微微低头看着自己，漆黑的眸子里仿佛晕染着水汽,一望无底。

"祝先生,这样等车子才不会无聊。"她挑了挑眉,说得理所当然,将他的手握得更紧,而后别过头,假装看别处的风景。

不经意瞥过米歇尔咖啡馆,雨帘里,橱窗内陆静妍的身影看得有些不真切。

他们握着手并肩而立,阮愉没有发现祝伊城眼里那抹冷淡悄然晕开,嘴角不知何时已经挂上了笑意。

这雨也不知要下到何时,可掌心间的温度却仿佛能温暖迎面而来的冷风。

Chapter5
探 得 虚 与 实

　　一场大雨下了三天三夜，雨水似乎倒灌似的袭击北平，就连祝家别院的院落都蓄起了几厘米深的积水，根本无从排泄。而阮愉自从那天被祝伊城接回别院后就一直高烧不退，一病不起，请来的大夫都说只是得了风寒，等烧退了，休息一阵就好了，可到了后半夜，阮愉生生被胃痛搅得无法入睡，痛得几乎要晕死过去。祝伊城看不得阮愉受苦，连夜就把她送进了医院，得出的结论是急性肠胃炎引起的高烧。

　　挂了针，吃了止痛药，等她能够入睡，晨曦已至，只是雨依旧没有停歇的意思。

　　过了一会儿，见阮愉依旧熟睡着，祝伊城仔细替她掖好被子，起身出了病房。在外头守了一夜的阿忠听到动静立刻从长凳上弹起来，一副随时待命的样子。祝伊城拍拍他的肩头，示意他动作轻些。

　　"我回去熬些粥，阮小姐醒来要吃的，你在这里守着病房门，不相干的人都不许进。"

虽也是一夜没睡，但阿忠立刻来了精神："少爷，这种事我去就好了，你在这里守着阮小姐，万一阮小姐醒来见不着少爷会着急的。"

"阮小姐醒来之前我一定赶回来。"祝伊城说话之间，从阿忠口袋里掏出车钥匙，走之前又叮嘱了几遍闲杂人等不可进入病房。虽然说不出究竟哪里有些奇怪，但少爷说的话一贯都是有道理的，阿忠点点头应允下来。

别院里的下人们也是被折腾得一夜未睡，祝伊城回去后简单洗漱了一番，亲自去厨房为阮愉熬粥。厨娘岚姨见小少爷居然亲自动手，也不免觉得诧异，瞄了一眼自己从天未亮就炖上了的粥，小心对祝伊城说："小少爷，曾叔一早就吩咐了让我把粥熬上，说没准等会儿阿忠会回来取，我这都已经准备好了，阮小姐想吃什么吩咐一声就是，怎么还让您亲自动手了。"

祝伊城手上动作未停，不为所动，余光瞄了眼另一个灶台上的那锅粥，轻描淡写地说："倒了吧，阮小姐住院期间所有的饮食我会亲自负责，不麻烦你们。"

岚姨心里一惊，不知怎的，额头竟然冒出几丝冷汗。祝伊城的话里有太多值得探究的地方，她迟疑了一下，见祝伊城没有再理会自己的意思，三步一回头地出了厨房。

阮愉像是睡了一辈子那么久，她做了一个很长很长的梦，梦里的画面来回切换，她见到了已逝的父亲、病死的妹妹，还有母亲和陆权的幸福生活。紧接着阮愉那同母异父的妹妹出现在阮愉面前，苍白的脸，透明得像一张纸，她问阮愉为什么见死不救？阮愉的喉咙像被卡住了似的，一个音都发不出，她的妹妹突然扑上来，凶狠地掐住她的脖子，一个劲儿地叫嚣着：那就一起死吧……一起死吧……

"阮小姐……阮小姐……"祝伊城紧张地一只手握住阮愉的手，发现她的手冷得出奇，另一只手拿着手帕替她拭额上的汗，她大约是被魇住了，不停地流眼泪。

　　阮愉茫然地睁开眼睛，发现眼前迷雾一片，祝伊城的脸时而模糊时而清晰，掌心总算有温度传来，他的脸近在咫尺，一脸焦急。

　　"做噩梦了？"祝伊城的声音温柔，拿着水杯递到她唇间，"喝点水。"

　　等几口水下肚，阮愉的脑袋总算清醒了些，眼珠子扫过病房内的环境，单人病房，这条件比她在自己那个时代可要好上太多。

　　"胃还痛吗？"

　　阮愉虚弱地摇摇头，昨晚以为自己快痛死过去了，这会儿倒觉得像是重生了似的，她问祝伊城时间，才知道自己不知不觉已经睡了这么久。

　　祝伊城见状忙扶她起来靠在床后背。这位少爷显然从没服侍过人，动作生涩又生硬，阮愉眼睛一动不动地盯着他看，在灯光下，他的皮肤显得更白了，她忽地在心里喟叹，怎么会有生得这么好看的人。

　　粥喝了几口阮愉就没胃口了，再也不肯喝，她央着祝伊城说想吃甜点，他本应该断然拒绝，这个时候她实在不适合吃那些没有营养的东西，可又拗不过她的死乞白赖，无奈命阿忠去最近的餐厅打包几样点心过来。这阿忠倒好，以为祝伊城是为取悦阮愉，居然将各色糕点都买了一份，阮愉见到的时候眼睛亮了。

　　"阮小姐，你自己一个人住的时候也是这么不会照顾自己的吗？"

　　阮愉心满意足地舔了舔舌头，看他一眼："我这不是把自己养得挺好嘛。"

　　"病人不该吃这些。"

"这个世界就是条条框框太多了，才会让人活得这么累。"

静默之间，医生推门进来为阮愉做二次检查，告知阮愉虽已没有什么大碍，但仍需在医院多住两天，等医生一走，阮愉看向祝伊城。

"我这次出事是巧合还是另有原因？"

"只是意外而已，阮小姐别做他想。"

阮愉却像是没听见他的话似的，自顾自地继续说："我下午刚去了天香馆，晚上就进了医院，这也太巧。何况我自己的胃我自己清楚，无缘无故的它不会这么矫情，祝先生，是不是我阻碍到了什么人？"

祝伊城面上俱是笑意，或许是他伪装得太好，阮愉在他脸上得不到一丝丝有用的信息，他依旧是那副口吻："阮小姐想得太多了，你才来这里没多久，并不会对别人构成威胁。"

"那如果这个别人只是想试探祝先生你呢？"

阮愉含笑反问，祝伊城的眸子有一瞬微眯，一道寒光在眼里转瞬即逝，却恰好被阮愉捕捉到了。她猜得没错，祝伊城心里果然藏了太多的秘密，其实他心里一清二楚，跟明镜似的，可从不让人看出端倪。

她心里忽然有些堵，不知是气自己无法为他分担，还是气他终究还是不信她，忽地垂下眼睑，自嘲笑道："祝先生的演技可比电影里的演员好上千百倍。"

出院的那天雨过天晴，湿漉漉了好几日的北平总算迎来了阳光，医院外头好不热闹，阮愉来了没多少时候，还没有好好逛过这里，她一回头就撞进了祝伊城的眼里，话还没出口，祝伊城像是会读心术似的，摇头说出不行两个字。

阿忠已经开车等在了门口，祝伊城的态度很是坚决，握住她的手说："等我得空的时候一定陪你出来逛逛，我不放心你一个人在外面。"

"祝先生，你怎么一副如临大敌的样子，是不是遇上什么麻烦事了？"

祝伊城什么都没同她说，等到了别院，他将阮愉安顿好之后又乘车走了。阮愉心里升起一阵狐疑，再加上又是个闲不住的人，何况刚从医院被放出来，她一个人怎么待得住。她晃悠到门口，发现对面有小贩卖烟，摸了摸口袋里还有上次祝伊城给的没花完钱的钱，故上去买了包烟。

烟圈吐出的那刻阮愉才觉得她又是以前的自己了，她弹了弹烟灰，吐出最后一口烟圈，正准备按灭烟头的时候，祝天媛的声音猝不及防地响起，吓得她一口烟呛在喉间，咳得脸红脖子粗。

"没想到阮小姐还会抽烟。"

阮愉好不容易缓过来，无所谓地耸了耸肩，道："无聊打发时间而已。"

"听闻前几日阮小姐打发时间打发到天香馆去了是吗？"祝天媛的语气不知怎的给阮愉一种咄咄逼人的错觉。

"大小姐现在是在审问我吗？"阮愉扑哧一笑，摇着头，"祝先生可没有限制我的行动自由。"

"阮小姐，你究竟从哪里来、是什么人？伊城是我最疼爱的弟弟，我不希望他因为一个来历不明的女人受到伤害。"

阮愉干巴巴地靠着廊柱，摸了摸兜里的烟，还想点上一根，可旋即一想遂又作罢："我更想知道祝先生跟陆静妍是什么关系，陆静妍丧夫第二天不在家为丈夫守丧，却跑来找祝伊城，这样的关系别说是不相干的人，就是相熟的人都要起疑心吧？"

没想到阮愉突然反客为主，祝天媛愣了一愣，她护弟心切，来不及多想，忙道："阮小姐说话可要注意分寸，我家小弟跟陆静妍虽然过去是有过一段，可自从陆静妍嫁人之后两人就再也没有瓜葛，至于陆静妍为何巴巴地跑来找伊城，她安的什么心别人又怎么知道。"

阮愉这时站直了身体，上前一步，目光直逼祝天媛："那大小姐知不知道，陆静妍虽嫁重同修旧好。"

祝天媛就像是被人踩到了痛处一般，脸蓦地一白，竟是话也说不出了。

"看来大小姐对陆静妍的这点心思倒是清楚得很嘛。"阮愉原本也只是试一试，没想到这么快就试出了结果。

"陆静妍是不是对你说了什么？"好半晌，祝天媛才反应过来，想起那天曾叔同自己汇报的，说是新来的那个阮小姐请陆小姐喝咖啡去了。她那会儿还觉得奇怪，这会儿想起来，该不会是陆静妍乱嚼了舌根，说了什么对祝伊城不利的话吧？

"陆静妍对我说了什么并不重要，大小姐只需要知道，我不会害祝伊城。"

祝天媛仔细瞧着阮愉，像是在思考阮愉话里的真实性，她对阮愉从未放下戒心，如今正值多事之秋，祝家本就不太平，要她完全去相信一个陌路人本就有些牵强。

祝天媛的丫头香兰忽然气喘吁吁地跑来，急得满头大汗，见着祝天媛像是见到了救星一般，忙说："大小姐不好了，小少爷和大少爷吵起来了，大少爷还对小少爷动了手。"

"什么？！"祝天媛心里巨震，眼前忽地一黑，好在阮愉眼明手快，忙上前扶住她站定，接着她对香兰喝道，"还不快带路。"

祝公馆和这别院只隔了一条街，别院是当年祝老爷送给大女儿的，但祝天媛自从丧夫之后就搬回了祝公馆住，反倒是祝伊城住着的时候居多，每次和家里闹别扭不愿意回家时，祝伊城就搬来别院住，久而久之，大家也都心照不宣了。

祝公馆大厅，所有下人都齐刷刷地围在厅外，个个低着头胆战心惊，生怕厅内的火会烧到自己，大厅的中央赫然摆放着一口棺材，已经摆了两天，愣是没人敢动它一动。

祝伊城与祝天齐面对而立呈对峙状态，祝天齐双手负在身后，神色不耐又凶狠，再看祝伊城，一贯一派儒雅，可眸子里的冷却能寒出凉意，他的左脸颊清晰可见一片红肿，这是方才争执之际祝天齐当着所有下人的面出手打的。大家都屏住了一口气，生怕这两兄弟会大打出手，可害怕的场面终究还是没出现。

祝伊城淡淡地抹掉嘴角渗出的血渍，面无表情地对祝天齐说："我敬你是我大哥，我不会对你动手。"

是了，从小到大，大少爷对小少爷虽然不冷不热的，谈不上喜欢也说不上讨厌，可动手的时候却是极少的，人人都知道两位少爷面和心不和，可从未有人主动戳破这一层窗户纸，刚才祝天齐那一巴掌，无疑是戳破了多年来表面的和平，但祝伊城比祝天齐以为的更加能忍。

祝天齐胸腔内一片烦躁，点了根雪茄，倏然说道："伊城，父亲从小就最疼你，可这会儿，却是你让父亲无法入土为安，你这么做对得起他吗？"

"大哥所说的那些理由，实在无法说服我棺材里躺着的就是父亲，要我如何点头答应操办丧事？若这里头睡着的是父亲，那还好说，若父亲还活着呢？"祝伊城对身边这口莫名其妙的棺材着实有些抵触，偏生他这个在任何事上都无比精明的大哥却独独在这件事上一点也不精明，什么原因，兄弟两人心知肚明。

"好，我暂且不提这事，那纪家呢？纪如烟呢？你准备拿她怎么办呢？"

"只不过是老一辈的玩笑话而已，大哥怎么就当了真？"

祝天齐冷哼一声："伊城，你一边坚持对父亲保有绝对的尊敬，即使棺材里躺着的是真正的父亲，可没有绝对证据你拒绝为他下葬，一边又不把父亲说过的话放在心里，你这不是自相矛盾吗？纪家这门婚事是父亲当初亲口应下来的，虽没有明文写下，可纪家却是当了真的。当初以为你心许陆小姐，我们也就睁一只眼闭一只眼，可如今纪家已经两次上门，你还想回避到何时？"

这番话恰恰被刚好赶到的阮愉听进了耳里，她蓦地一阵恍惚，脚下不慎，被高高的门槛绊倒，一个踉跄往前扑去。

众人惊呼一声，祝天媛那一声阮小姐震得祝伊城心里发颤，他一回头，入眼的便是阮愉痛得皱起眉头的脸，忙急促冲到她身边，只见她膝盖处磕破了皮，开始红肿起来。

"看来我最近有点背，星象上说我这几天还是少出门为好。"她吐了吐舌头，胡乱编了一通，本想缓解祝伊城蹙着的眉心，不想却得来他一句淡淡的责备。

"那你还出门。"说完他便扭头吩咐香兰，"找人送阮小姐去医院。"

"这么点小伤去什么医院，我皮糙肉厚的，不碍事。"阮愉递给祝伊城一个安慰的笑，目光划过他脸上那片已经淡下去的红印，胸闷又深了些。

来的路上阮愉已经听祝天媛说了个大概，原来前两天在阮愉住院的时候有人来报信说是在城郊的护城河边找到了疑似祝家老爷祝台明的尸体。祝天齐将尸体送去鉴定，不知怎的，回头就说这的确就是他们失踪半年的父亲，而后买了口上好的棺材，命人将尸体抬回了祝家。那两日因为忙于在医院照顾阮愉，祝伊城分身无术，直到今日，祝天齐将祝伊城叫回家里，说是要商讨父亲的葬礼，祝伊城极力反对，他自始至终都不相信棺材里躺着的是自己的父亲。祝天齐原以为这个弟弟会顺了自己，没想到对于这件事，他这个一向习惯明哲保身的弟弟居然出奇地有自己的想法，这种黑白大事，纵使他祝天齐如今是一家长子，也无法自己一个人说了算。

两厢争执，没有任何结果。

是夜。

阮愉半夜中清醒过来，发现隔壁有开关门的动静，她想起白天祝伊城的状态，心里一动，蹑手蹑脚地开门看向隔壁，发现大半夜的，祝伊城的房间竟然大亮，冷风吹得她一个哆嗦，也吹散了她的睡意，她索性披了件外套，走过去敲祝伊城的门。

祝伊城开门看见阮愉的脸，眉头不由得一皱，抵着门，仿佛并没有让阮愉进门的意思。

阮愉就这样仰着头与他对视，笑眯眯的，也不说话，等着祝伊城先开口。祝伊城见她穿得单薄，最终还是无奈地叹了口气："阮小姐，深更半夜出入男人的房间不太好。"

阮愉眨了眨眼："放心，我对你没有非分之想。"

她本只是玩笑话，可祝伊城的表情却更加严肃起来。阮愉这才发现他脸颊有非同寻常的绯红，淡淡的酒气从他身上传来，她探过头去看，发现里面的桌上赫然摆着几瓶上好洋酒。

"祝先生，这就是你的不对了，有好东西怎么能不分享呢？"她一弯腰，从祝伊城的胳膊底下一溜烟蹿到凳子上，拿起酒杯为自己倒了满满一杯酒。

祝伊城想阻止已经来不及，她咕噜咕噜两三口就将满满一杯酒倒进肚子里，完了擦了擦嘴角对他嫣然一笑："正好口渴。"

"阮小姐，这酒后劲很足，你少喝些。"他想去抢阮愉手里的酒杯，可她孩子气地把酒杯举到自己的头顶。

"祝先生，你该不会是心疼了吧？"

第二杯下肚，胃里火辣辣的，酒气冲劲十足，不多时阮愉的脸就彻底红了，脑袋也开始昏昏沉沉，重得只能依靠一只手撑着，她眼前的祝伊城仿佛变成了好多个。阮愉觉得肚子里像火烧似的，眼皮明明要合拢，却固执地强撑着看向祝伊城。

显然刚才祝伊城是一个人在这里借酒消愁，其实她一直都知道，这个从不把情绪表露在脸上的男人心里藏着多少事情，一个人能背多少的往事还要做到面不改色，在她眼里他是内敛的人，可别人口中的他，和她看到的这个他，好像又不是同一个人。

"祝伊城。"阮愉眼神迷离地望着他，轻唤一声。

祝伊城心里划过一丝异样。阮愉总是客气地喊他一声祝先生，像这样连名带姓地喊还是头一遭，她的脸红得像颗桃子，明明刚才还叫嚣着自己酒量不错，现在却半趴在桌上做昏昏欲睡状。

"阮小姐，你醉了，我送你回房睡。"他揽住她的肩膀，她肩上的外套耷拉下来，露出半个香肩，祝伊城的手掌触到她手臂皮肤的瞬间，忽然滚烫得像是灼伤了心。

刚想放手，阮愉却像只猫咪似的转身钻进他怀里。

祝伊城蓦地僵住，他并不是没有经历情事的少年，身边的女人也从没缺过，可面对阮愉，总有种少年时才有的青涩，她于他而言象征的是一个未知的世界和未来，在他危难落魄时她不问缘由出手相助，所以与她相处时他都会思前想后，生怕一个不小心便轻慢了她。

阮愉抱住他的腰，把脸贴在他胸口，似醉非醉，身体软得像失了所有力气，在他怀里，只轻轻说了一句话——

"祝伊城，我心里有你。"

他心头巨震，垂眸再看阮愉时，她的气息已经渐渐稳定下来。他的喉结微微滚动，拥着她的手越发觉得热，慢慢地，连眼眸都暗了下来。

阮愉在祝伊城房里睡了一夜，醒来的时候头昏脑涨，她扶额坐起来，床边点了有助于入睡的檀香，天已经大亮，脑海里电光石火地划过昨夜的画面，几乎在一瞬间，她就梳理清楚。

床尾已经悉心地为她摆放好了穿戴的衣裳，桌上亦有准备好的早餐，阮愉下床走到桌边，摸了摸装着牛奶的杯子，还是温的，不用猜也知道是谁，在这里，除了祝伊城没人会对她这么好。

祝伊城不在别院，听管家曾叔说他一大早就出去了，至于去了哪里他们一概不知。阮愉知道从曾叔嘴里套不出什么话来，她跟曾叔统共也没说过几句话，可不知怎的，她下意识地觉得曾叔这个人似乎不简单，她曾经旁敲侧击地问过祝伊城曾叔的底细，然而什么都问不出来。

阮愉又去了米歇尔咖啡馆，没见到陆静妍，倒见着了多日不见的陈老大。

这个陈老大，嚣张是嚣张，可耿直也是真耿直，什么话都往外冲，丝毫没有对案件保密的觉悟。他们四目相对的时候阮愉下意识地转身就要走，没想到被陈老大一声喝住。

阮愉就这样白白地在陈老大这处蹭了一杯咖啡喝。

"天香馆的案子还没破，陆家的案子也没什么头绪，阮小姐，你看我这头发，几天不见是不是白了许多？"陈老大指指自己的头顶。

阮愉仔细看了半晌，真诚地回答："没有啊。"

陈老大有些哑然，可这种时候又不能和阮愉较真，巴巴地笑道："阮小姐，你跟祝小少爷关系好，祝小少爷最近有透过什么风声给你吗？"

"这可就奇怪了，祝伊城一个不问外事的公子哥，你打听消息怎么打听到他这儿来了？"

"阮小姐，你就不要和我开玩笑了，谁不知道小少爷最近忙着陆家那桩命案？你说这也奇怪，发生在他自己身上的命案也不见他这般关心吧，这旧情人家里的事当真不一样……"陈老大说着说着，忽然意识到了什么，猛地一掌自己的嘴，讨好似的对阮愉笑，"阮小姐，我这人说话不经大脑，你大人有大量，别和我计较。"

如果阮愉没记错的话，她初见陈老大时这厮的气焰可是嚣张得很，怎么不过一阵，态度竟然有了一百八十度的大反转？

难道……在阮愉不知道的时候，祝伊城做了什么？

她身体微微往前一倾，朝陈老大勾了勾手指，陈老大立刻朝她一倾，听到她问："你说祝伊城现在在陆家？"

"可不是？我亲眼看着他进去的，陆小姐就在陆家门口候着他呢。"

"陆静妍明明已经嫁人，为什么你们从不唤她一声袁夫人，而是陆小姐？"

陈老大一愣，但仍旧照实说："阮小姐可能还不知道个中缘由，陆家的这位过世的姑爷袁明光是入赘到陆家的，当初陆小姐不知道什么原因执意下嫁，陆家老两口怕女儿嫁过去受什么委屈，再加之袁明光是个穷酸小子没钱没背景的，陆老爷提出除非袁明光入赘，否则绝不同意这门婚事。两人虽然结了婚，可是这位姑爷在陆家其实没什么地位，夫妻俩的感情也看不出来有多和睦，所以，大家也都依照以前那样喊了。"

原来如此。

陈老大的部下忽然从外头进来，在他耳边小声说了什么。陈老大蓦地看向阮愉，问："陆家的案子有眉目了，阮小姐要不要去看看？"

"你的案子，你人在这里，那边却有眉目了？"阮愉话里透出微微讥讽。

"阮小姐有所不知，我这是守株待兔。"

"你这是黔驴技穷。"

与上次来陆家时相比，少了喧闹，多了静谧，陆家大宅隐于市井，在一片闹市中显得遗世独立，阮愉猜想陆老爷一定是个十分有文化的知识分子，才让整座宅子都透着一股文人气息。她跟在陈老大身后，免了下人的通报，想来自命案发生后陈老大常常出入这里，对这里的结构十分熟悉，三绕两绕就带阮愉进了其中一个房间。

房间是空的，里面没有人，但隔音差得出奇，隔壁房间的哭哭啼啼竟然能清晰地传到这个房间内，她刚要问陈老大作何，陈老大忙对她做了个噤声的手势，摇了摇头，轻声轻脚地关上了门。

正犹豫之间，祝伊城的声音赫然从墙的那一边传来。

"王妈，我原本也懒得管这件事情，但静妍找到我，听她说了来龙去脉，我则不得无动于衷。这陆家和我祝家一向走得近，我是什么样的人你们应当知道，我最讨厌的就是乱嚼舌根的人，以前祝家也有个下人在背地里胡说八道，最后的下场你也看到了。你们家死了个姑爷我表示十分同情，但因此将脏水泼到我头上说我和你家小姐私通，我是万万不能忍的。"

阮愉的皮肤忽地有些冰冷，鸡皮疙瘩不知怎的起了一身，她一动不动地站在原地，一下子什么都明白了。陈老大只是带她来看这一场审判罢了，审判长无疑就是祝伊城，就算看不到他的脸，但听着他如此陌生冷酷的声音，她也不难想象此刻那张俊朗的脸该是怎样凛冽决然。

有那么一刻，阮愉突然间觉得，她好像真的不够了解这个男人。

那个被祝伊城叫作王妈的女人边哭边喊冤，就差没有抱着祝伊城的大腿求饶了，连声音都在哆嗦："祝少爷，您误会了，我在陆家这么多年，老爷夫人小姐都待我很好，我怎么会去嚼这种舌根？我……我报恩还来不及！这件事它就是个误会，我也是听外面有人说，才……才一时糊涂。"

祝伊城坐在那里，居高临下，明明身上透着一股书生般的温润，偏偏让人看了心生惧意，他不说话就已经足够让人提心吊胆。都说祝伊城虽然不拘小节很好说话，可狠起来，一点也不输他那位出了名的毒辣的大哥，王妈跪在地上，胆战心惊，生怕这小少爷一不高兴惹来麻烦。

"一时糊涂？你煞有介事地同外人讲我和你家小姐藕断丝连，因嫉妒你家姑爷能够名正言顺地得到你家小姐，所以对你家姑爷起了杀意，好借机跟你家小姐双宿双飞，这也是一时糊涂？看天香馆的案子还未了结想把屎盆子再往本少爷头上扣？王妈，若说你背后没人指使，我却不信。"

"冤……冤枉啊祝少爷，我没说过这样的话啊，是哪个这么污蔑我，我要和他当面对峙。"王妈急得音量不断提高，喊得满脸通红。

"王妈你放心，本少爷不会说无缘无由的话，你这么做的动机是什么？莫不是想为你那儿子开脱？"

祝伊城神情淡淡，毫无证据的话，从他嘴里说出来却言之凿凿。

乍一提到儿子，王妈蓦地一震，像任何一个母亲一般本能地竖起了身上的刺，警觉地重复了一遍："儿子？"

"王妈，你有多久没见到你儿子了？"

王妈在陆家忙活了一辈子，儿子王朋也是跟着她在陆家长大的，只比陆静妍小了两岁，尽管陆老爷也把他送进了学堂，可他天生就不是块读书的料，去了一段时间就再也不肯去了，每日无所事事，在外面和别人厮混，不学无术。王妈看在眼里急在心里，可儿子大了，她的话也不管用了，有时候一出去就是几天几夜不回来，她都已经习惯了，根本不会去作他想。

她呆呆地望着祝伊城。

祝伊城提醒她："我问过家里最后一个见到他的人，你家姑爷袁明光死的前一天，他慌慌张张地冲了出去，当时失魂落魄的，王妈你知道他当时为什么会那样匆匆忙忙地逃出去吗？"

祝伊城用了一个逃字，可已经掉进他挖好的坑里的王妈，这个时候根本不可能注意到他的用词。

坐在对面的陈老大推来一杯茶水，阮愉端起来，才发现指尖冰凉。

她大概已经知道祝伊城究竟在打什么主意了，可动机是什么？

那头，王妈仿佛终于意识过来，一声叫吼再度传来。

"祝少爷，您可要明察啊，阿朋他虽然平时游手好闲，可他性子是善良的，他不会干出这种事来。"

"那你说，为什么他要躲着不见人？我派人找遍了整个北平，连一点踪迹都找不到，他又没做亏心事，再加之陆家发生了这么大的事，他为什么不回来？是不是因为心里有鬼，回来了不知道该怎么解释？"

王妈哪里会是祝伊城的对手，脸色煞白，嘴里断断续续地念叨着："不会的……不会的……"

祝伊城这时终于站起来，陆老爷只给了他一炷香的时间，此时香已经燃到了尽头，他低头看了眼匍匐在前的王妈，深邃的眼底除了漠然之外，再无情绪。

"既然如此，王妈，不如等找到你儿子，咱们当面对峙，省得旁人又说本少爷仗势欺人，不过你儿子难找得很，恐怕要委屈王妈了。"

房门打开又关上，隔壁的房间顷刻间安静下来。

阮愉手里的茶也凉了，她仰头一口喝下，饶有兴致地盯着陈老大瞧。

陈老大被她瞧得浑身不自在，呵呵地讪笑："这案子本是我负责的，不过陆小姐说家丑不可外扬，希望我处事尽量低调，本来也没祝少爷什么事，但祝少爷可能念着和陆小姐过往的交情吧，同意帮陆小姐查出真相。阮小姐，你还别说，没想到祝少爷这么有洞察力。"

阮愉一歪头，眯着眼问："这案件估计没两天就要破了，陈老大，你高兴吗？"

陈老大连连点头："当然高兴。"

"我要是你，可高兴不起来，这案子让别人破了，不是显示自己的无能吗？"阮愉摇着头，啧啧着一脸叹惜。

"……"

阮愉等了一会儿，确定祝伊城已经先行离开后才出去，在转角的尽头不小心碰到了陆静妍。陆静妍身上的一身素衣已经换下，取而代之的是一件做工精细的月牙色旗袍，外套一件长衣，明艳动人，她见到阮愉时脚步猛地一顿，同阮愉微笑颔首。

阮愉双手抄在外衣口袋里，笑嘻嘻地祝贺："找到凶手，你丈夫就可以入土为安了，这些天苦了陆小姐。"

陆静妍微微垂眸："是啊，要不是伊城念着旧情帮我，单凭巡捕房那些混吃等死的，这案子不知要拖到什么时候。"

"祝先生和陆小姐相交多年，关系岂是寻常人能比的，祝先生帮陆小姐不是理所应当的事吗？"

"话虽如此，可旁人看了也不知会作何想。"陆静妍佯装苦恼地瞧着阮愉，"阮小姐，你不会觉得我和伊城有什么其他说不得的关系吧？"

"怎么会？祝先生不是那样的人。"阮愉耸了耸肩，"我看陆小姐应该也累了，不如早些休息，我就先走了。"

陆静妍闻言立时让出一条道来："今日家里有些乱，我就不留阮小姐做客了，改天等我家里的事情处理干净，再请阮小姐来家里玩。"

阮愉微笑点头，从她身边走出几步时，忽地回头道："陆小姐，你怎么看到我在你家里一点也不惊讶呢？"

陆静妍脸色微白，还来不及开口，阮愉已经转过身去，自顾自地走了。

一天后，陆家忽然传出王妈得了重病，卧病不起的消息，就连祝天嫒也在感慨，这陆家不知最近倒了什么霉，事情接二连三地来。阮愉旁敲侧击之下才得知，王妈在陆家已经有十多个年头，深得陆家二老的信任，虽然是个下人，可陆家二老待她跟家人一样，还抚养她儿子长大，谁料世事如此莫测，一波未平一波又起。

阮愉却在心里腹诽：明明是你那亲爱的弟弟从中搞的鬼。

自从那日在陆家的侧房听到祝伊城审王妈，时间已经过去二十四小时，阮愉愣是没见着祝伊城一眼，也不知是有意还是无意，那晚在他房里醉酒之后，她似乎便察觉到他在避她，直觉告诉她，祝伊城在筹谋着什么。

傍晚，夕阳西下，别院的草木在火烧云下美得惊心动魄，阮愉坐在回廊上荡着双腿晃啊晃，随手从口袋里摸出那包烟点了一根，指间的烟草味叫她安心，她眯着眼不知看向何方，远处是阿忠小跑而来的身影。他手里小心翼翼地捧着一个精致的盒子，献宝似的往她跟前一递。

"阮小姐，这是我家少爷特意重金买下，叫我来送给你的。"阿忠眼里有热切的期盼，在他看来，阮愉见到祝伊城精心挑选的礼物就算不是欣喜若狂，也该是热烈兴奋的，可阮愉却只淡淡瞟过他手里那个方方正正一看便知是首饰的锦绣盒子，只觉索然无味。

阿忠的手伸在那里，收也不是，又弱弱地喊了一声："阮小姐？"

阮愉这才吐出一口烟，看向阿忠，问的却是："你家少爷人呢？"

"少爷说这几日公事在身，抽不开身，如果阮小姐有什么需要的话可以同我说。"

阮愉没有说话，从阿忠手里接过盒子，阿忠这才如释重负地收回了手，心里还在想着若是阮小姐不收，他该怎么回去向少爷交差，谁知这位阮小姐打开只瞧了一眼就还给了他。

"我不喜欢和人家一样的东西。"阮愉神情怏怏，起身弹了弹身上的衣服准备回房。阿忠呆愣愣的还想再说什么，可愣是什么话都没说出口，只能眼巴巴地望着她关上了房门。

直到夜色彻底降临，阿忠才愁眉苦脸地回到画室，陆静妍不知何时已经到访，正说着那天之后王妈的一举一动，正巧阿忠的动静惊扰到了两人，视线同时向阿忠射去，他想收起手里的盒子已经来不及了，只得硬着头皮走近祝伊城。

祝伊城一眼就看明白了，好似早料到了似的，只说："先替我收着吧。"

阿忠"哦"了一声，但迟迟不见他离开，似有话要说。

"阮小姐是否让你带了话来？"

阿忠挠了挠脑袋，视线扫过陆静妍后又重新回到祝伊城身上："少爷，我不知道说是不说。"

"但说无妨。"

只见阿忠吞了吞口水，半天才憋出一句："阮小姐说，她不喜欢和别人一样的东西。"

一刹那，好像风也停了，灯光也停止了晃动，狭小的空间里安静地响着阿忠略微急促的声息，然而祝伊城听了这句话脸上并无半点波澜，过了一会儿才对阿忠挥了挥手，示意他下去。

分明是自制隐忍的，可陆静妍明明在他眼里看到一丝犹疑，再想去看个清楚，他的眼底已然一片清明，迷雾似的深不见底。

她下意识地抚上自己的手腕，无奈轻笑："大约是我让她误会了，需不需要我去同她说说？"

"她不是那样的人。"祝伊城拿起画笔，继续在画布上作业。

陆静妍看了他半晌，恍惚间回想起从前在巴黎的时候，那时他也喜欢在深夜作画，痴迷于色彩在画布之间穿梭，她也像现在这样静静地坐在他身边，虽然两人都无言沉默，但总觉得灵魂是相交的。她那时候哪会知道，这样的认为只不过是自己的一厢情愿。

"伊城，阮小姐是不一样的对吗？"

乍闻陆静妍口中说出阮愉，祝伊城作画的手猛地一顿，扭头去看陆静妍，眼里却分明多了几分浓重的警告意味："静妍，你我深交多年我才同意帮你这一次，若你还想奢求其他，我怕是给不了。"

陆静妍起先是惊讶于他的直白，但接着心里就密密地开始疼起来，他这句话里的意思太过明显，显然是在提醒她，他们只是普通朋友而已，而普通朋友最忌讳的便是越界。

她自知祝伊城的脾性，自嘲笑道："阮小姐不是一般人，不必担心我会打她的主意。"

"你最好是一点都不曾有过这种念头。"

祝伊城话毕，已然没了兴致，于是放下画笔下了逐客令。

待他回到别院，发现阮愉的房间是黑着的，猜想她已经睡下了，谁料却瞧见阮愉从外堂走来，双臂抱胸紧紧拢着风衣，深更夜凉，她走近他时他才看清，她眼里仿佛蒙着层水汽似的。

"阮小姐这是刚从外面回来？"

阮愉好像缺乏搭理他的兴致，路过他身边时应了一声，推门就进了房间，徒留祝伊城立在门外，看着房内的灯火亮起。

他一只手还藏在西装口袋里，摩挲着锦盒外面细致的绣纹，垂着眼睑，面色如水。

Chapter6
情窦初开时

　　几天后，陆家姑爷的案件水落石出，凶手最终落网，并没有消耗巡捕房太多的精力。那天阮愉就躲在距离陆家不远处的拐角，她隐匿在阴影之中，阳光照不见的地方也常常使人忽略，围在陆家门口那么多的人，却没有一个人发现角落里的阮愉。

　　祝伊城长身而立，身材颀长，在人群里显得尤为出众，陆静妍在他身侧，就像一对璧人，再远一分显得疏离，再近一分又显得过于亲昵，他们把握着最好的分寸，却留给人遐想的空间。

　　捕快将手铐铐上凶手的时候，阮愉才将视线转移到了那个怎么看都只有二十出头的少年身上，他像一根枯草，整个人缺乏生气，显得死气沉沉，身体瘦削得有些过分，对于巡捕房的指控却没有多余的辩解，身后的母亲哭得几度晕厥，他愣是没有回头看一眼。或许是觉得无颜面对母亲，也或许是担心自己再也无法回到她身边伺候，少年的眼角明明含着泪光，却死死咬着嘴唇，好像生怕一不小心就会泄了心底的害怕。

果然老母所谓的"病情"还是把少年带回了这个并不算是家的家里。

几个小时后，阮愉听到消息，那个被抓走的少年就是陆家王妈的儿子王朋。在警察的审问下他供认不讳，承认所有罪行，因他多年以来爱慕陆家小姐陆静妍，只可惜陆静妍已经嫁作他人，他就只能远观，然而他的这点小心思却被陆静妍的丈夫袁明光发现了。袁明光在陆家本就受气，地位甚至还不如诸如王妈之类在陆家久待的下人，再加之和陆静妍感情并不深刻，所有人都知道陆静妍心里只有祝伊城，当初会嫁给袁明光也只是陆静妍把自己作为赌注而已。久而久之，袁明光的性格变得极度阴郁，越发乖张，他知道王朋对陆静妍的心思后，对王朋大加羞辱，但终归是主仆关系，王朋只能忍气吞声。袁明光出事那日，不知道在哪里受了什么气，回来后看到王朋不由分说就拳打脚踢，王朋为求自保，情急之中随手抄起旁边的石头狠狠朝袁明光砸去，谁知这么一下就要了袁明光的命。王朋当时怕得要死又不敢声张，只得趁着还没有人发现偷偷逃走，他一直祈求袁明光没事，可没想到最后袁明光还是死了，死在他的手下。

阮愉是从阿忠口中得知这些的。阿忠讲得滔滔不绝，阮愉听得兴致缺缺，且不说这里头漏洞百出，单是袁明光的死因这一项就对不上。

她明明记得袁明光死的那天，从巡捕房透出来的消息，法医断定袁明光是窒息而死。

"阿忠，你真相信一块石头就能杀死一个大男人？"阮愉端起茶杯慢悠悠地呷了一口。

"可袁光明头上那个伤口阮小姐你是没看过，简直触目惊心，王朋也不是个善茬，估计是真的下了狠手。"

阮愉瞥了他一眼："这么说你看到过？"

"我跟着少爷去的，亲眼所见。"

阮愉垂着眸子，像是在想着什么，阿忠见她似乎对这件事没什么兴趣的样子也就识趣得闭嘴了。他原是跟着祝伊城在外面办事的，可祝伊城临时被任职的校领导请去了，偏不让他跟着。

等阿忠被祝天媛叫走，阮愉才将将喝完一杯茶，想了想，决定去趟巡捕房。好在巡捕房就离这里不远，走一会儿就到了，可人还没进门，就和正巧从里面出来的祝伊城撞了个满怀。

她扶额看去，正是那个此刻理应在学校里的男人，再看他身边的陆静妍，不知怎的，竟然笑了。

"案子解决了？"她咧开嘴问。

祝伊城面色淡淡，点点头："解决了。"

"那天香馆的呢？"

"相信以巡捕房的办案能力，应当等不了多久了。"

阮愉扑哧一笑，揶揄地看向跟在他们身侧的陈老大："你们还有叫作办案能力的东西？"

"……"陈老大一时无语，呵呵讪笑着赶紧掉头离开这个是非之地。

阮愉又将视线移向祝伊城："王朋会怎么样？"

陆静妍一步走到祝伊城跟前，直视阮愉道："王朋他犯了罪，自然免不了牢狱之灾，但他好歹是我家的人，即使在里面也不会太遭罪。没想到阮小姐还是菩萨心肠，竟然这么关心他。"

阮愉懒得搭理她，依旧看着祝伊城，嘴角的笑却晕开了："祝先生，阮愉不才，请问草菅人命四个字怎么写？"

陆静妍的脸色忽地变得难看，反之祝伊城却处变不惊，看阮愉的眼神尽管深邃，却温柔得能溢出水来。阮愉倔强地盯着他看，那一眼

他便明白，外人再怎么看待这件事都与她无关，唯独他的看法和做法
她在意，并且格外在意。

"阮小姐这话倒有些意思，难道你是觉得我们冤枉了王朋吗？刚
才王朋在里面已经亲口承认了，白纸黑字都画了押，阮小姐要不要看
一眼他的供词？"

"陆小姐，我与她之间的事不需要旁人插嘴。"祝伊城一句陆小姐，
轻易把两人之间的关系划开，他甚至看都未看一眼陆静妍，却让陆静
妍的心狠狠一痛。

陆静妍愣了半晌，失望地自嘲一笑，与他们告辞，走之前对祝伊
城说："伊城，谢谢你这次的鼎力相助，天香馆的案子如果有什么我
能帮得上忙的地方请一定记得找我。"

"不敢劳烦陆小姐。"

祝伊城音色如弦，熙来攘往的街头，他黑亮的眼里只余眼前的女人，
从前从未有过这种感觉，好像只要看着阮愉，就算周遭一切再纷乱也
都显得微不足道。

尽管阮愉的脸上并没有太多笑意，可就算是这样有些咄咄逼人的
问题，表情仍旧一点也不觉生冷，反而有种说不出的柔和，如果不清
楚详情的人，远远看去，大约会觉得这是一对恋人之间的彼此凝望。

阿忠恰逢其时地将车子停在了他们身边，祝伊城率先一步拉开车
门，回头望着阮愉。阮愉上了车，和他并肩坐着，车子平稳地驶在街道上，
却不是往别院的方向去，阿忠能感应到后座的两人之间异常的气氛，
识趣地闭口不言。

"为什么不收礼物？"祝伊城终于开口打破了沉默。他今日穿一
件浅灰色西装，阮愉侧目瞧他，他的语气和表情一样温和，一点也不

像那天在陆家审问王妈时的不怒自威。

事实上，阮愉在和祝伊城的相处中，很少能感受到祝伊城身上这股盛气凌人，但仔细想想，他从小生活在祝家这样的家庭，公子哥的脾性难免沾染。

"祝先生没有发现陆小姐手腕上那个镯子同你昨天送来的那个一模一样吗？"

祝伊城轻笑："她是她，我是我，她的东西同我有什么关系？"

阮愉不作他答，自顾自道："我本来没有往深里想，但看到祝先生送来的镯子忽然就茅塞顿开了，陆小姐手腕那个镯子应该戴了有些年头了，是因为祝先生你吗？她丈夫应该是知道的吧？我看陆小姐手指上没戴结婚戒指，对于丈夫的死好像也没多少悲痛，我猜他们夫妻之间本就没有什么感情，一个正常的丈夫不会容忍自己的妻子戴着刻有其他男人记号的首饰，除非从一开始他们就不是正当的夫妻关系。"

阮愉皎洁的笑映入祝伊城的眼，他脸上露出赞赏的笑容。

"但我很好奇，为什么你会同意帮她。说到底，除了损你一些名声之外，你没有非要帮她的理由，毕竟你也不是会在乎名声的人。"

祝伊城看阮愉的目光显得越发深沉，第一次在夜晚见到她的时候，她走近向他借火，借着路灯的光，他看到这个姑娘身上的与自己所处的时代的姑娘截然不同的气质。那时候他就想，怎么会有一个姑娘清冷疏离同时却不让人感到难以靠近，明明这样的两种感觉自相矛盾。

阮愉身上有太多令他出乎意料又觉得情理之中的东西，就像她那双灵动的眼睛，仅仅只是这么看着他，他便觉得其实她早已洞悉一切。

阮愉没有想到祝伊城会让阿忠把车停在郊外的一处墓地，冷风萧瑟，时至午后，阳光透过树叶的缝隙打在他身上，他侧脸的弧度不似刚才那般清冷，倒有些柔和得莫名，那双总带着漠然却又让人无端地觉得温柔的眼睛注视着阮愉，阮愉心里一动，下意识地撇开视线，低着头下车。

郊外人烟稀少，万籁寂静，就连自己走的每一步都能清楚地数得过来。

祝伊城停在其中一个墓碑前，深思良久。

"我最后一次见到我父亲是在半年前，他在这里同我说，将来有一天他归西，请把他葬在这里，地下清苦，他要和我母亲生活在一起。"祝伊城的声音就像这万籁无声的寂静，清清冽冽，听得出哀乐，却辨别不出真伪。

"你唤祝夫人一声母亲，祝天齐一声大哥，口口声声打着祝小少爷的旗号，却从没把自己当作祝家的人。"阮愉说。

"祝这个姓氏给我带来太多便利，这是我母亲费尽心思为我攒来的，不用岂不可惜？"他回头笑看阮愉，如果这话从别人口中说出，阮愉一定会觉得无耻，可是从他嘴里说出，却悲伤得让她想哭。

她握住他的手，明明阳光明媚，他的手却冷得出奇，她收拢手指，抬眼望他："你为什么不信那口棺材里面的就是你父亲？"

祝伊城冷笑一声："你知道现在最希望我父亲死的是谁吗？我大哥和祝夫人巴不得我父亲再也回不来，他们在祝家一手遮天，大权在握，可我父亲曾经写过一封遗嘱，内容大约与我有关，但这封遗嘱至今下落不明，我父亲一天不回，他们就一天无法坐稳祝家的位置。倘若我父亲已死，他们有的是借口销毁所有跟父亲有关的东西，届时要找一封遗嘱不在话下。我父亲只要一天没死，即使不知所终，也能让他们心里头不太平，做事不舒坦。"

"所以你是万万不能承认那就是祝老爷？"

"阮小姐，你会承认一个被火烧得面目全非根本无法辨认的人是你父亲吗？"

"是与不是，做个尸检不就见分晓了吗？"

"如今我大哥掌管祝家，他说什么便是什么，想改变区区一个尸检的结果对他来说易如反掌。"

不知何时，原本是阮愉主动握的手，现下她的手已被他反手握在掌心里，他这一生到现在，能说心里话的人不多，却觉得遇见阮愉是一件何其幸运的事。

回了别院，曾叔正巧从阮愉房中出来，说是见阮愉近来看上去精神不济，特意为她熬了些补汤，已经送入房中，叮嘱她趁热喝了。阮愉莫名有种奇怪的感觉，嘴上仍是感谢，等曾叔走远，才将目光投向祝伊城。

祝伊城陪着她进屋，桌子上果然摆放着一盅汤药。阮愉揭开盖子，一股中药味扑鼻而来，她皱着眉忙盖上盖子，嫌弃地往祝伊城那边一推。

祝伊城轻笑："放心，曾叔还不至于光明正大地冲你下毒。"

阮愉眉心一挑，语气讽刺："祝先生是忘了上次我被他活生生搞进医院得的急性肠胃炎了？"

祝伊城笑容一敛，不等他开口问，阮愉就自顾自地开始答："我不是傻子，我住院后所有入嘴的东西都是你亲自负责，按理说你一个少爷根本无须细致到连我的饮食都要亲自照看，那么唯一的可能就是，我吃的东西有问题，是人为。"

"那一次的确是我的疏忽。"

他这是间接地承认了？

"你也认为曾叔有问题吗？"阮愉眨着眼笑眯眯地套他的话，可他却一点没有要进她套里的意思。

"阮小姐，天色不早了，今天你也累了，还是早些休息吧，至于这药汤，能不喝还是不喝为好。"话里话外好像在说你若想喝倒也无妨，惹得阮愉哭笑不得。

阮愉突然有点珍惜祝伊城难得露出来的幽默了。

在祝伊城即将关门的时刻，阮愉突兀地喊住他，忽然问道："王朋不会有事的是吗？"

"阮小姐，我知道草菅人命四个字怎么写。"他微微笑道，合上门的时候见到阮愉露出释然的笑，心里蓦地仿佛得到了些许平静。

阮愉从未对人性抱有奢望，但她却相信祝伊城。

可是两天后，巡捕房就传来消息，王朋在狱中畏罪自杀，留下一封遗书，再次承认了自己的罪行，并请求陆家能够照顾好自己的母亲。他的死讯传到陆家后不足两个时辰，王妈就撞墙自尽了，死的时候连眼睛都没合上。

悲剧就这样来得猝不及防，陆家在一片唏嘘之中却仿佛终于松了口气，案件告一段落，陆静妍却开始频繁地往祝家走动。

若说这陆静妍没打祝伊城的主意，阮愉一点也不信。

祝伊城从祝公馆书房走向大厅，祝天媛正和陆静妍嘘寒问暖。虽说祝天媛心里总有些疙瘩，可陆家发生这样的事，再加上陆静妍刚刚丧夫，难免觉得可惜。祝伊城在大厅内环视一周，阮愉是和他一起来的，可这会儿却没有瞧见她的身影。

陆静妍起身上前，正想和他说话，却见他问向祝天媛："阮小姐呢？"

"她说隔壁老铺的糕点很是好吃，所以去买一点儿，去了有一会儿了，应该快回来了。"

"去了有多久了？"

祝天媛看祝伊城脸色微变，认真地想了想："你进你大哥书房没一会儿她就出去了……"

已经这么久了！

祝伊城忙离开大厅，疾步往门外走去。阮愉一贯不会让他担心，所以绝不会走远，也不会一个人离开这么久不回来，他心里忽地升起一股不好的预感。恰在这时，从外面回来的老管家神色慌忙地进来，和祝伊城撞在了一起。

"出什么事了？"他甚少见到老管家这种神色，不由得问了一句。

此时祝天媛也跟了上来，老管家眼睛看着祝天媛，指指不远处，门内的人这才发现距离祝公馆不远的商铺居然浓烟滚滚，街上的人为躲火灾到处乱窜。

"大小姐，小少爷，杏花记不知为何着火了，火势还挺大的，现在外边戒严了。我这不是怕家里有人还上街凑热闹，赶紧回来通报一声。"老管家气喘吁吁，他这句话却像惊天霹雳一般砸进祝伊城的心里。

"杏花记？"祝伊城在得到老管家的点头之后，忙冲了出去。

祝天媛及时拽住他："伊城你要干什么？阮小姐去了那么久不可能一直在杏花记的，说不定她已经转到别处去了。你安心在家里等着，否则阮小姐回来见不到你，又该出去找你去了。"

祝伊城猝然回头，冷漠地拨开祝天媛的手："大姐，外面并不太平，我去去就回，若我不在的时候阮小姐回来了，请她一定在家等我。"

祝天媛愣神之际，祝伊城人已经跑向火势的方向，她心里咯噔一下，伊城他向来都不会显露自己的感情，万事都藏在心里，让人捉摸不透，可自从这个阮愉出现，好像一切都变了。

陆静妍眼见祝伊城的背影匿在慌乱的人群里，有些无措地问："大姐，你怎么不阻止伊城？那边现在这么乱……"

"你看他这架势，像是我能阻止得了的吗？"

"可是……"

祝天媛却无意继续就这个话题纠缠下去，转而问道："静妍，我问你一句，你对伊城是否还有情？是否想回到他身边？"

陆静妍忽地沉默，回到？于他而言，她从未真正在他身边过，又谈何回去？

祝天媛当下了然："如今你也看到了，他对阮小姐是个什么态度了，静妍，看你还喊我一声大姐的分上，不妨听我一言，伊城的心从前在没在你身上我不清楚，但现在他的心只在阮小姐身上。你也知道，关于他的闲言碎语不少，你如今又刚丧夫，这事儿……不如就此作罢吧。"

陆静妍原本指望着祝天媛能够充当自己的说客，在祝家，祝伊城只跟祝天媛关系稍好，祝天媛也是少数几个能在祝伊城面前说得上话的人，可现今，连祝天媛也叫她作罢……事到如今，她如何还能作罢？

火势疯狂地蔓延，浓烟汹涌，杏花记两旁的商铺都遭了殃，被火烧得不成样子，商铺老板跪坐在地上哭天喊地，一时间悲怆声不绝于耳。祝伊城焦急地拨开人流，找了一圈并没有发现阮愉的身影，前前后后找了两遍，他终于失去了耐心，抓住其中一个正在救火的人问道："里面还有人吗？"

小伙子突然被人拽住，不耐烦道："你不会自己看吗？这么大的火势，谁知道里面还有没有人？就算有人也被烧死了。"说完就甩开祝伊城走了。

祝伊城听完如遭雷击，一头往商铺内冲去。

阮愉从远处的店铺里头出来，途经火灾地正要回去，忽地听到有人说："哎，那不是祝家那个小少爷吗？他没事往火里头跑做什么？"

"听说有他认识的人在里面，祝小少爷也是够固执的，也不听劝，说进去就进去了，真是不怕死啊。"

阮愉猛地顿住，心跳漏跳一拍，忙抓住那两个正在碎碎语的人："你们说的祝小少爷可是祝伊城？"

那人不耐烦地瞥了她一眼，不屑道："这北平还有第二个祝小少爷？不是祝伊城还能是谁？"

阮愉扶额，祝伊城脑子里究竟在想什么？这么大的火，他不要命了吗？情急之下，她脱下自己的长外套往头上一盖，又从救火的伙计手中要了一桶水当头浇下，秋日的天气，冷风随之而来，冻得她一个哆嗦，趁人不备之际，以百米冲刺冲的速度进大火之中。

商铺内早就被火烧了个干净，眼睛烫得根本看不清任何东西，阮愉努力平稳自己的呼吸，周身烫得像在火炉里翻转，她拼命喊着祝伊城的名字，可回应她的只有簌簌燃烧的声音。杏花记商铺是百年老铺，装修用的全是木头。这火一烧起来就没完没了，顶上的梁柱早已支撑不住，一根接着一根地塌下来，阮愉小心规避着脚下，可大脑已经开始渐渐缺氧，她死死地捂住口鼻，艰难地往里面叫喊，外面的喧嚣仿佛离她越来越远，她渐渐地感到力不从心，甚至感觉头重脚轻。

蓦地，阮愉被拉进一个宽大的怀抱，死死地被护在怀里，"砰——"巨大的声响令她耳边陡然一颤，头顶传来一阵闷哼，让她瞬间清醒了不少，抬起头，却看见祝伊城痛苦的表情，他紧紧把她抱在怀里，低声说："我们先出去。"

他用力揽着她的肩膀护她出去，两个人前脚才走出火里，后面又是一声巨响，整个商铺就这样完完全全塌了。阮愉脑子有片刻是空白的，这才感到后怕，如果……如果那时候祝伊城没有出现，哪怕他们再晚一些出来，就将葬身这火海之中。

身上突然一沉，阮愉猛然回过神来，忙抱住靠在她身上的祝伊城。这个时候，她才发现他背上有一道触目惊心的伤，她忽然想到刚才他把自己拉进怀里的那一刹那，原来是替她挡掉了塌下来的梁柱。她眼眶一红，慢慢抱着他蹲下来，见他好似已经昏了过去，忙扭头请人去祝公馆通报。

阿忠来得很快，后面还有急急赶来的祝天嫒，几个人合力把祝伊城弄上了车，送往医院。祝伊城在抢救室里待了将近两个小时才被推出来，虽然医生再三告知祝伊城已经没有生命危险，可祝天嫒护弟心切，看阮愉的目光里少不得抱怨。

"我说阮小姐，你以后出门能不能早些回来？这次要不是为了出去找你，伊城怎么会弄成这个样子？我们伊城从小没吃过苦也忍不得痛，你能不能不要再给他找麻烦了？"祝天嫒一边以手帕拭泪，一边埋怨。

阮愉无暇他顾，踮着脚一个劲儿地往病房里面瞧。因为背上有伤，祝伊城睡得不那么安稳。她吩咐阿忠回家拿几个软一些的枕头来，随后推门进去，一点都没有要回应祝天嫒的意思。

祝天嫒刚想拉住阮愉，不让她进去打扰弟弟休息，谁知阮愉急急忙忙走到祝伊城床边，耳朵贴近他，听清他说了什么后，仔细为他倒了杯水递到他唇边。他就着阮愉的手慢慢地喝起来，一整杯水居然悉数被他喝完了，等她放好杯子再去看他的时候，他的眼睛已经睁开了。

阮愉半蹲在地上，凑近他问："你觉得好些了吗？"

"你呢？身上可有伤？"祝伊城才刚醒来，背上的伤仍是火辣辣作痛，可他看着阮愉的脸，心下安心不少。

阮愉摇摇头："我没什么事，你背后的伤有些严重，需要好好休息。我让阿忠回去拿换洗的衣物了，我留下来照顾你。"

祝伊城眼里闪过一丝犹疑，还未开口，祝天媛就忍不住插嘴进来："阮小姐，你一个姑娘家懂怎么照顾人吗？你只要不给我们伊城添麻烦我就谢天谢地了，不劳烦你留下来照顾伊城，我会请人来照顾。"

阮愉像是没听见似的，目光淡淡地停留在祝伊城脸上，仿佛在这个病房里只有他们两个人。

祝伊城眼底扫过阴霾，抬眼看向祝天媛："大姐，阮小姐是我的救命恩人，你不可这样和她说话。"

"如今你也救了她一命，你们之间已经互不相欠了……"

"大姐。"祝伊城面上露出倦意，强行打断她的话，"我不需要别人照顾，有阮小姐和阿忠在，我最是放心。"

"你！"祝天媛气得手指一指祝伊城，一副恨铁不成钢的样子，眼见他已经没事了，气得扭头就走。

祝伊城重新看向阮愉："我刚才昏迷的时候，让你受了委屈，是吗？"

"哪有什么委屈不委屈，你没事就好。"

他笑笑，身上的伤口仍在痛着，慢慢地又合上了眼。等醒来的时候，夜已深，病房内安安静静，房门却是虚掩着的，透着一条门缝，夜晚太过安静，还能听到阮愉在门外刻意压低的说话声。

等她进屋的时候，发现祝伊城睁着眼看她，她脚步微顿，他是什么时候醒过来的？心里想着，动作却极其轻柔地将他从床上扶起来想为他换药，却被他制止了。

"让阿忠来吧。"

阮愉看他神色淡淡，好似并不想再多说话，于是转身把门外守着的阿忠叫了进去，自己则是坐到阿忠刚才坐着的位置上，他大约是想和阿忠讲些什么但又不想让她知道。祝伊城这个人啊，心思不知道有多深，他那个姐姐还只当他是个世家子弟不能受苦受累受疼。到底是他的演技太好瞒过了所有人，还是单单只是她错看了他？

阿忠为祝伊城这一换药就换了将近半个小时，等他出来之后阮愉又坐了一会儿，把身上最后一根烟抽完才走进去，走到门口她又转身对阿忠说："麻烦回来的时候帮我带包烟，谢谢。"

阿忠脚下一顿，眼看着阮愉转身进了病房，心想：阮小姐怎么知道我要出去的？他挠挠头，滞后地应了一声又走了。

后半夜祝伊城睡得舒坦了些，天方大亮，病房内就热闹了起来。阮愉天生喜静，于是借口出去了，医院的天台挂满了洗干净的洁白床单，她穿过晒洗一带，走到天台边沿，将北平的市井尽收眼底，伸手想去摸烟，才想起来最后一根在昨晚就已经被自己抽完了。

她叹了口气，真是空虚啊，不知不觉她被带来这里快一个月了，顾南会不会以为她跟祝伊城私奔了？还有她母亲林巧萍，这会儿不知又翻了什么天了。什么时候才能回去啊……一个月来，阮愉第一次有了想要回去的疲倦感，祝家的形势太过复杂，每个人都戴着面具，就连祝伊城也是，她有时都快分不清，自己认识的究竟是不是真的祝伊城，真的祝伊城又是一个怎么样的人呢？

过了一会儿病房内的人总算是散了，阮愉从天台看下去，祝天齐和陆静妍一块儿出来，祝天齐屏退了身边的随从，和陆静妍单独说了会儿话，随后两人才一前一后乘车离开。

她回去的时候病房里已经安静下来，祝伊城靠在床上看今早的报纸，唇角还挂着淡漠的笑意，大约是在笑写新闻的记者是个傻子。

他一见阮愉，忙冲她招手示意她过去："阿忠还没回来，可以麻烦阮小姐替我去办一下出院手续吗？"

阮愉眉头一皱："医生说过你可以出院了吗？"

"有些急事不得不办，在医院多待一天就多耽误一天，麻烦阮小姐了。"他态度坚决，根本不是在征求阮愉的意见，尽管语气仍旧温和，可话里的意思再清楚不过。

阮愉依言照办，医生明确表示祝伊城仍需住院观察，可他态度强硬，坚持出院。

"祝先生，你不过是一个教书先生而已，有什么急事比你自己的身体还重要？"

"阮小姐，这里可能与你的那个时代有所不同，我记得你曾经说过，我对于你来说是八十几年前的人，这也就表示，现在对你来说，这是在八十几年前，北平即将战乱，眼前的和平弥足珍贵，谁也不知道明天会变成什么样，有些事情如果不抓紧时间，也许以后只会更难。"祝伊城换下医院的病号服，从屏风后走出来，一件简单的竖条纹衬衫，衬得他气质极好。

他真是阮愉见过的最适合穿衬衫的男人。

"你要做的急事是什么呢？是找回父亲，还是推翻祝天齐？"阮愉问得极其平静，淡然得就像在谈今天天气。

祝伊城却只是笑："阮小姐，以后请不要再为我冒险了，像那天那样冲进火里找我这种事情，以后再不要做。"

"那祝先生往后也不要做这样的事情了，我怕我还不起。"阮愉眉目清明，这句话听起来却更像赌气。

这时阿忠来了，显然刚将祝伊城交代完的事情办妥当，他面色比昨天走之前凝重不少，扶着祝伊城上了车，转身却不见阮愉有要上车的意思，不禁疑惑地看看祝伊城又看看阮愉。

阮愉对阿忠说："我想在外面走走，你们去忙吧，不用管我。"

阿忠有些不确定地看向已经在车内坐定了的祝伊城，分明觉得这两人之间的气氛有些诡异。等得到祝伊城的指示后，阿忠才松了口气，对阮愉说："那阮小姐你注意安全，早些回去。"

"好。"

车子开出一些，阮愉的身影也被远远地抛在了身后，阿忠张了张嘴，有些问题哽在喉咙，想问又不知从何开口。他为祝伊城换过药，知道他背后的伤口有多狰狞，正常来说，这个时候是不宜出院的，可他们从小一起长大，少爷的性子他比任何人都清楚，就连阮小姐都没有办法阻止的事情，他不认为自己有这个能力。

"有什么话就说。"祝伊城翻了页报纸，依旧是刚才没看完的那份。

"少爷，为什么不让阮小姐停止追查天香馆的案件？这个案子早就脉络清晰，阮小姐越是深入，越是危险，就算你暗中派了人保护她的安危，也难保不会发生意外啊。"

"越是不让她插手，她越是会好奇，还不如顺她的意，让你的人盯紧一些，别让她发现，也别让她有事。"

"这个我明白。"过了一会儿，阿忠又小心翼翼地问，"少爷，你喜欢阮小姐是吗？"

祝伊城手腕一僵，眼皮子微微一抬："阿忠，我看你最近是不是过得太舒服了？"

"少爷你别不承认，你以前对陆小姐可不是像现在这样的，你从没这么上心过，居然还为了阮小姐往火里冲，明眼人都能看出少爷你喜欢阮小姐。"

祝伊城似乎有些恍惚，明眼人都能看出来吗？那阮愉呢？

阿忠没有察觉自家少爷的愣神，自顾自继续说："我觉得阮小姐也是喜欢少爷的，可你们两个究竟为什么一直这么端着？互相喜欢说出来不好吗？这么藏着掖着有什么意思？"

"阿忠。"

"嗯？"

"话太多的人一般都不会有什么好下场。"

车子猛地一个刹车，祝伊城手臂一撑，稳住了自己。

前头的阿忠笑嘻嘻地回头："少爷，到了。"

阿忠带着祝伊城七拐八拐，复杂的胡同巷道，一般人三两拐就已经找不到方向了，阿忠却如入无人之境，对这里的地形恐怕比住在这里的人更加熟悉。临近傍晚的胡同里到处都是市井烟火味儿，祝伊城走路挺拔，根本看不出像是有伤在身的人。他们最终在其中一条深巷里拐弯，眼前有一扇矮小的木门，破旧却坚固。

阿忠拿出钥匙请祝伊城进去，仔细地探过往来的人，确定没有被人跟踪才又关上了门。门内约莫只有一个房间，窗在顶上，房内光线十分微弱，房间里只有一张床和一张桌子，三把凳子零零散散地摆放着，里面的人听见响动连眼皮都未抬一下，一手翻阅着书，一手握着茶杯，倒是悠然自得。

祝伊城长身而立，声音清冷："若论辈分，我还应当唤你一声小叔。"

"别，我可没有这么大的侄子。"

说话的人名叫傅九，是祝家在上海的远房亲戚，已经十几年未曾联系。傅家三代经商，这个傅九是傅家的老幺，在傅家也算独树一帜，在大不列颠留学归来后成了律师，接案子只为个人喜好，不论钱多钱少，在上海滩也算有些名气。

"傅先生，请你来是为了家父，家父失踪已久，听闻他在失踪前曾特意去上海见过你，与你相谈颇欢。我只是想知道，我父亲不远千里去往上海，究竟所谓何事？"

傅九这才正儿八经地打量起祝伊城，这个跟自己差不多年纪的人就是他从未谋面的祝家小少爷，也是祝老爷最疼爱的小儿子。

"真是一表人才、仪表堂堂，难怪你大哥会如此忌惮你。"傅九抿了一口茶，摇着头似是自言自语，"可惜并不懂待客之道。"

"傅先生应该清楚，我大哥也正到处派人找你，我想傅先生手里大概是有我大哥想要的东西，把傅先生安排在这里实为安全着想，还望傅先生海涵。"

傅九起身，与祝伊城一般高，两厢一站，倒是谁的气势都不输谁，他微微笑道："说得好像被小少爷控制会比被大少爷控制安全得多似的。"

祝伊城拱手作揖，面无表情："傅先生是能人，想被谁控制还不是自己说了算，现如今会在我这里，恐怕也是傅先生心里所愿吧。"

傅九眯了眯眼："祝老爷同我说，他的小儿子哪里都好，就是有些胸无大志，如今一见，才发现祝老爷也有看走眼的时候。"

祝伊城面色如水，傅九脸上戏谑，一旁的阿忠看着这两人，觉得莫名其妙，又觉得深沉隐晦。

　　离开的时候，傅九突然说："我倒是想见一见那位阮小姐，不知祝先生可否安排？"

　　祝伊城脚下一顿，眼底升起戒备，神色也冷了不少。

　　傅九还是笑："放轻松些，我只是觉得这位姑娘特别有趣，不要问我是怎么认识她的，我跟她之间有个不能告诉别人的小秘密。"

　　"好。"只是那么一会儿的工夫，祝伊城神色又恢复如常，弯腰出了门。

Chapter7
暗 潮 汹 涌 中

一连几天阮愉都没有再见到祝伊城，她心里记挂着祝伊城背上的伤，终于在阿忠又一次回别院拿东西的时候拦住了他。面对阮愉的问话，阿忠心里可苦得很，少爷交代对阮小姐不必多言，可这阮小姐哪是这么好糊弄的主儿，她跟他家少爷一样，倍儿精。

阿忠不肯说，她自然也不强迫，祝伊城这样一个不显山露水的人，想做什么只有他自己清楚，可心里仍旧止不住某种仓皇的失落——在他心里，她并不是那个能够为他分担的人。

阿忠来也匆匆去也匆匆，待他走后约莫一刻钟，阮愉披上外套也出去了，刚一出门就碰上了来找祝伊城的陆静妍。往常见到陆静妍，阮愉心里还没什么特别异样，但自从王朋死后，她对陆静妍就有了新的看法。

阮愉冲她点了下头，算是招呼。

她走得急，并不打算和陆静妍交谈，可陆静妍却叫住了她。

"阮小姐看上去很急，出了什么事吗？"

"出的事太多，都不知道该急哪一件了。"阮愉神色淡漠，任何人都能看出她的冷淡。

"是啊，阮小姐这么一说，好像的确是。自从阮小姐出现之后，事情就一件接着一件地发生，伊城那样懒得问世事的性格，该已经焦头烂额了吧？"陆静妍抿嘴轻笑，不似初次相见时对阮愉的那般客气，话里话外都带着刺。

阮愉倒也不在意，原是准备走的姿态，这会儿反倒彻底转过身来，双手抱胸细细盯着陆静妍："陆小姐，要说这惹事的本事，我自然比不上你。王朋究竟是不是杀害袁明光的凶手，你最是心知肚明；王朋是怎么死的，你心里也最清楚不过，不必拐着弯儿在这儿挑事儿。至于祝伊城，好马还不吃回头草呢，再说，你对他来说，算是回头草吗？"

陆静妍被阮愉气得脸色煞白，嘴角抽搐，反唇相讥："你这种来历不明的女人也配和伊城站在一起？你知道在巴黎的时候多少姑娘围着他转吗？他交过的女朋友十个手指头都数不过来，你充其量也不过是其中一根手指头，别真的妄图飞上枝头当凤凰。伊城好歹是祝家的少爷，你这样的人，进不了祝家的门。"

阮愉一脸无辜："我什么时候说过我想进祝家的门了？陆小姐，你想要的并不一定是别人想要的，有空在这儿同我废话，不如想想有朝一日若东窗事发该怎样瞒天过海吧。"

"你什么意思？"

阮愉懒得同她掰扯，懒懒地丢了一句："听不懂就算了，再会啊陆小姐。"

陆静妍万万没想到阮愉如此伶牙俐齿，目的没达到，反而自己气上了，这会儿什么大家闺秀的风范都在阮愉面前丢失殆尽，她居然觉得自己很狼狈。眼见阮愉很快就消失在了街头，她慢慢攥紧了手里的皮包。

与陆静妍的气闷不同，阮愉一点也未被这段插曲影响，她熟悉地穿过大大小小的胡同，脚步轻快，还时不时地观察周遭，确认身后是否有人尾随。祝伊城派人跟着她，她是知道的，但因着他的好意，她一直都假装不知道，况且想甩开那些人实在太容易，她犯不着跟祝伊城的好意过不去。

最后，她在一个胡同口一拐，矮小的破门立时出现，她轻轻一叩门，门很快就开了，然而令她出乎意料的是，开门的人不是傅九。

眼前这张清明又俊朗的脸，不是祝伊城又会是谁。她猛地一怔，祝伊城伸手抓住她的手腕，另一只手护着她的头顶，往里一拉，门砰的一声关了，他手上的力道却未减退，他两手在她身边一撑，将她锢在自己胸前。

他眉头紧锁，她却反而感到释然，眯起眼对他笑，没心没肺的样子。狭小的房内有一股久久未褪的霉味，这是属于岁月的积淀，那么小的地方，只能靠顶上的天窗透进来点可怜的光才能看清祝伊城的脸。

她看得出祝伊城有些隐忍，他惯常不会在她面前表露出心情，她也懒得去探究，可这是第一次，她能够清晰地从他漆黑的眼底看清这个男人此时此刻的情绪。

有些愠怒，也有些忧心。他……是在担心她吗?

阮愉伸手想抚平他紧锁的眉头，说："不要皱眉，你皱眉的样子像个小老头子，一点也不英俊。"

祝伊城心里的气因为这句话一下子就消散了，他抓住她的一只手，细细摩挲，声音里有着不悦："阮小姐为何会来这里?"

"祝先生这不是明知故问？"阮愉一点也没有被抓包的窘态，坦荡得令人无法责问。

"你究竟还知道多少？"祝伊城叹息似的问道。

在他以为无人知晓的时候，原来阮愉一直都在自己身后。

祝伊城眉间有阴郁闪过，忽然欺身抱住了她。阮愉在他怀里一愣，他收紧了手臂，将下巴抵在她的头顶，轻微的叹气声从头顶传来，仿佛透着许多的无可奈何和无可言说。

"我并不想你为我冒险，如果有可能的话，我更希望看到你乖乖在别院等我回去的样子，那样反而令我感到安心。"

他的声音低低传来，阮愉反手抱住他的腰，把脸埋进他怀里，闷闷地说："你难道不知道，我的心情和你是一样的吗？你从来不告诉我你在做些什么，我只能坐以待毙，我讨厌这种无法掌控的无力感，我一点都不觉得冒险，反而这样才让我有那么一点点聊以慰藉的安全感。"

说完，阮愉闷闷地在他怀里抬起头来，他弧线分明的下颌好看得让她移不开眼，从小的娇生惯养让他的皮肤异常白皙，她看得有些呆了，忽地，鬼使神差地踮起脚尖，在他唇上轻轻一吻。

他浑身一颤，仿佛全身的血液都凝住了，阮愉身上若有似无的淡香传进鼻尖，他猛地握紧拳头，眼底一片深沉，再看肇事者，却是得逞般地笑着，眼里犹如星光璀璨。

两厢沉默间，阿忠的声音突兀地在外响起，打破了彼此之间对峙般的寂静。

祝伊城下一秒已经恢复如常，握住阮愉的手把她带向一边，打开紧闭的门，外头的阿忠看到阮愉一脸的惊讶。

"少爷……"

"去天香馆。"祝伊城淡淡说着，握着阮愉的手没再放开。

阮愉不明白祝伊城这个时候去天香馆意欲为何，但这会儿她才总算觉得自己有点看明白这个男人了。暂且不说这段日子里他究竟在忙些什么，但他所做的每一件事一定都有其用意所在。

阮愉懒洋洋地靠在车上，眯着眼看外面。阳光好得仿佛能够天荒地老，如果在她的世界里，她大约会因为这样的好时光而放任自己沉溺在暖阳里，可惜这是在八十几年前的北平，每一分每一秒都无法浪费。

历史……阮愉的心思不禁沉了些，这样的太平日子不多了。

甫一进入天香馆，阮愉就察觉出了异样，天香馆已经到了迎客时间，可楼下大堂安安静静的，竟是一个人都没有，反倒是二楼祝天齐长包的那个雅间，大白天的大门敞开，好像正等着迎接什么人。

阮愉扭头看向祝伊城，他神色如常，只在门口做了短暂的停留就抬步上了二楼的雅间。他从前常来这里，按照祝天媛的话说，除了学校，能让他不着家的地方也就只有这里了。那个时候他和志同道合的朋友们混迹于此，谈论学术，研究西画，如今出了事，那些所谓的志同道合转瞬就成了道不同不相为谋，他倒也不是真的在意那些所谓的朋友，只是人心总给他意外的"惊喜"。

祝天齐果然在其中，除了依然有柳絮作陪之外，雅间里还有另一个人。

那人听到脚步声回过头，视线落在祝伊城身侧的阮愉身上，忽地一笑，张嘴同她打招呼："阮小姐，我们又见面了，真是幸会。"

阮愉看傅九那副痞里痞气斯文败类的模样，毫不掩饰地翻了翻白眼，下意识地往祝伊城身边靠了靠。这么微小的一个举动落在祝伊城眼底，他面上含笑，声音里有着阮愉甚少听过的不羁："大哥不请我坐坐？"

　　话虽如此，可祝伊城已经替阮愉移开边上的椅子，示意她落座，自己则在阮愉的身边坐下。阮愉只顾着观察傅九和祝天齐，因而没有察觉祝伊城在自己身侧那种只有旁人才能窥见的绝对占有姿态。

　　祝天齐手指摩挲着手里的玉脂茶壶："听说陆家那个案子能破还有你一份功劳？伊城，你什么时候对巡捕房的工作感兴趣了？"

　　祝伊城倒了一杯茶给阮愉，手下的动作仔细、温暾，道："静妍和我好歹算是旧识，她家里出了这么大的事，我怎么能坐视不理？大哥也知道，我一贯就是这么热心的人，更何况静妍这都找上门来了，我于心不忍。"

　　"扑哧——"阮愉一口茶喷出来，她忙拿袖子去擦嘴角，祝伊城递过来一块帕子，她脸不红心不跳地接过，完全无视另外两个人的一脸嫌恶。

　　傅九皱着眉头看向祝伊城："阮小姐挺有趣的。"

　　"可不是，就像捡到了一块宝。"祝伊城笑着说，眼角瞥见阮愉已经收拾干净，心下松了口气。

　　"听傅先生的语气，似乎认识阮小姐？"祝天齐饶有兴致地问向傅九，其间意思在场的人都心知肚明。

　　"也不算认识，刚进城的时候发现有人跟踪，居然还是一个女子，想想觉得有些意思，便和阮小姐交换了姓名，算是交个朋友。"然后傅九把话抛向阮愉，"我可是把阮小姐当朋友看待的，阮小姐应当不会嫌弃我吧？"

　　"自然不嫌弃，既然是朋友，那过会儿我们就说说朋友之间该说的话。"阮愉方才脸上的红晕已经褪下去了，挑着眉，那气势一点也不输给男人。

傅九笑得更开了，转而看向祝伊城："小少爷，这姑娘真真有意思，你从哪里找来的？"

祝伊城淡淡瞥过傅九："傅先生开我玩笑可以，但阮小姐怎么说也是个姑娘家，面薄，不宜开这样的玩笑。"

"小少爷，你看她像是面薄的样子？"傅九一脸好笑，对面这两个，一个收一个放，倒着实般配。

"傅先生，我看你也不像是个律师，你总不会是挂羊头卖狗肉的狗头律师吧？带了律师证没有我看看，这年头不太平，坑蒙拐骗的人太多，总归还是得自己多长点心眼的好，我说得对吗祝先生？"阮愉笑嘻嘻地说着，这个祝先生指的却是祝天齐。

这番话惹得傅九哈哈大笑，阮愉一早就看他哪儿哪儿都不顺眼，这个人太会装了。

"阮小姐居然连我的职业都知道得一清二楚，小少爷，你身边的这个姑娘可不简单，你当心被她卖了还帮她数钱。"傅九满嘴都是揶揄，阮愉越听越觉得无聊，干脆当没听见，无所事事地观察手里的茶杯。

终于，祝天齐的声音一本正经地响起来："伊城，傅先生是我派人从上海请回来的，你不承认那棺材里的人就是父亲，那我暂且当作父亲仍旧下落不明。祝家的许多产业分得太散，各处的负责人都拥地自主，届时还得请傅先生帮忙，伊城你应该没有意见吧？"

"这种事情大哥做决定便是，我能有什么意见，只是那口棺材以及棺材里面的人大哥还是尽早处理的好，太晦气，会影响运道的。"

祝伊城漫不经心地喝了口茶，话说得讳莫如深，但在场的人都听得懂。

你的名字，

　　"那毕竟是关乎到父亲的大事，怎能妄下结论，若结果与你坚持不同，你我都担不起这后果。伊城，这祝家，毕竟也不是你我可以做主。"

　　祝伊城忽地一笑："大哥说得在理，倒是我糊涂了。"

　　他们的对话暗潮汹涌，阮愉却有些厌烦，她向来喜欢简单粗暴的解决方式，但也知道在这个地方，越是谨小慎微就越是安全。她借口出了房门，就再也没有回去，在天香馆门口的屋檐下站了一会儿，视线看向街对面的米歇尔咖啡馆，眼睛蓦地一冷。依旧是上次阮愉坐着的那个位置，她记得服务生说，那是陆静妍最喜欢的位置，而此时此刻，陆静妍就坐在那里，手里端着一杯咖啡，仪态端庄。

　　阮愉出神之际，手上蓦地一热，祝伊城的手指缠住她的，下一刻手指收拢，他已经握住她的手，她茫然地抬头，一眼望进他凉薄的眼底。她下意识地去看米歇尔咖啡馆，陆静妍的目光堪堪投射而来。

　　祝伊城仿佛没有注意到远处的陆静妍，牵着她的手旁若无人地上车，她不知道他是知而避之还是真的没有看见，她只知道陆静妍对祝伊城的野心远远大过失去丈夫的痛苦，抑或，新婚一年丧夫，正中她的下怀。

　　阮愉一路无言，推开房门时忽然觉得自己累极了，以前做私家侦探窥探别人隐私的时候虽然也常常夜不能寐身心俱疲，可这里的情况却不一样，祝伊城隐藏得太深，他甚至从未打算让她看清。

　　在她转身关门时，他忽然拉住她，手腕处蓦然一凉，那个镯子滑进她的腕间，冰凉的触觉令她头脑稍稍清醒了一些，她看向他，脸上没有任何表情。

　　"这世上，有且仅有这样一个镯子，这是我想送给阮小姐的，请阮小姐一定收下。"

　　阮愉盯着腕间的镯子出神，没有接受也不拒绝，良久，她才缓缓抬起头，发现祝伊城仍旧注视着自己，他的目光如水，深邃的眸中漾着少有的温柔，傍晚的余晖洒在他的发顶，时光静好，而他在她身边。

　　"为什么袒护陆静妍？"

　　轻轻的一句话，祝伊城依旧不言，霞光弥漫整个天际，静谧的院落里徒留草木的簌簌声，一切都是原来的样子，却又好像已经面目全非。

　　阮愉见祝伊城不答，笑起来，自顾自地说："其实杀害袁明光的凶手是她吧？袁明光的致命伤的确在头部，也的确是王朋所致，可致死却是因为失血过多导致的大脑休克，加之外力在他颈项用力勒的短暂性窒息，未能及时就医而毙命。祝先生，你有没有想过，王朋其实本不需要去顶罪，他就算有罪，顶多也只是一个杀人未遂，更不需要像如今这般命丧狱中，其实他进去的时候你就已经料到了这样的结局，是吗？你说你知道草菅人命四个字怎么写，可你又知不知道什么叫欲加之罪？陆静妍即便不是杀害袁明光的直接凶手，也是间接凶手，她想撇清这些我可以理解，但她为何对自己的丈夫见死不救？其实这个问题很好解答，所有人都看得出来她对你的心思，祝先生，我不信你看不出来。"

　　阮愉将话说得如此直白，令祝伊城眉梢微微动容。

　　祝伊城一直以为，阮愉是个不爱管闲事的人，她眉梢间总是挂着一抹叫人无法猜透的清冷，对任何人和事物都抱着一种心不在焉的姿态，若按她的职业来说，她应当最爱凑热闹才是，可她又是一副任何事都袖手旁观的姿态。他原先觉得，或许这样的姿态能够让她免于无谓的麻烦，可今天在天香馆，她和傅九那样的对话，才让他蓦然间发现，她并不是真的对任何事都无所谓，她只是太会伪装，以至于所有人都认为她果真只是一个被他看上带回来的来历不明的姑娘而已。

误打误撞把她带来这里，他内心已经深感抱歉，他不想再把她拖进这无休止的泥沼之中，那本就是他的麻烦，怎能再把别人牵扯进来，何况还是阮愉。

阮愉目光如炬，祝伊城有时觉得她的性格里有一种不安分因子。

他笑了："阮小姐，你想得太复杂了，静妍和我一同求学巴黎，我们是朋友，她突然丧夫，觉得孤立无援找我安慰最是稀松平常，并没有你说的那些门门道道，袁明光和王朋都已死，这件事就让它过去吧。"

阮愉静默地看了他一会儿，忽然之间觉得腕间的镯子无比沉重："怪不得祝先生能和陆小姐成为朋友，就连价值观都这么相似。"

她说完便关上了门靠了上去，冰冷的触感从背后传来，就连心都有些冷。

祝伊城在门外静立许久，垂着的眼看不出喜怒。他笔直而立沉默寡言的样子最是让人生畏，阿忠的脚步顿在不远处，却是进也不是退也不是，就在他踌躇不前时，祝伊城忽地转过身来，见到他一点也不意外。

"少爷……陆小姐说……说……她在老地方等你……"阿忠将声音刻意压低，生怕会被里头的阮愉听到，可他哪里知道，阮愉在意的并不是祝伊城和陆静妍的故意走近，而是他居然会赞同陆静妍做的那些事，并且成为她的帮凶。

这样和杀人又有什么区别？

然而，阿忠收到的指示是去往祝公馆，祝伊城仿佛压根没听见他刚才说了什么。阿忠在心里直犯嘀咕，莫非他家少爷跟陆家小姐分道扬镳了？

"阿忠，这些日子以来，你就没有发现自己一直被人跟踪？"

忽地，车后座的祝伊城轻启双唇，声音里分辨不出情绪。

阿忠心猛地一跳，边注意前面的路况边忍不住侧头看向祝伊城："少爷……您这话是什么意思？"

"阮小姐经常行踪不定，你派去的那些人简直是废物，他们就没来跟你汇报汇报？"

阿忠的脑子转得飞快，不一会儿就惊讶得张大嘴巴，不可置信："少爷，您该不会觉得阮小姐一直在跟踪我吧？"

这么一想，好像所有的事情都能按正常逻辑串到一块儿了，难怪他觉得阮小姐好像什么都知道的样子，他原先以为是他家少爷对这位阮小姐推心置腹呢。

阿忠吞了吞口水，问出了一直憋在心里的话："少爷，这位阮小姐到底是什么人？"

身后很久没有动静，等阿忠回过头去看时，发现祝伊城合着眼假寐，原以为得不到祝伊城的回答，没想到等车子平稳地停在祝公馆门口时，祝伊城蓦地开口了。

"阮小姐是很重要的一位朋友，你如何待我，就如何待她。"祝伊城声音淡淡的，阿忠的眼底只余下祝伊城进门的背影。

很重要的朋友，有多重要呢？

过了几日，祝公馆忽然发生一件大事，说是大事，其实是喜事更为恰当一些。

祝家曾与纪家有口头上的联姻，近日祝纪两家走动颇为频繁，纪家老爷忽然提起小女婚事，身为祝家如今的当家——祝天齐当场便替祝伊城应允了下来，打算大操大办。都闻那位祝家小少爷虽看上去温文尔雅，可倔强执拗，以为他绝不会轻易就范，没想到却一口答应下来，这不仅令众多围观群众大跌眼镜，连身为大哥的祝天齐都不禁疑惑不解。

若说祝伊城忽然转性了，自然不大可能。

这小子到底打的什么主意？

这则婚讯还是通过傅九传到了阮愉耳里，此时阮愉正研究傅九从上海带来的那些法学书，想看看旧时民国此类书籍跟现代的有什么不同，结果傅九似笑非笑佯装无意地向她吐露了这么一个消息，他托着腮正想看她的反应，谁知这位小姐听了后面色无异，好像同自己一点都没有关系似的。

傅九不禁有些纳闷。

"你一点都不在意祝伊城的婚事？"良久，傅九终究还是没能按捺住好奇心，问坐在自己对面摆弄着法学书本的阮愉。

说起来，阮愉倒是十分对他的性格，这姑娘说话做事没有半分矫情，也不像那些大家小姐一般总端着小姐姿态，看着都觉得累，他觉得人活一世，短短来这世间走一遭，就该活得肆意，总活在别人的眼里太过悲哀。

所以初初见到阮愉，他觉得自己仿佛找到了同类，这样的被吸引无关于男女之情，单纯就只是同类相吸，尽管她对他着实算不上客气。

阮愉从书里抬起头来古怪地看着他，见他一副等着看好戏的姿态，嘴角不禁扬了扬："不好意思啊傅先生，恐怕要让你失望了，这儿没戏可看。"

"祝伊城娶别的女人，你没意见？"

"傅先生，看不出来你不仅是棵墙头草，还是棵八卦的墙头草。"阮愉毫不客气地对傅九一通冷嘲热讽，然而傅九此人，最不在意的就是旁人的看法。

"看来阮小姐还对我倒向祝天齐耿耿于怀，祝伊城对你来说还是挺重要的嘛。"傅九笑呵呵地沏了壶茶。那日和祝天齐打过照面之后，傅九就被请来了祝公馆居住，老实说他是愿意的，至少比祝伊城为他安排的那间乌漆墨黑的小屋子要好上太多。

"傅先生，我倒是想问一问，祝家这两个少爷里，你究竟看好哪一个？"

傅九毫不犹豫："当然是大的那个，小的还不成气候。"

"真的？"阮愉不信。

"自然是真的。"

"那祝伊城派人将你看住的时候你为何不反抗？"他其实有很多机会可以摆脱，祝伊城并没有真的要将他怎么样。

"我怕他恼羞成怒杀我灭口。"傅九开着玩笑。

"灭口？看来你这里的确有那两兄弟想要的东西。"阮愉瞥了他一眼，语气好不到哪里去。

傅九正要开口，远处忽地传来一道清脆甜美的声音。

"伊城哥哥，听说你答应啦？"这句问话里掩盖不了少女的娇羞和明媚，光听声音，阮愉就能判断出是个叮人的女孩子。

傅九微眯着眼看向阮愉，后者神情自若，有频率地翻着书籍，一副两耳不闻窗外事的样子。

祝伊城的脚步顿住，他本来正朝着傅九居住的房间走，循声望去，见穿着一身锦缎洋装的姑娘欢喜地朝自己小碎步跑来。

纪如烟跑到祝伊城身边亲昵挽住他的手臂，仰起头笑眯眯地看着他，感叹道："伊城哥哥，你还是那么好看。"

祝伊城黑眸一眯，随即便笑开来，不动声色地将自己的手臂抽出："一晃你都这么大了，这个年纪应该知道男女有别了呀。"

纪如烟嘟了嘟嘴："你又不是别人，你以后是我的丈夫啊。"

"纪大小姐，你父亲那么精明的人没有教过你吗，一切事情还未尘埃落定之前，谁也不知道中间会出现什么变故，何况是婚姻这样的大事。"

纪如烟一顿，水汪汪的大眼睛无害地盯着他瞧："伊城哥哥，你是不是不想娶我？可是我爹告诉我你同意了呀。"

还没待祝伊城开口，那头，傅九已经探出来半个身子看个究竟，唯恐天下不乱地招呼："我还以为是哪家姑娘，原来是未来的祝小夫人啊，快进来喝一杯。"

傅九向纪如烟招招手，像在招一只十分好哄的宠物似的。而纪如烟果然不负众望，以为傅九既然住在祝家，一定是祝伊城的朋友，拖着祝伊城就往傅九的房间走。等一进门，见到里面还坐着个女人，她一下愣住了。

阮愉没抬头，仿佛对周围的嘈杂浑然未觉，一只手淡定自若地握着茶杯，另一只手压着书本，单是那样坐着，就已经让纪如烟感到了一种无形的压迫。她来之前父亲就已经警告过她，祝伊城身边有一个姑娘，不知来历，可是甚讨祝伊城的欢心。

应该就是这位吧？

纪如烟又去挽祝伊城的手："伊城哥哥，这就是你带来的那位小姐吧？你怎么也不介绍介绍啊？这位姐姐看上去真漂亮。"

忽然啪嗒一声，阮愉合上了书本起身，对傅九说道："傅先生，你这儿太吵，读不进去，我带回去看了，赶明儿再还你。"

"我说阮小姐，你说实话，你究竟是对我的书感兴趣还是打着幌子实则是对我感兴趣？"傅九似笑非笑，眼睛的余光瞥向祝伊城，祝伊城则定定地望着阮愉。

"都。"阮愉懒洋洋地吐出一个字，经过门口的两人，没有停下来的意思。

纪如烟脸上闪过一丝尴尬，但也只有一会儿而已，立刻自来熟地跟傅九攀谈起来，一直等到吃了晚饭才走。

祝伊城早前为了行事方便，已经从别院搬回了祝公馆，祝天媛也长居祝公馆，这样一来，整个别院就只剩下阮愉一个住客。祝伊城这会儿却很想去别院看看阮愉在做什么，他心下想着，脚步微动，忽然听到身后的脚步声。

"阮愉可不是普通姑娘，没那么好糊弄，她表面看上去一本正经的，其实心里敏感着呢。你对纪家这如意算盘打得她想避退都不行，小少爷，我实在瞧不出来那个聒噪的丫头有哪点比阮愉好，不然你替我找找她的优点？"

傅九身形一晃，人已经到了祝伊城身边。

祝伊城淡漠地看了他一眼，并不打算和他过多纠缠，正打算离开，又听傅九说："我最近总在想一个问题，小少爷，你装了这么多年，累不累？"

"傅先生，你呢？你又累不累？"

两人互相凝望，一时间竟都没了话讲。

夜色渐浓，两人的心思变得越发深沉。祝伊城知道傅九是个什么

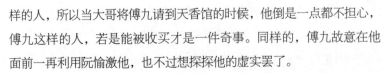

样的人，所以当大哥将傅九请到天香馆的时候，他倒是一点都不担心，傅九这样的人，若是能被收买才是一件奇事。同样的，傅九故意在他面前一再利用阮愉激他，也不过想探探他的虚实罢了。

傅九举了举手中的酒杯，喝了一口，扭头往别处去了。祝伊城原本准备迈开的步子又收了回来，身后似乎传来祝天媛和祝天齐轻微的争执声，他想了片刻，朝里走去。

到了后半夜，外面忽然刮起了风。这些年阮愉一直睡得浅，稍有什么风吹草动就能惊醒过来，何况还是隔音效果并不显著的这里。

咿呀的房门声立时让阮愉苏醒过来，她蓦地睁开眼，黑暗里，还能分辨出门窗的位置。她隔壁的房间先前是祝伊城居住，前些日子他搬回祝公馆后就空了，这偌大的别院里除了几个下人之外也就只有她，平日里来往的人并不多，更遑论现下这深更半夜了。

阮愉屏住呼吸，轻手轻脚地下床走到窗口蹲下，细细听外面的动静。

黑夜里，什么都仿佛是静止的，她的耳朵贴着墙壁，心扑通扑通直跳，她听了一会儿，什么动静都没有，就在她以为刚才只是自己的错觉时，门外忽然响起了脚步声。

很轻很轻，那脚步声慢慢靠近她的房间，忽地，在她门口停了下来。

阮愉猛地捂住口鼻，心脏好似要跳到嗓子眼一般，紧张得手心直冒冷汗。

这别院好歹是祝家的，外人不敢乱闯，所以只有一个可能——外面站着的是这别院里的人。这院落里有几人阮愉心里一清二楚，恍惚间她又想起那日在天香馆无意间找到的那枚盘扣，心里越来越沉。

大约只有十几秒的时间，可这十几秒阮愉觉得无比漫长，她几乎蹲坐在地上，紧张得呼吸渐渐开始急促，若有人闯进来她该怎么办？

对方手里有武器怎么办？胡思乱想之间，外面的人忽然动了动，接着脚步声轻声响起，渐渐远去。

走了。

阮愉借着窗外的光还能依稀看到外面的人影移动，那人微微压着背，身形不疾不徐。

她静静待在原地思忖了片刻，直至再也听不到任何动静之后，悄悄地直起身子往门口移动，小心翼翼地将门开出了一条缝，什么都没有。

门外，月朗星稀，冷风瑟瑟……

Chapter8
蓦然回首间

翌日清晨。

祝伊城被祝天齐叫去了自家工厂打理上月遗留的账目。半日未见人影，阿忠得到阮愉不见了的消息后一阵心慌，他家少爷对阮小姐看得怎样重他是知道的，那会儿店铺失火，少爷以为阮小姐在里面，不顾安危都要进去亲自确认，这会儿若得知阮小姐失踪，不知会怎样。

阿忠派人四处找了阮愉，就连平常派去跟着阮愉的那些手下居然都对阮愉的行踪一无所知。他忽然明白过来，那日少爷对他说的那些话的意思了，若阮愉真想甩开那些人，他们根本不是阮愉的对手。

他家少爷早就想到了这一点，所以即使知道他被阮小姐跟踪了，也未曾真的怪过他。

可现下该怎么办才好？阿忠急得团团转，开车的速度比往常快了不少，好不容易赶到祝家位于城北的工厂，却被告知两位少爷早半个时辰前就已经离开了，听闻是要去纪家商谈一下小少爷的婚事。

阿忠又火急火燎地往纪家赶,等真正见着他家少爷,早已日上三竿。

纪家正忙着迎客,祝家两位少爷虽为稀客,但在这个节骨眼上,纪老爷和祝天齐彼此都已然心照不宣。

阿忠远远就瞧见自家少爷身姿笔挺地坐在那里,纪家的下人此刻正在布菜。纪老爷这一顿宴请尺度拿捏得刚刚好,不会显得太主动,也不显得过于疏远。纪如烟一听祝伊城来访,立刻黏了过来,贴着祝伊城不肯离开。

纪老爷面上斥责:"如烟,女儿家该有的矜持都被你抛到九霄云外去了?"

纪如烟却不把这话当回事:"爹,伊城哥哥又不是外人,我从小就跟他认识,以后也会是他的妻子,我们迟早是要在一起的啊。"

祝天齐看纪如烟对祝伊城倒是死心塌地,可再看祝伊城,脸上挂着笑,可这种笑他再熟悉不过,毫不走心。他正欲开口,纪家的下人忽而进了门厅。

"老爷,外面有个自称阿忠的年轻人找祝小少爷,说有很重要的事情需要通报。"

纪老爷看向祝伊城,祝伊城闻言起身:"是我的随从,我去去就来。"

"既然是阿忠,也不是外人,还是请阿忠进来说话吧,纪老爷亲自宴客,不可失了礼节。"祝天齐叫住正欲外出的祝伊城,还未等祝伊城答话,祝天齐已经示意纪家的下人请阿忠进来说话。

祝伊城一瞧见阿忠的表情就知出了事,果真,阿忠像找到了救世主似的,强自镇定道:"少爷,阮小姐不见了。"

祝伊城眉心猛地一蹙,蓦地起身,几乎打翻茶几上的茶杯:"把话说清楚。"

"清早我去找阮小姐，可找遍了整个别院都没找着，曾叔说阮小姐天还没亮的时候就出去了。我怕会出事，就去阮小姐可能会去的地方找了个遍，可还是没有阮小姐的下落。我一时没了主意，只能来找少爷你了……"

"傅先生那里找过了吗？"

阿忠忙不迭地点头："找过了，傅先生说并不曾见过阮小姐。"

祝伊城脸色变了变，纪如烟小心翼翼地问："这位阮小姐……是很重要的人吗？"

祝伊城蓦然转头看向纪老爷："纪老，忽然有些急事需要处理，改天我一定亲自登门谢罪。"

还未等纪老爷开口，祝伊城转身便走了，阿忠急匆匆地跟上祝伊城的步伐，心里越发感到不安。

祝伊城心里一片寒意，阮愉不会让人担心，不可能一声不吭就离开，她一贯都沉着冷静，不冲动不盲目，又怎么可能无缘无故地消失？他回到别院，阮愉居住的房间一如既往，床上已经有人收拾过了，整理得整整齐齐。

可此时此刻，她不知去向，不知所终。

"少爷……现在怎么办？"

祝伊城闭上眼睛，只觉得心脏剧烈地跳动着，手握成了拳头又松开，内心的躁动和不安此起彼伏，仿佛黑暗般正一点一点吞噬他的理智。他用尽全力不让阮愉掺和到危险中来，可到头来，还是牵连了她吗？

良久，他才睁开眼，声音沙哑地说道："加派人手，整个北平地搜，务必保证阮小姐的安全。"

"好。"阿忠领命便要去。

可是……如果找不到呢？这句话阿忠硬生生地又咽了回去，不敢开口更不敢问，他跟在祝伊城身边这么多年，从未见过祝伊城如此摇摆不定，大约是因为心里有了弱点，不知如何做才能保证她的平安，才久久无法下决定。

整个别院瞬间安静下来，祝伊城在阮愉的房门口立了许久，眼里的晦暗更加深沉，一身的白色西装衬得人更加精神，可身上却透着一股无法接近的生冷。他抬步走向后院，厨娘岚姨正在厨房里忙活，岚姨良久没见祝伊城，今天一见祝伊城回别院来，喜笑颜开，迎了出来。

"小少爷，你可算是抽空回来了，我看这阮小姐在这里也没什么亲人朋友，每天没事就把自己闷在房间里，少爷你该多陪陪阮小姐，姑娘家这样憋着容易憋出病来。"岚姨是个极会看眼色的人，一早就知道祝伊城对那阮愉不一般，这会儿专门挑着祝伊城爱听的话讲，哪知祝伊城却神色淡淡，眉宇间似乎还透着一丝不耐。

"岚姨，近来曾叔身体可好？"

岚姨倒是没想到祝伊城会忽然问起老管家来，虽心有疑惑，但不疑有他，打开了话匣子："还不是老毛病，前阵子下的雨多，他腿脚又犯了毛病，吃了不少药，不过这阵子看上去倒是好了不少。听说他老家来了亲戚看他，这几日他一干完活就向大小姐告假，说是陪亲戚去了，你说奇不奇怪？我来这儿这么多年了也没听说曾叔他老家哪儿还有什么亲戚啊，不过兴许是关系也不大紧密所以才显得生疏了吧。"

"亲戚？什么样的亲戚？他有提起过吗？"

岚姨想了想，蹙着眉摇了摇头："小少爷你知道的呀，曾叔那个人从不跟人讲家里面的事情的，就连大小姐都不知道，我哪会知道啊。"

"那么他的亲戚来了多久了呢？"

"记不大清楚了，大约十天了吧。"

十天……祝伊城眼底蓦地一暗，和傅九来北平的日子差不了几天。他一贯不关心这些事情，但因为当初曾叔来别院干活的时候，他曾听祝天媛说过，新来的管家什么都好，就是性格似乎孤僻了些，她当时原本是不打算用曾叔的，可看他一大把年纪了又没有什么亲人，觉得甚是可怜，最后才用了他。听说曾叔一生未娶，独来独往。

岚姨些微歪了歪头，左顾右盼，确定四下无人，才小声问道："小少爷，你怎么突然问起这些了？是不是出什么事了？"

祝伊城淡淡一笑："没有，闲着无聊，想起来就问了，岚姨你忙你的，我先走了。"

祝伊城记得平常这个时候曾叔不会不在别院，别院大大小小的事务都需要他来打理，可这会儿这个老管家却不知去了哪里。

阿忠将车开去找阮愉，祝伊城便叫了黄包车，没有在米歇尔咖啡馆找到阮愉，倒意外地瞧见陆静妍常坐的那个位置有客，柳絮同陆静妍坐在一张桌上，看咖啡已经见了底，想是来了有一会儿了。

"我怎么不知道你们是可以坐下来喝咖啡的关系？"祝伊城踱步过去，不动声色地笑问。

陆静妍面上闪过一丝尴尬："伊城，你怎么来了？"

那边柳絮立刻抢话道："莫不是来找阮小姐的吧？"

祝伊城神色微凛，转而看向柳絮："看来你对阮小姐很有兴趣。"

"那是自然，能让祝家的两兄弟都感兴趣的女人，怎么会是普通的女人呢？"柳絮话里有话，妆容精致的脸上看不出几分真心。

若是换了平常，祝伊城或许还有兴致和她说上两句，可现下他心里急着去找阮愉，对于柳絮的明嘲暗讽不予理会，正要走时，柳絮像是忽然起了兴致。

"祝小少爷，有一件事不知你知不知道，阮小姐曾经来天香馆查看过案发现场，当时你大哥也在，她进了那间死人的房间，我看她似乎对你颇为上心，可惜啊！转眼间，心上人却要娶别的女人了，我这样的旁观者都替她心疼。"

祝伊城脚下一顿，是那次他去天香馆接她时发生的事吗？

本想沉默的陆静妍，听了柳絮的这一番话，仍是没忍住开口问向他："你……真的打算娶纪如烟吗？"

传闻出来的时候陆静妍本是不信的，祝伊城这样的人怎么可能轻易就范，更何况如今他身边还有一个阮愉，谁都看得出他对阮愉的特别，可直至确认了这一事实，她还是不敢置信，她认识的祝伊城绝不可能会答应这门婚事。甚至好几次，她都想去祝公馆见见他，问一问，为什么。

祝伊城只是看了她一眼，嘴角一勾，这个笑凛冽得没有任何温情，他不发一言，沉默而去。

阿忠自然是无功而返，一脸焦虑又不知该如何是好，只能寄希望于祝伊城。

北平说大不大，说小又不小，可对于阮愉来说，她活动的范围也不过这一片，她对这里一无所知，除了祝伊城以外，连个可以说话的人都没有，她绝不可能会无缘无故地消失不见。

"少爷……你说……你说阮小姐会不会被人绑架了？"阿忠踌躇之中，小心翼翼地说出自己心里担心的事情来。虽然极不愿意承认这样的可能，可事到如今，似乎也只有这个可能了。

祝伊城正在案几上写着什么，闻言微微蹙了眉心，总算抬头去看阿忠。阿忠这才发现，自家少爷的眼里俱是血丝，他此刻正在梳理阮愉不见前后发生的种种。

"听说曾叔近来有亲戚来北平，你去瞧瞧是什么样的亲戚，能让曾叔这样常年不离别院的人近日频频外出，切记小心行事，切勿让曾叔瞧出什么端倪来。"

"少爷，都到这个节骨眼了，你还管曾叔家亲戚干什么？阮小姐现在也不知是个什么情况，你还是快想办法吧，我都快急死了，万一阮小姐有个什么三长两短……"接下来的话阿忠着实不敢再说出口，因为祝伊城的眼神已经凌厉地扫了过来。

阿忠立时闭嘴，不敢再多发一言，阿忠知道少爷心里何曾不着急，这时候这么吩咐自然有他的道理。阿忠在心里微一叹气，道了声是便离开了，经过转角处与迎面而来的傅九撞个正着。

傅九一看阿忠这副垂头丧气的模样，便知阮愉仍旧下落不明，向阿忠微微颔首，进了祝伊城的房间。果真，瞧见祝伊城正在书桌前兀自沉思，天色已晚，偌大的房间只留了书桌上一盏灯，昏昏暗暗的，冷风摇曳中，祝伊城的脸显得越发沉。

最初傅九对祝伊城的认知，也只停留在自家老头无意间的提及，但那会儿他家老头显然更中意祝天齐，常说祝老三个儿子，二儿子早夭，三儿子又是个纨绔子弟，每日只知吃喝玩乐，所幸大儿子争气，又是块经商的料，祝家偌大产业总算有人继承。那时候他家老头提起祝家这小少爷，脸上全是不屑，就连祝老爷还没失踪之前来傅家拜访，说起小儿子也是颇多无奈。可傅九却独独看出了祝老爷语气中的宠溺，那时他便知，除了早夭的那个儿子，这两个儿子里，祝老爷更加疼爱的，偏偏是这个别人口中的纨绔子弟。

"咳咳……"傅九轻咳一声，瞬间打破寂静的夜。

祝伊城从昏暗中投来视线，目光如炬，不再似往常那般的漫不经心。

傅九抬手晃了晃手里的洋酒，笑呵呵地说："友人弄了瓶好酒，可惜一个人喝酒终究无味，不知小少爷是否赏脸？"

祝伊城看了他一会儿，才慢悠悠地起身，走到桌边点了灯，请傅九进来。

傅九手里那瓶洋酒在灯光下晃悠得像一片深金，他倒了两杯，将其中一杯推到祝伊城跟前，祝伊城端起酒杯瞧了瞧，随后一饮而尽。

"小少爷，虽说有心事，可你这喝法未免糟蹋了这酒。"傅九晃了晃酒杯，慢慢送到嘴边，轻轻抿了一口。

"我以为，傅先生是来帮我借酒消愁的。"祝伊城轻讽，乌黑的眼底情绪几不可见。

傅九放下酒杯，一手搁在桌上，耸了耸肩："阮愉那姑娘看上去主意颇多，也不是那种娇生惯养的小姐，头脑机灵得很，一般人没法把她怎么样，你且放宽心，没准她是发现了什么新奇事跟去看了看，等看完也就回来了。"

"阮小姐不是那样的人，她做事有她的分寸，从不叫人担心。"祝伊城摇了摇头，蓦地闭了闭眼。

脑海里忽然浮现出那天深夜，阮愉一个人倚在墙边抽烟的模样，烟火打亮她的脸，那张脸漂亮清冷，寡淡漠然，也许只是那一眼，她就已经被他记在了心里。

傅九一口接着一口，慢慢地酒杯才见了底，等放下酒杯，面上的玩笑倒收了不少："你是否心里已经有了主意？"

祝伊城思忖良久，才又看向傅九："傅先生，我需要你的帮助。"

"小少爷，我是哪边的人你都还没有搞清楚，确定找我帮忙是明智之举？"

"那这个忙，傅先生帮是不帮？"

"我可不是会给自己找麻烦的人。"傅九说了句似是而非的话，没有说不帮，也没有说帮。

今夜比往常任何一个夜晚都显得漫长许多，祝伊城多希望这酒能将自己喝醉，可偏偏不能如愿，他心系阮愉的安危，这样的时刻，只有时刻保持头脑冷静，才能将一切化险为夷。

又过了两日，阮愉依旧没有任何消息，甚至连阿忠派出去的人都一无所获，阮愉就好像凭空消失了一般，祝伊城忽然想到，那时他误打误撞去到阮愉的世界，又误打误撞将阮愉带到了这里，难道……阮愉回去了？若真是那样，他心里倒还能松一口气，若万一不是……

阿忠气喘吁吁地冲到傅九所居的处所找到祝伊城，心下有所顾忌，说话也小心了些："少爷，你交代我的事情有眉目了。"

"说。"祝伊城喝一口茶，显然没有要避讳傅九的意思。

"明霞路 53 号。"阿忠道出一个地址。

曾叔做事十分小心谨慎，每次出门都会三番五次看是否有人跟踪，且都要绕好几次路以确保万无一失，越发令人怀疑。曾叔所见的这人究竟是什么来头，需要其如此大费周章。由此可见，这个曾叔也并非什么善类。

祝伊城朝阿忠挥了挥手，阿忠立刻明了，低头退了出去。

傅九唇角一勾："小少爷，看来你们祝家的人都不是省油的灯啊。"

"傅先生远道而来，怎能叫你失望而归。"祝伊城脸上轻松了些，和傅九几乎同时看向对方，四目相对，居然有一种无法言说的默契。

这世上总是意气相投的友人难寻了些，傅九随即移开视线，岔开了话题："若是阮愉不在那儿呢？"

"是与不是，也只能赌上一赌，还有别的法子吗？"

"小少爷，若是换了别人，现在恐怕早已经坐不住了，喜欢的人失踪三日，而你现在居然还能气定神闲地坐在这里，我突然有点佩服你了。"

喜欢的女人不知所终，换了任何人都不可能如此淡定自若吧？

"傅先生若是在我这个位置便会知道，除了坐在这里之外，我别无他法。"

每个人都有属于自己的位置，祝伊城出身的这个家庭，时时充满猜疑和斗争，每一步都不能走错，所谓一步错便步步错，他好不容易走到了这里，一个举棋不定就会满盘皆输。他不愿将阮愉当赌注，一而再地希望她能远离他的世界，他从不告诉她自己在做什么、见什么人，面对她的追问，除了沉默以对之外别无他法，饶是这样，他最不愿看到的事情仍旧发生了。

从阮愉来到这里，她似乎就在经受一个又一个的危险。

第二日一早，祝伊城到了别院，那时曾叔正打算出门，手里拎着一个包袱，看上去沉甸甸的。曾叔一瞧见祝伊城，猛地低下头去。

"这么一大早的，曾叔是要去见什么人？"祝伊城尾音一拉，在曾叔身边转了一圈，曾叔立时听出这小少爷今儿心情似乎挺好。

"回小少爷的话，有位故人，我去见一见，已经向大小姐告假了。"

"是吗？可是真不凑巧，这里有个人想见你。"祝伊城话音一落，傅九便出现在曾叔面前。

曾叔仿佛不认识傅九，看了他一会儿，才问道："这位先生是……"

"曾叔你好，冒昧打扰了，家父姓傅，而我，从上海来。"傅九声音清亮，在他的话语里，曾叔死水一般的眼里总算有了些许讶异。

祝伊城很满意曾叔的反应，拍了拍傅九的肩："傅先生，看来你们有很多话要讲，我就不打扰你们了，别院的任何地方都可以随便用，我替我大姐做主了。"

这小少爷大气地手一挥，打一个呵欠，懒洋洋地又钻回车里。

等汽车扬长而去，曾叔才对傅九做了个请的手势："傅二爷，里面请。"

傅九眉心一挑，呵，知道他是傅二爷的人可不多。

明霞路 53 号。

车子开不进去，阿忠只能将车停在外面的路口，这里和北平的许多胡同一样，四通八达，一旦进去了，若不熟悉地形很容易找不到出口也找不到来时的路。好在阿忠是个八达通，这一点地形根本难不倒他。

他们很容易找到了一处独栋式的小洋房，只有二层楼高，这一带多是北平普通百姓居住，在一众平房中居然还隐藏着这样一栋不起眼的小洋房，着实令祝伊城感到意外。

他们赶到的时候外面的铁栅栏是开着的，等走到里面才发现连门都是虚掩着的，祝伊城和阿忠互看一眼，两人侧了身子，阿忠悄悄从兜里掏出枪，猝然一个转身，一脚踢开大门，门碰到墙面发出巨大的声响，阿忠拿枪口指着里头的同时，蓦地愣住了。

"阮……阮小姐？"

门外的祝伊城乍一听，忙侧身进门，眼前的阮愉半蹲在地上，正拿绳子绑人，被绑的那个人嘴里塞了一块布，咿咿呀呀地说不出话来，拼命地在挣扎，有人进来的时候他还以为来了帮手可以解救自己，但见这几人好像认识，心里头刚升起的那一点点苗头又熄了下去。

阮愉半蹲在地上，使出了吃奶的力气才把这人弄到椅子上绑起来，绳子又粗又长，勒得她手掌上一道道的红痕，掌心被磨出泡来，刚才不觉得，这时候便感觉到了疼。她瞅向呆滞的阿忠，不满地咕哝。

"呆愣在那里干什么？还不快来帮忙？"阮愉面上不耐，额头晕着一层薄汗，费力地抽了一下绳子。

阿忠如梦初醒，赶紧把枪收好，过去接过阮愉手里的绳子。阮愉起身拍拍手，弹掉身上的脏东西，才又去看祝伊城。

祝伊城面上自始至终平和如常，眼里却渐渐有些猩红，也不知他是太习惯于掩饰自己的情绪，还是阮愉的出现本就在他的意料之中，可这个时候，他这样一副样子，却在阮愉心里激起了千层浪。她默默地走过，在他面前站定，歪了歪头。

"我不见了这么久，你就没有什么想对我说的？"女孩子明媚的声音，明明没有任何逼迫感，却让祝伊城的心狠狠一疼。

"还是……其实也没有什么关系？"阮愉继续问，晶亮的眼睛星星点点，有着洞悉一切的敏感。

祝伊城始终克制，或许他早已经习惯这样的生活方式，面对阮愉突如其来的带着些感性的问题，一时间却找不到最好的回答方式。垂在身侧的手，不知不觉握成了拳头。

那边阿忠已经把人绑好，骂骂咧咧地带着人出去了，并不宽敞的小洋房一层，霎时只剩下他们两个人。阮愉还是看着他，好像要把他完完整整地看上一遍。

然后她笑了。

春暖花开似的，那笑容如沐春风，却凉到了祝伊城的心底。

"祝先生，其实我有时候挺看不懂你的，你总让我出乎意料，你这样聪明的头脑，应该知道，隐忍的智慧，并没有让你看上去更平庸些，你的不显山露水，才是对你大哥最大的威胁。如果我是你大哥，我倒宁愿你露出你的锋芒，总好过随时随地像一颗定时炸弹似的扎在自己身边，你觉得呢？"

从进门后就保持着同一个姿势的祝伊城，这会儿终于有了动静，他上前一步，一手抱住阮愉，一手压住她的长发，把她揽进自己怀里，下巴抵上她的发顶，熟悉的味道穿鼻而过，这才有了那么一丝丝真实感，这几天来的不踏实，总算得到释放。

阮愉终于软了下来："你又何必这样执意把我往外推？"

祝伊城眉心一动，眼底的深邃无法预见："没事就好，没事就好。"

冷风穿堂而过，清晨的风总是要凉一些，祝伊城脱下自己的风衣替她披上，揽住她的肩膀，带她离开了错综复杂的胡同里。

出去的时候阿忠已经换了一辆车，想来已经有人先一步把那人带走了。

两人坐在一起，直到回到祝公馆，阮愉都不曾跟祝伊城说过一句话，她心里对他有气，他自然知晓。迎面出来的祝天媛虽然对阮愉一直存着顾虑，但见她平安归来也就松了口气。她这个小弟最是死心眼，那会儿听祝天齐回来讲，祝伊城因为阮愉的突然失踪，连纪老爷的面子都不给，铁青着脸就走了。纪老爷不高兴了好一段时间，多亏纪如烟从中周旋，才消了纪老爷的气。

祝天媛和阮愉说了会儿话，才又折向祝伊城："如烟已经在里面等你好一会儿了，你快去看看吧，小姑娘能做到这样已是不易，你好言好语劝着些。"

阮愉听了这话心里突然不舒服起来。

祝伊城看了眼阮愉，不动声色，面上嬉笑："如烟那丫头年纪小，不懂事，最是好说话，我去说说她，去去就回。"

才踏出一步，阮愉的声音就不冷不热地响起来："祝先生的桃花运真是旺，前有旧情人四面围堵，后有新欢投怀送抱，也不知祝先生到底看上哪个？若是都喜欢，不如都收了吧，祝家家大业大，依我看还是养得起的。"

祝伊城猝然回头，就见阮愉冷淡说完后走远的背影。祝天媛听了这话心里却不舒服，刚想开口训斥，却被祝伊城拦了下来。

"算了大姐，阮小姐是客，何况她刚受惊过度，心里有气是正常的。"

"她心里有气是正常的，你无缘无故受气也是正常的？伊城，这姑娘的性子实在不讨人喜欢，若让我选，如烟的性子要好上百倍。"祝天媛心疼自家弟弟，说起话来也就没了顾虑，不承想到阮愉还未曾走远，这些话都悉数落入了她的耳里。

阮愉双手抄着兜，自嘲地笑。掌心的疼若隐若现，却抵不过心里越发浓重的晦涩。

她方才的冷嘲热讽本就毫无道理，然而就在那一瞬间，她好像被撕扯成了两半，一半的她尚存理智，另一半的她却感情用事，最后感情用事的自己压过了理智的自己。

但她并不后悔说出那样的诂，人有时候活得太过理智反而是一种悲哀，就像祝伊城那样。

她来祝公馆的次数并不多，没有可以去的地方，只得往傅九那里去。傅九那个人虽然有时候嘴上恶毒，倒也算是个有趣的人，和他说话，阮愉不觉得累，也不需要想方设法地去猜哑谜。

傅九已经回了祝公馆，刚才还有些蔫儿，一瞧见阮愉，立马来了精神。他看着阮愉由远及近，到了自己身边的空位坐下，凑过去看了看她，开玩笑："你这几天去哪儿风流快活了？"

阮愉瞥他一眼，只给自己倒了杯茶，并不想同他说话。

没多时祝伊城便赶来了，看来那个纪如烟的确好哄得很，两三句就被祝伊城打发走了。阮愉边把茶水往嘴里送，边觉得好笑，她莫名其妙来到这里，现下又一肚子的气无处发泄，然而问题是，连她都觉得自己这一肚子气有些难以理解。她一直以为自己理解祝伊城，其实那个时候才发现，她还是没有自己以为的那么理解祝伊城。甚至在他们重新相见，他毫不外露的情绪令她觉得沮丧。

傅九的视线从阮愉脸上又转到祝伊城脸上，不消问也知道这两人不知为何在闹别扭，他不介意再在火上浇一把油，慢悠悠地戏谑道："看来有人吃醋喽，有的人，我上次问她的时候还一副毫不在意的模样，这会儿却变成了个醋坛子。"

祝伊城不赞同地蹙起眉头，轻喝一声："傅先生。"

阮愉倒是没什么反应，没搭理傅九，反而看向祝伊城，岔开话题："祝先生，陆静妍和纪如烟之间，你是喜欢哪个比较多一些？"

傅九一口水卡在喉咙里，喷也不是咽下去也不是，憋得满脸通红。

祝伊城知道阮愉还在生刚才的气，深吸一口气："阮小姐，你或许应该先告诉我，为何你会在那里？为何你又消失了三天音信全无？这些比你方才问的问题要重要得多。"

"你回答了我那个问题，我才好考量该告诉你哪个答案啊。"

阮愉的漫不经心看在祝伊城眼里，又多了一份姑娘家独有的任性，可她的任性不若纪如烟那般让他疲于招架，他甚至在阮愉眼底看到了一丝淡淡的忧伤和极力掩饰的情绪，他忽地想起她微醺的那个夜晚，她拉着他的手同他说：祝先生，我心里有你。

那时他的心狂跳，巨大的喜悦笼罩住全身，他甚至想就那样牵着她的手远走高飞，再也不顾这里的乱象残局，她的手那样温暖，他贪恋着一点都不想放开，可那夜天还未亮，他终究还是在阮愉醒来之前逃开了。

他……伤了她吗？

阮愉开始不耐烦了，又催促了一遍："祝先生，你到底喜欢哪一个？这个问题竟难到让你不知该怎么回答？抑或是，你两个都喜欢？"

傅九一口水再次卡在喉咙里，他看得没错，阮愉果然是女中豪杰。

祝伊城依旧不言，傅九实在看不下去这两个人僵持在那里，干脆替祝伊城回答："我看小少爷比较喜欢纪家那位吧，毕竟年轻懂事，换我，我也喜欢纪如烟。"

阮愉呵呵干笑两声，也不知是因为傅九的回答，还是因为祝伊城的拒绝回答。

"祝先生，如果我说，是陆静妍绑了我，你信吗？"阮愉盯着祝伊城的眼睛，一字一顿地说道，语气虽有努力伪装的不在意，可说话的情绪却出卖了她。

祝伊城的眸子骤然一缩，眉头蹙得更深，他的眼底深邃低沉，如雾气一般蒙着一层。

阮愉深吸一口气，将那晚发生的事情简单说了一遍。

那晚，当她发现有人在自己门口站了一会儿又走后，出于私家侦探的本能，她悄悄开门望出去，外面和往常一样，一片平静。她轻轻地出门，往方才脚步声远去的方向追过去，远远便瞧见一个黑影子正从后门出去，兴许是走得匆忙，后门没有关，她又等了一会儿，也跟了出去。

那会儿正是三更半夜，街上一个行人都没有，阮愉还从来没有在这里大半夜的出来过，心里顿时一阵毛骨悚然，但箭已经发出，想收回已经来不及了。况且她向来胆子大，心底的害怕也只维持了那么一会儿，就又被一股刺激感将害怕抛到九霄云外了。

她小心翼翼地跟在那个黑衣人身后，从身形和走路的步伐能够看出，那人八成就是别院的老管家曾叔。可为什么曾叔三更半夜会来自己的房间外？他原本打算做什么？为什么停留一会儿后又走了？上次她的急性肠胃炎应当就是他的杰作。还有那次火灾，她一直没有告诉祝伊城的是，那天她之所以会出去良久后都没有回去，是因为在街角见到了曾叔，曾叔看上去有些怪异，她原想跟上去看看，可因为对那里不熟，三绕两绕就被绕得找不着北了。所有的事情仿佛都和曾叔有关，可却没有一点点实质性的证据。

这次因为街上没人，阮愉跟得才没那么费劲，可也正是因为太安静，任何一个可能发出响动的动作都会打草惊蛇，她紧绷着神经，呼吸急促却沉稳，隐匿地跟着曾叔又绕过一个胡同，然后，她发现曾叔终于停下来了。他站在那里左右看，似乎要确认身后没有尾巴，阮愉整个人贴在转角的墙面上，夜半冷风阵阵，她又只穿了一件衬衣，冻得瑟瑟发抖，因为紧张，身上冷汗和热汗交织，让她觉得一阵恍惚。

好在没一会儿她就听见了铁栅栏打开的声音，再小心地探头出去，已经没了曾叔的人影。她正要过去探个究竟的时候，一只手忽地从背后伸来，她心里一惊，刚想大事不妙，一块帕子便狠狠捂住了她的嘴巴，身后的应当是个男人，力气很大，她根本无法挣脱，连挣扎都成了徒劳，只一会儿工夫，她便开始昏沉，不省人事。

再醒来的时候，是在一间布置得极为考究的卧房里，阮愉发现自己手脚都还自由，除了脑袋有些昏昏沉沉的之外，其他一概都好。屋子里静悄悄的，桌子上还摆着一壶刚沏好没多久的茶，缓缓地还在冒着热气。她拍拍自己的脑袋，艰难地从床上爬起来，往窗外一看，发现天已经大亮了。她到了门口听外面的声响，十分嘈杂，隐隐约约听到下面人的对话声，猜出自己大概是被扔到哪个客栈里了。

正要去开门，门忽然被人推了进来。

阮愉警惕地往后退了几步，双手负在背后，蹙眉盯着来人。

陆静妍的出现让阮愉十分意外，前者却气定神闲地看了阮愉一眼，缓步踱到桌边，门关了，只听得到陆静妍倒茶时茶水发出的哗哗声。

"阮小姐，这一觉睡得可还好？"陆静妍端详着手里的茶杯，问向阮愉。

"昨夜偷袭我的人是你？"

"这怎能算偷袭？我是为了你好，若是让伊城发现你是这样偷鸡摸狗的人，你猜他会怎么想？"

偷鸡摸狗？

"阮小姐，我第一眼见到你就知你不是本地人。伊城身边的人来来回回就那么几个，他虽然有时候爱玩了些，却从来只当那些莺莺燕燕是过眼云烟，概不会往心里去。我那时还以为，你也不过是那其中之一罢了，想来还是我低估了你，或许你在他心里的确是有些不一样的，但你的存在，似乎并不能为他解决问题。"陆静妍的姿色本就卓绝，明明说着这样不讨喜的话，可那张脸依然让人厌恶不起来。

阮愉不动声色，静默地打量陆静妍。

"我猜，你现在应当在心里想，我究竟想干什么？"陆静妍好像一下就猜中了阮愉的心思，笑着说道。

阮愉也不否认，耸了耸肩，听她继续说。

"阮小姐，其实我相信，我一定比你更了解伊城。伊城那个人，远没有你看到的那么简单，他是有大志的人，儿女私情不可能成为他的羁绊，我来替你看看，他这样一个男人，是否值得你托付终身，若他发现你不见了，是否会想尽一切办法将你寻回。你觉得如何？其实，说起来，你并不亏，能够看清一个男人待自己的态度，好过自欺欺人，你觉得呢？"

一直静默的阮愉忽地一笑，歪着头却问："我什么时候说过我要将终身托付给他？"

陆静妍表情一顿。

"陆小姐，你是否太过自信？你以为你想嫁给他，想拥有他，所有在他身边的女人便都是这种想法吗？"阮愉摇摇头，"抱歉，我没有工夫陪你玩这样的游戏。"

她说完便想走。

"阮愉，我奉劝你还是乖乖地待在这里，你走不出去，外面都是我的人。"

阮愉心里一股闷气随即而来，扭头狠狠盯住陆静妍："你无非就是想让我知道，在祝伊城心里我并没有那么重要。其实我根本不在意他待我的态度，可你又不相信，只想亲眼证实，陆小姐，你不觉得你的精神状况有些问题吗？"

陆静妍仍旧是淡淡地笑着，阮愉说完这一通话，整张脸泛着绯红，蹙着眉的样子同祝伊城倒真有几分相像。她起身，走过阮愉身边："阮小姐，这里的厨师都是顶级的，你若饿了可以随时传唤外面的人，你什么时候能出去，大约也取决于伊城什么时候能找到你。"

"变态。"阮愉实在无法忍受自己的自由被禁锢，骂了一句脏话。

陆静妍毫不在意地走了，房间里顿时又只剩下阮愉一个人。

约莫半个时辰后，阮愉从窗外把客栈的地形琢磨了一遍，这个房间位于三楼，若跳下去，死是死不了，最多也只是个残废，她当然不会拿自己的身体开玩笑。就这样僵持了一整天后，天又黑了，客栈的老板娘进来给她送晚饭，见她一动不动地躺在床上，松了口气，正要出去的时候，目光猛地被床单上的殷红吸引，霎时，脸色苍白。

老板娘冲到床边，发现阮愉皱着眉十分痛苦的模样，身体蜷缩成一团，脚踝上还有两三道不知怎么弄伤的伤痕，鲜血正从伤口处淌出，她吓得立刻没了主意，赶紧唤了人打算送阮愉去医院。

陆静妍的人却不许，老板娘尖叫一声："我不管陆小姐究竟想干吗，可既然人在我这里，我就有责任。我这儿要是死了人，这往后生意可怎么做？赶紧都给我让开！"

守门的两个人也犹豫了一下，最后只得让步，一个去陆家找陆静妍禀报这件事情，另一个陪着老板娘送阮愉去医院。

谁知，阮愉一进医院，一离开他们的眼皮子，立刻就没了踪影。

这时他们才恍然知道：中计了！

等那两个人追远了，阮愉才从医院后巷里蹒跚着出来，看了一眼脚上的伤，随手把刚才从医院里偷出来的绷带缠上，用力扎了个结，真是房间里的一把小剪刀救了她的自由。阮愉冷哼一声，循着记忆又往回走，直至天亮，才又找回那晚曾叔去过的地方。

到了白天，她就没有那么忌惮，走近那栋小洋房，觉得阴森森的，这一带里居然隐着这样一栋房子，看上去反差确实挺大，她找了个角落，守了一天一夜，发现除了曾叔之外根本无人进出。而曾叔每次进去都拎着一个包裹，想来应当是食物。

是什么人让曾叔这样小心翼翼？阮愉一守就是两天，曾叔每天都在同一个时间过来。直到最后一天，她发现曾叔没有按时出现，这才大着胆子，进去一探究竟。

"后来，就是你们看到的那样。"阮愉轻描淡写地说完，又给自己续了一杯茶水。

却发现祝伊城一直古怪地盯着自己，那眼神里的怪异让她浑身不自在。她扭头又去看傅九，发现傅九也是一副古怪的表情，只是傅九脸上的那种古怪，是看热闹的古怪，不同于祝伊城的低沉。

阮愉不自觉地摸了摸自己的脸颊："我脸上画着画？"

祝伊城的视线随即向下，她的手掌心隐隐约约有些红肿，再去看她的脚踝，果真用绷带随意包着，原本雪白的绷带此时已经脏兮兮的一片，显得狼狈又可怖。祝伊城忽地唤来下人，要了一盆干净的水跟毛巾，请傅九出去。

"小少爷，这是我的房间。"傅九不满地咕哝一声。

"傅先生，不用多久，只需一会儿，请你出去一下。"祝伊城话里有种无法忽视的压迫感，甚至带着几分命令的意味。

傅九嘴上不饶人，人已经转出去了。

祝伊城忽地弯腰，动作温柔地抓起阮愉的脚踝，搁到了自己腿上。

肌肤的触碰令阮愉浑身一个战栗，下意识地想缩回去，可祝伊城的手握着她的脚踝，令她动弹不得。

"伤口若没有处理好容易引发破伤风，阮小姐，请你稍微忍一下。"祝伊城抬头瞥她一眼，继而拿起剪刀，小心翼翼地剪开已经同伤口粘在一起的绷带。

绷带被掀开的那一刻牵扯到伤口，痛得阮愉嘶的一声，祝伊城动作微微一顿，尽量轻柔不弄疼她，等撕开全部绷带时，阮愉的额头上已经挂上了一层薄汗。当时根本没有时间处理，只是随意一包，如今伤口泛着青紫，触目惊心。

"很疼吗？"祝伊城盯着伤口，眉头蹙得更深，抬头看她。

阮愉不在意地撇嘴："不疼。"

"为了能够顺利逃离，才故意伤害自己，阮小姐，下次再也不要做这样的事情，身体发肤受之父母，怎么能轻易折损？"

她这样的姑娘，清水一般拂人，骄傲自持，有着自己的一套原则和底线，祝伊城从不奢望能够拥有，他自知他们存于两个世界，故而始终克制自己，和她保持距离。可这样的保持距离却带给了她那么多不必要的麻烦，他终是见不得阮愉因自己受到伤害。

"祝先生，我并不是你认识的那些娇贵的小姐，我十六岁的时候就能跟人打架，二十二岁就能跟亲生母亲决裂，二十六岁可以眼睁睁看着自己的妹妹死在病房袖手旁观，我这样的人心肠硬得很，对自己比对别人下得去手，你也无须自责，我也只是为了自己罢了。"阮愉淡淡说着，将目光移到一边，脚踝上的痛仿佛蹿入了心脏，他凉薄的手指捏着她的皮肤，两种截然不同的感觉在体内错乱的交织。她忽然觉得，自己可真是个狠心的人。

祝伊城听得眉梢间冷意骤聚，她以为他要发作，但也只单单深深地看了她一眼，便又低下头去，仔仔细细地替她清洗伤口、上药、包扎。阮愉没想到的是，祝伊城这样一个大家少爷，做起这些事来居然动作如此娴熟，仿佛做过了无数次。

祝伊城似乎看出了阮愉所想，他一边替阮愉包扎，一边开口："小的时候因为淘气，常常在外面惹是生非，回来之后免不了要受罚。我父亲疼我，从不真的下狠手，我母亲那时的病情越发严重，总将我看成别人，在我身上留下伤痕。我担心父亲知道之后对她更没有耐心，于是想方设法掩盖自己身上的伤，幸好那时遇到一个好医生，他教我如何做些简单的伤口包扎及处理，久而久之，也就熟能生巧了。"他那样漫不经心地说着。恍惚之间，童年的那些记忆排山倒海，那些过去的旧画面分明深刻地印在脑海里，却偏偏总一遍遍地告诫自己，已经忘了。

　　阮愉听后一阵心疼："从来没有觉得熟能生巧这个词语这么伤感。"

　　祝伊城轻笑，包扎完毕，他轻轻地为阮愉穿上新拿来的袜子，那是他自己的袜子，穿在阮愉的小脚上显得稍大，看上去又有种说不出的可爱。

　　"祝先生，过去那些年，你过得可十分辛苦？"阮愉望进他的眼底，讳莫如深间，却像有一道裂口，正给她乘虚而入的机会。

　　"阮小姐，其实我老早就想说，你我之间不必这么客气，你唤我名字即可。"

　　"可是祝先生却依然唤我一声阮小姐。"阮愉不肯轻易改口，说笑间，那股从容如星空般耀眼，细眉微挑，说不出的俏皮。

　　祝伊城怔了怔，随后淡淡一笑，唤她一声："阮愉。"

　　阮愉满意地笑起来。这时不解风情的傅九突然又折了进来，一眼看破他们之间的那点气氛，毫无自觉，大大咧咧地往他们面前一坐，看看阮愉，又看看祝伊城。

　　"你侬我侬也侬够了，是不是该说正事了？"

阮愉收起笑，祝伊城本就没什么表情，细心替阮愉穿上鞋子，才又坐直身体。

"小少爷，今儿被你绑来的那人你可认得？"

"并不认识。"

"那你把人绑来这里，万一被曾叔发现了，你要如何解释？"傅九注视祝伊城，将他打量一遍。

祝伊城淡定自若："你不说我不说，谁会知道人在我手里？"

"你这是打算耍流氓？"

"那傅先生是怎么打算的？我愿闻其详。"祝伊城目光真诚地看向傅九，好似一个认真的学生要向傅九讨教一般，傅九一口茶还含在嘴里，盯了他许久，猛地下咽，扭头去看阮愉。

"阮愉，你初认识他的时候，知道他是这样的人吗？"

阮愉一副事不关己的模样，佯装在看别处，并不回答。

傅九看着这两人，气不打一处来，刚要说话，祝伊城不紧不慢地开口了："那人并不是曾叔的所谓的亲戚，是我父亲曾助养过的一个孤儿。我父亲那时生了一场大病，算卦的人说需收养个孤儿以逃过这一劫，我父亲听信其言，果真找到了这样一个无父无母的孤儿。那是冬日，大雪纷飞，父亲从雪堆里带回奄奄一息的他，将他交给当时的老管家抚养，后来老管家去世，那孩子心存感激，带着老管家的骨灰去往故里，之后便再也没有回来。"

"他叫什么名字？"

祝伊城摇了摇头："小的时候，我们唤他明唐。"

傅九思忖许久："看来你跟他关系并不好。"

"他应当与我大哥的关系要好些。"

又是沉默，阮愉知道其中蹊跷，不管曾叔目的是什么，但他从来不是祝伊城那一方的人，她甚至看不透，在这祝公馆大宅中，站在祝伊城身边的究竟能有几人。这种大家族里，从来不缺的就是斗争和残酷。

"看来你这个大哥当真不简单，我要重新考虑站在哪一边，以减少损失。"傅九吊儿郎当地挑着眉，思绪却已经里里外外串联了一番。

所有的前后连接起来，至少可以得到几个重要信息：一、曾叔有问题；二、被绑回来的那个人至少对祝天齐有用；三、这几个人大约没有一个是祝伊城这边的。

阮愉抓住其中的重要信息，去看傅九："难不成你现在在他那边吗？"

"这话问得好，我得好好思考思考。"傅九依旧答非所问。

而祝伊城，眉头锁得越来越深。外面起风了，阮愉忽而觉得，现在太过风平浪静，反而给人一种并不真实的感觉。

天黑了，阮愉正准备走，祝伊城却挡住了她的去路。

"天色晚了，今晚就歇在这里吧。"

阮愉想了想，也不推辞："好，我睡在哪里？"

"如果阮小姐不介意，可以歇在我屋里。"

阮愉心蓦地一跳，她认识祝伊城这段时间以来，对他已经有了清晰的认识，像他这样一个思想仍旧有些保守的青年，居然会说出让她留宿在他房内这样的话。她还记得那个夜晚，她借着酒意向他吐露心事，他那时僵硬着身体，久久没有给她回应，甚至于到现在，他与她之间，仍然是不明朗的那种关系。

阮愉忽地扑哧一声笑了："刚才不是叫阮愉叫得挺好的吗？伊城。"

她喊他的名字。

祝伊城眸光一亮，从她嘴里听到自己的名字，仿佛有一种奇异的感觉，心间酥麻了一下，某种不知名的喜悦慢慢从心底滋生。他望着眼前这个姑娘，恍然间希望此刻就是天荒地老。一辈子那么长，他从前从来没有想过往后的日子，只想着能过好当下就已足够，可遇到阮愉，竟让他生出了一辈子的想法。

夜里淅淅沥沥地下起了雨，窗外的雨声贯穿入耳，阮愉仰面躺在祝伊城的床上，另一边的祝伊城仍在看书，只留了书桌上一盏灯，灯火在风里四处摇曳，来回拉扯着祝伊城投射在墙面上的影子。

不大的空间里，他将自己的床留给了她。其实于阮愉而言，并不介意和他同榻而眠，但想到祝伊城并非和自己一个时代的思想，想让他过来一同歇息的想法遂又作罢。到了后半夜，等雨声渐渐止了，她才混混沌沌地睡去。

祝伊城的思绪一直停留在阮愉身上，等阮愉的呼吸渐渐沉稳下来，他才从椅子上站起来，过去替她盖好被子。阮愉虽然睡着了，可睡得并不很沉，在睡梦里，两条细眉仍然挤在一起，不知心里藏了多少事情。

他知道他们是一样的人，心里的秘密只能留给自己。

他替她捋顺长发，轻声说道："好好睡，有我在。"

这声音仿佛蛊惑一般，悄然进入睡梦中的阮愉耳里，本就没有进入深度睡眠的阮愉，渐渐地放下了心防。

夜还长，情越绵。

Chapter9
风起现云涌

第二日，阮愉在祝伊城房内留宿的消息立时传遍了整个祝公馆，所有人都在窃窃私语，孤男寡女共处一室，总难免会让人想入非非，谣传到了后头，变成了阮愉耍手段迷惑了祝家小少爷，才得以和祝伊城共度良宵。

听到这个传闻，最气的不是祝天齐，而是祝天媛。

祝天媛太疼爱自己这个小弟弟，根本受不得他名誉上受到任何诋毁，偏偏她去找传闻的主人公想一问究竟时，发现她的好弟弟正和阮愉一同用早餐，根本无视别人投来的异样眼光。

"伊城，这件事你倒是和我讲讲清楚，你前几日才答应纪家的婚事，这个时候留一个姑娘家在自己房内过夜，你心里怎么想的？"祝天媛气势汹汹，劈头盖脸便朝祝伊城问去。

祝伊城不疾不徐："大姐你误会了，阮小姐脚上有伤不便走动，昨天忙完后已经夜深，我才留阮小姐在房里过夜。"

"我祝家是小到连间客房都没有了吗？需要委屈阮小姐和你住同一个屋？"

阮愉轻轻咳了一声，没什么表情，继续吃碗里的食物，她知道祝天媛实则冲她而来，碍着祝伊城在，祝天媛才没好发作。她能理解姐姐对自己弟弟的宠爱，所以并不认为祝天媛有什么错。相反，她觉得祝伊城有这样一个处处为自己着想的姐姐真好，至少在这冰冷的宅子里，于他而言，总还是有些温情在的。

见祝伊城又像根木头似的不说话了，祝天媛心里气不打一处来，话也越发刻薄："抑或是你想两个都娶进门？"

这话阮愉听着似曾相识，知道祝天媛故意拿当初自己说的话来讽刺自己。她喝完碗里最后一口粥，斯文地擦了擦嘴唇，抬头说道："大小姐想太多了，我没有兴趣做别人的小老婆。"

阮愉这话不说还好，一说，像是点燃了祝天媛心里的那根导火线："怎么，嫁给我家伊城还委屈你了不成？我祝家哪里配不上你？依我看来，纪家小姐比你更适合我家小弟。"

"大小姐，娶妻的是你家小弟，也不是我，谁更适合他，你我说了都不算不是？"阮愉依旧笑眯眯的，难得心情好又有耐心，又去看祝伊城，"祝先生，我先去外面车里等你。"

祝伊城沉沉地对她点了点头，就见阮愉一刻都不停地走了。

待阮愉走远，祝天媛蓦然回头去看自家小弟。

"伊城，你平时想怎么样我都不管你，你身边围着那些莺莺燕燕我也可以当作没看到，但如今你已经答应了纪家这门婚事，再跟其他女人牵扯不清，无疑是打纪家的脸，你大哥知道了一定不会轻饶你。"

祝伊城却并不在意，清隽的脸上轻松自在："也不见得大哥现在还不知道，大姐你知道，在这祝公馆里，又有什么事情是能逃过大哥的眼的？"

"你明知道还……"

"大姐，在你眼里，你弟弟仍然是少时那个怯弱胆小但又爱惹是生非的少年，是吗？"

祝天媛被他说得一时哑然，怔怔着说不出话来。

"昨夜是我请阮小姐留宿在我房里，与阮小姐没有一点关系，那些下人乱传的东西，大姐莫不是都信了？"

祝天媛仿佛被祝伊城说中了心事，脸色微微一变。

阮愉靠在车里闭目养神，忽地身边的座位一沉，她便睁开眼扭头去看，就见祝伊城已然坐定，一双黑眸紧紧锁着自己，像是有话要说。

"被大姐训了？"

"大姐从小疼我，总以为我仍是长不大的孩子。"

"应该的，有人疼总好过无人嘘寒问暖。"阮愉的睫毛微颤，姣好的脸上照旧挂着苦涩的笑。

"你不要介意大姐说的话。"

阮愉摇头："我知道她护着你，我没有跟她置气的必要。"

阿忠发动车子，阮愉又重新别过头去看窗外，忽然一只手伸过来，握住她放在双膝的手，他宽大的手掌完全包裹住了她的。阮愉眼睑一颤，侧目去看，两只手紧扣在一起，掌心间的温度都被渡到了彼此身体里。

突然之间，身边坐着这样一个男人，即使彼此之间无声无息，可再高的山都有了去翻越的勇气。

"掌心还痛吗？"

阮愉面对突如其来的关心蓦地一怔，说实话，她已经不习惯别人的关心，顾南就总说她什么都好，就是缺了那么一些人情味，其实她哪里是没有人情味，她只是觉得一个人习惯了承受这些，别人的嘘寒问暖在她眼里并不必要罢了。

她有些迟钝地摇摇头，不自在地移开了视线。

那天被阮愉绑的那个男人，祝伊城唤他明唐的，被阿忠关在了城里一处不起眼的旧宅里。宅子不大，大约也只有别院的三分之一，里面没有住人，但一看就知有人常年打理，里面的家具一尘不染，花草也生意盎然。

宅子后庭只有三间屋子，祝伊城对这里意外地熟悉，引着阮愉往最左边那间去。他轻轻推开门，里面忽地一阵响动，阮愉从他的肩膀处侧头望去，心里赫然一凛，那天还好好的一个人，此时手脚上皆挂了沉甸甸的锁链，身上深浅不一的伤痕，就连深色衣物都能看出上头已经沾满了血迹。

祝伊城迈开长腿，朝着明唐走去，每走一步，阮愉便觉得那人身上一阵战栗，直至他走到明唐跟前，明唐才吃力地睁开了眼。隔着几年的光阴，两个人再度见面，并没有熟人相见的久别重逢，明唐微微动了动身体，立刻疼得嘶一声，但他咬着牙，毫不示弱。

"小少爷，好久不见。"床上的那个人，几乎是用尽了所有力气，在祝伊城面前不论如何也不肯示弱。

"明唐，我不是来跟你叙旧的，我们之间也无旧可叙，我父亲在哪里？"祝伊城的表情异常肃穆，声音是阮愉从未听过的冰寒，他居高临下地看着明唐，像一个掌控者般主宰了床上人的命运。

阮愉忽然觉得，不管明唐再如何挣扎，也逃不开祝伊城为他布下的网。甚至……或许连他被曾叔藏起来，与曾叔暗中往来，都早被祝伊城尽收眼底……阮愉身上突然升起一股冷意，不敢再往下想。

"小少爷，你不是挺聪明的吗？你自己去找啊。"都已经到了这个时候，明唐嘴上仍然逞强，早已破相的脸明明是想露出嘲讽的笑，可看起来却比哭还难看。

祝伊城冷笑一声，阮愉只能看到他线条分明的侧脸在霎时被戾气包围，她听到他说："明唐，如果我是你，我会在我还能好好说话的时候，劝自己千万不要有能改变现状这种愚蠢的想法，我不认为你有跟我拉锯的筹码。"

这样的祝伊城令阮愉觉得陌生，他线条分明的下颌分明透着一股冷血似的漠然，就像面前的并不是一条活生生的生命，而是随时都可以被丢弃的垃圾。她不自觉地去摸衣袋里的烟，而后转身，出去点了燃了一根。

阮愉点上第二根烟的时候，祝伊城从里面出来了，她听到了声响，突然之间不知道该怎么去看他，索性就倚着老旧的墙，假装没有注意他的出现。等他站到她面前，从她手里捻过烟摁灭，阮愉才恍恍惚惚地挑了挑眉。

"对身体不好，下次不要抽了。"祝伊城摸摸她的发顶，陡然温和的语气，身上哪里还有刚才的戾气，阮愉几乎就要认为那或许是她的幻觉。

她眨了眨眼，轻慢说道："其实你想说这句话很久了吧？第一次见面，我问你借火，你明明是一脸的不赞同，可惜最后还是为我点了烟。"

祝伊城轻笑："你的记性真好。"

"我不仅记性好，我还很记仇。"

阮愉说话的时候视线偷偷往屋里瞄了一眼，里面昏昏暗暗的，除了知道床上躺着一个人之外就什么都看不清了。把明唐关在这里的人是祝伊城，所以明唐身上的那些伤，也只可能是祝伊城干的。

"你这个人平日里看上去斯斯文文的，又为人师表，怎么也会做这么血腥的事？"阮愉朝屋内努了努嘴，长而密的睫毛一颤一颤的，她看着祝伊城的眼神格外认真，却有一种隐隐的埋怨。

"不是我做的。"祝伊城优哉游哉地回道，虚揽阮愉一把，把她带离了那个地方。

"的确不是你做的，是你的人做的，对吗？"

"阮愉，你不是个同情心泛滥的人。"祝伊城低头望她一眼，将同情心这个词咬得极重，明明让阮愉听出了一丝丝的警告意味，可偏偏去看他那张脸，仍是读书人的一脸无害，如果不是阮愉亲眼所见，她一定会以为有人故意陷害。

"祝先生，我哪有什么同情心？我只不过好奇心比较旺盛而已。"她笑起来眼睛就弯成了一道月牙，格外璀璨动人。

祝伊城一贯都由着她，可他们之间的相处分明都是由他主导，阮愉也懒得深究，同他说话间不知不觉人已到了宅子门口，她这才发现阿忠由始至终都没进去，一个人蹲在门口抽烟，听到他们的脚步声，忙将烟头扔到一边起身对他们憨笑。

阿忠锁好了门，把钥匙往兜里一收，回到车里。车子开走时，阮愉又看了眼这个宅子，虽然大门由外锁了，可里面除了明唐，一定还有另外的人，然而祝伊城不动声色，他让她看到明唐的现状，究竟想向她传达一些什么信息？

阮愉一连几天没有回过别院，毕竟是来到这里之后就一直住着的，再次回来，心里竟然升起一股莫名的感慨，好在祝天媛极少往这边来，否则以现今她对阮愉的看法，免不得让祝伊城为难。

回去的途中遇到曾叔，阮愉眯着眼看他，曾叔就像是什么都没有发生过似的，像往常一样，见到祝伊城照旧以礼数同他问好，祝伊城只淡淡应了一声。等人走出几步之后，他才一副恍然之间想起了什么一般，喊住曾叔。

"听说曾叔家里来了亲戚，如果外头不好招待的话，也可以让他暂住在别院里，反正我大姐对你倚赖有加，这里也算你半个家，这么一点小要求我想我大姐不会不答应。"

"小少爷费心了，只不过是一个远房表亲，前几天我们已经见过面，他家中还有些事，已经回去了。"

祝伊城挑着眉点了点头，动作像是慢镜头回放，曾叔谢过之后不再多言，见祝伊城没再有别的吩咐就忙别处去了。

阮愉哪里会不知道他心里存着什么心思，抿着嘴只是笑。

她原以为祝伊城回别院另有目的，谁知他来了后就没再出去，一整天都和她待在一个屋子里，他原本房间就在她的隔壁，他这个人，对书卷有种异样的痴迷，一看便能看上一下午，阮愉依稀记得昨夜，他也是看了一夜的书。

"我以为你有更重要的事情要去做。"阮愉拨弄着腕间他送她的镯子，有些看不透他。

祝伊城视线依旧停在书上，轻描淡写地说："鱼饵已经放下了，大鱼哪是那么容易就能钓到的？阮愉，看来你不适合钓鱼。"

阮愉托着下颔，不甘示弱："鱼儿有那么多可以选的鱼饵，凭什么非要选你的？"

"因为我的足够诱人。"

阮愉听了一愣，等明白过来他的意思，兀自笑了，想了想，又问："那天……曾叔没有像往常那样去明霞路 53 号，为什么？"

如果不是曾叔的失约，阮愉不会有机会进入那里。

"那天傅先生来别院，曾叔因此分身无术。"祝伊城如实把那天的事情同阮愉大致讲了一讲。

阮愉因此更加糊涂："你好像……很信傅九？"

祝伊城放下手里的书卷朝她看来，眼里炯炯有光："没有不信的理由。"

"祝先生，可以请教你一个很严肃的问题吗？"

祝伊城挑眉，示意她问。

"你在大学教授的是什么课目？"

"美术。"

"确定不是读心术？"

祝伊城半晌才反应过来阮愉在说什么，清俊的脸上因此多了几许笑意，而他也毫无任何愧色，继续翻阅未读完的书籍。

直到几天后，纪如烟突然找上门，阮愉才忽然明了那两天祝伊城的心思，难怪那个夜晚，祝伊城竟会破天荒地主动将她留宿在自己房里，第二日又和她形影不离地待了一天一夜。

纪如烟长得很是乖巧，是通常男人们会喜欢的那种女孩子的类型，她坐在阮愉面前偷偷地打量阮愉，正好被阮愉捕捉到，因此窘迫得霎时红了眼。

"阮姐姐你不要误会，我找你不是为了兴师问罪。"她似乎真的有些紧张，说话也没把控好分寸。

阮愉扑哧一笑："兴师问罪？我什么时候得罪你了吗？"

她问得正经又无辜，令纪如烟一时哑舌。静妍姐姐说，伊城哥哥和阮小姐孤男寡女在同一屋里待了一天一夜，伊城哥哥就连出门都带着她，一刻不离。可她知道的祝伊城，虽然对旁人都客气周到，可从来不喜羁绊，他这样带着阮愉，意思再明显不过。静妍姐姐还说，以她女人的直觉，祝伊城对阮愉定有所图。

纪如烟知道自己说错话，猛地一拍自己的脑袋，毕竟年纪尚小，什么情绪都刻在了脸上。

阮愉几乎一眼就能把纪如烟看透，她忽然觉得这根本就是一场不公平的交谈，纪如烟想说的话，想表达的意思，不知不觉早已浮于表面。

"阮姐姐，我虽然嘴有点笨，但我没有别的意思，我小的时候就认识伊城哥哥了，从小就喜欢他，一直以来的梦想也是嫁他为妻，祝伯伯和我父亲早前也做过类似约定。以前大家都以为，伊城哥哥心里装着静妍姐姐，我羡慕静妍姐姐，一直也把她当作我学习的榜样和目标。纵使后来静妍姐姐出嫁了，也没有人敢跟伊城哥哥提起这件事情，但前阵子我父亲无意中和祝大哥说起来，没想到伊城哥哥居然同意了，天知道我得知这件事情的时候有多开心，我日日夜夜就盼着，什么时候能进祝家的门。你觉得我心眼多也好，怎么样都好，但我的确很喜欢伊城哥哥，我有信心可以让伊城哥哥幸福。"

纪如烟像个孩子似的，迫切地想要在阮愉面前表露自己的决心，这样虔诚的样子，真像是十六七岁时还不懂事的自己。

纪如烟见阮愉面露慵懒，仿佛并没有在好好听她说话，可屋子里也只有她们两个人，就算再漫不经心，也足够将这番话听清楚，她实在有些抓不准这个阮愉心里到底是怎么想的。来之前静妍姐姐就说，这位阮小姐刁钻得很，并不那么好说话。她起先还想，阮愉看着只是冷淡一些，但因长得漂亮，面相看上去并没有那么难相处，这会儿一下子安静下来，她才慢慢参悟到了静妍姐姐所谓的不好说话。

"阮姐姐？"纪如烟一贯害怕冷场的人，有她在的地方，总是叽叽喳喳热热闹闹的，乍一安静，反倒令她心慌。

阮愉不紧不慢地去看她。纪如烟长得很是好看，脸上满是胶原蛋白，皮肤吹弹可破，之前在傅九的屋内听到他们在外面的对话，她也能想象出纪如烟对祝伊城的死心塌地。也是，像祝伊城这样的人，单看皮相就已经百里挑一，有哪个女人会不爱呢？

"纪小姐，你表决心应当去祝伊城面前表，跟我说有什么用呢？"

纪如烟面上一顿，像是被问住了，一双眼睛盯着阮愉："阮姐姐，你……你喜欢伊城哥哥吗？"

"喜欢与否，是我自己的事情，与别人有什么关系？"阮愉抿一口茶，看纪如烟小心翼翼的样子，心里轻叹一声，"纪小姐，该是你的总是你的，不该是你的就算强求来也不会长久，你与其没有安全感地跑来我这里试探，为何不直接去问祝伊城呢？况且，我相信你自己也能感觉到，祝伊城对你是否有男女之间的感情，到我这里来只是浪费时间，我并不能帮上你什么。"

阮愉自认说得诚恳，可听在纪如烟耳里又是另一番意思。

"阮姐姐，你是不是不喜欢我缠着伊城哥哥？"

阮愉扶额："纪小姐，我说过了，不用在意我的感受，我只是一个过客，迟早都要离开的，祝伊城心里究竟喜欢谁，想跟谁在一起，那都是他自己的事情，不管是你还是我，都无法干预。"

纪如烟的脸色慢慢变得不那么好看了，陆静妍说得果然没错，阮愉的确不是那么好说话。她见阮愉似乎一副不那么愿意和她讲话的神态，知道自己此次来实属失礼，若是被祝伊城知道了，也不知他会有什么想法，心里想着告辞，可眼睛却定定地看着阮愉，没有半分要离开的意思。

阮愉瞧出了她的踌躇，轻叹一声，把杯子往边上一推："纪小姐，还有什么问题，但问无妨。"

纪如烟思考了好一会儿，在脑海里盘旋的问题翻来覆去得无法休止，她欲言又止，最后迫于那股强大的想知晓的意愿，终是问出口："阮姐姐，那……伊城哥哥呢？他喜欢你吗？"

阮愉被这个问题问得一怔，想起他们之间淡而不深的那几个吻，他们之间的感情有点像清汤寡水，不浓稠也不刻意，少有的那些亲密里也只有互相想要的依靠，从来无关情欲。祝伊城是正人君子，而她在情感上亦不做任何强迫。

"纪小姐，这个问题我没法回答你，我不是他，不知道他的感情在哪里。"阮愉如实作答。纪如烟显然并不满意这个答案，但阮愉能给的也只有这么多。

空气仿佛凝结了，猝然之间，傅九的声音突兀地响起，人未到，声先至："阮愉，小少爷安排的大戏要上演了，快跟我一起去看看。"

傅九话音刚落，看到屋内除了阮愉还有另一个人时，脚步在门口猛地一顿。他目光古怪地从纪如烟脸上移到阮愉脸上，接着表情慢慢变得扭曲又好笑，指着阮愉佯装义愤填膺："你……你欺负小姑娘。"

阮愉毫不掩饰地冷笑："得亏我没有需要找你处理的案件，否则在法官还没有判定之前，我会先被你冤死。"

"那人家纪小姐怎么一副想哭又强忍住的表情？这屋子里又没有第三个人，除了你还能有谁？"傅九接着又看向纪如烟，"纪小姐，有什么我能帮得上忙的地方吗？我这个人最大的优点就是乐于助人。"

阮愉低头忍不住翻了白眼，起身揪住傅九的衣摆，对纪如烟说道："纪小姐你也看到了，我现在不太方便，我该说的能说的都已经说了，你请回吧。"

纪如烟尴尬地向他们告辞，还没走远时，隐隐约约听到身后傅九埋怨阮愉："你对一个小姑娘就不能和颜悦色些……"

阮愉目光尾随着纪如烟，待纪如烟彻底没了影，才不耐烦地瞪了傅九一眼："还不快带路？"

傅九被她轻吼了一声，才记起自己是来办正事的，二话不说带阮愉出了别院。

途中傅九没话找话，纪如烟为何会来找阮愉，阮愉耸了耸肩表示自己并不清楚，她好半晌没听傅九有什么动静，回头正要去看个究竟，便对上傅九一双深沉又古怪的眼睛。

"阮愉，你最近就没听到什么闲言碎语？"

阮愉挑了挑眉："比如？"

"大家都在传，祝小少爷钟情于你。"

"他还钟情陆静妍，钟情纪如烟。"

傅九摇头："不，大家都传，祝小少爷这回看着像是认真的。"

阮愉觉得好笑："他什么时候看着像是假的？"

傅儿张了张嘴，见这姑娘似乎懒得同他掰扯，自觉没趣地一耸肩。

阮愉被带到那座小宅时才明白傅九嘴里的大戏是怎么回事，初次跟祝伊城而来的时候她便觉得这里被打理得井井有条，一定不是用来专门关押人的地方，可以看得出主人对这里的一草一木都十分认真。

她沿着青石铺就的小路，跟着傅九走到那间关押明唐的小屋门口，还未进屋，一股浓郁的血腥味便扑鼻而来。阮愉的脚步下意识地一顿，忽然意识到里面可能发生的事情，停下来再也不肯进去了。

傅九在里面看了一眼，出来的时候眼神复杂地扫了一眼阮愉。阿忠紧跟其后，扛着不知是生是死的明唐，也不管明唐双脚被厚重的铰链所缠，粗鲁地把明唐拖到了旁边干净的屋里，随手一推，粗重的链子发出噼里啪啦的响声，明唐被丢在地上，看样子不省人事。

等阮愉的视线再转回来的时候，看到了祝伊城在自己面前负手而立，他微微蹙着眉，似乎想问为什么她会在这里。

"小少爷，我带阮愉来的，你不介意吧？"傅九的话适时地传来。

阮愉这时才明白是傅九自作主张带她来这里，事先并没有征得祝伊城的同意，脸上闪过一丝尴尬："如果你觉得不方便，我去外面等着。"

她刚要转身，手腕就被祝伊城捏住，他的大手慢慢往下，握住她的手，收拢，语气平和："没有不方便。"

他牵着她走进那间屋子，她后知后觉地发现原来屋内还有另一个人。她对上曾叔的眼睛时吃了一惊，心跳骤然加快了几分，祝伊城似察觉到了，手指轻轻地摩挲着她的手背，仿佛安抚。

曾叔镇定地望着祝伊城，视线始终没有看过明唐："小少爷这是何意？"

祝伊城轻笑："曾叔不认识这个人吗？"

曾叔闻言，假意低头去看，看了半晌，煞有介事地摇头："小少爷是不是有什么误会，我并不认识此人。"

祝伊城神色淡淡，反倒轻笑："是吗？那明唐身上怎会有我大姐别院内小屋的钥匙？又怎么会出现在位于明霞路的那栋洋房里？曾叔你曾说的亲戚，难道不是他？"

"小少爷，我真的不认识他，我在别院这么多年，大小姐最是知道我的为人，我怎么会和这种人有所往来？想必是有什么人暗中造谣，才让小少爷产生了这样的误会吧？"曾叔有意无意地瞥向阮愉，那意思分外明显，阮愉在祝伊城耳边造谣。

阮愉撇过头，懒得理他。

祝伊城忽地扶了一下阮愉的肩，拉她在身后的软椅坐下，气定神闲地摆弄衬衫袖间的袖扣，本是微小的一个动作而已，他就连脸上的表情都是温润如玉的。阮愉曾经在祝公馆和那些待久了的下人打听过，他们说小少爷啊，虽然脾气大了些，可从不无缘无故发脾气，总是笑呵呵没心没肺的样子，因为生了一张很是俊俏的脸，所以格外讨女孩子的欢心。

可阮愉眼里的这个祝伊城，却从未有什么少爷脾气，别人说他是典型的纨绔子弟，在她面前，他却沉稳内敛，从未逾越。她歪着头，不禁把视线停在了他脸上，那双漆黑如墨的眼里像湖面一般平静，却已经危险地眯了起来。

"曾叔，你背地里做的那些小动作我从不戳破，并不是我真的没有看见，只是我觉得还不到时候，你让阮愉吃的那些苦头我都看在眼里，你杀人嫁祸给我的事情我也一清二楚，这些我统统暂时搁着不同你算，倒是你，究竟把我父亲藏去了哪里？"

此话一出，连在一旁看好戏的傅九都惊了一惊，祝伊城虽然没把他当外人看，但直到此刻他才意识到，祝伊城也没把他当自己人看，他看似好像知道祝伊城的很多事情，可那些他知道的事情，也都是祝伊城能让他知道的。

连阮愉都是一脸诧异。

曾叔眼底有一瞬间的阴鸷，转而又恢复平淡，一副我不知道你在说什么的表情。

"小少爷，老爷失踪已经半年多的时间，你心里的焦虑我能理解，大少爷已经派了不少人出去打探老爷的消息，我相信老爷一定会平安无事尽快回来的。倒是小少爷你，是否需要找个医生瞧一瞧？我听说人如果思虑过度的话，很容易会产生幻觉。"曾叔平稳地开口，这话阮愉听着都觉得扎耳，更何况是祝伊城。

但祝伊城涵养好，根本不和他计较，遂笑眯眯的一脸莫测："曾叔不肯说实话就算了，我也无意为难，既然曾叔说不认识明唐，那我把明唐怎么样应该也不关你的事了。"转而吩咐阿忠，"把这个人带去巡捕房，同巡捕房的人讲一声，他深夜潜入我大姐别院偷盗，还绑架关押阮小姐，该怎么处置都可以，就说是本少爷说的，若不让他受到重罚，难解本少爷心头之恨。"

"是。"

"委屈曾叔了。"祝伊城脸上竟然真的露出了某种歉意，阮愉不禁佩服祝伊城的演技。

曾叔镇定自若："小少爷思父心切是应该的，我一点都不委屈。"

屋子里瞬间又恢复了安静，曾叔出去的时候，阮愉发现他脚下有些虚，差点被门口的门槛绊倒，想必已经忧心忡忡。

"你真的就这么放曾叔走了？万一他有同伙怎么办？"阮愉禁不住焦虑地问祝伊城，发现他们的手仍然紧紧交握。

祝伊城却浑然未觉，方才的戾气在一刹那间收拢，还能开玩笑："那不是更好？正好让本少爷一网打尽了。"

　　他难得用这样吊儿郎当的口吻和阮愉说话，阮愉虽然有些不适应，但又觉得，这样的祝伊城反而让她觉得放松一些。

　　后来阮愉才知道，曾叔之所以会来这里，竟然是主动上门。这座小宅是祝伊城母亲留给他的，但知道这里的人甚少，在祝公馆的也不超过五个，更遑论是常年在别院做事的曾叔了，能找到这里，只能说明曾叔的帮手就在祝公馆。他没有了明唐的下落后一定十分焦急，才找来这里暴露了自己。

　　阮愉忽地心里一跳，看向正同傅九商量计策的祝伊城——好一招请君入瓮。

　　"如果……我是说如果，这个明唐没有重要到让曾叔以身涉险呢？那岂不是都白费心血了？"等傅九走后，阮愉仍旧有些忧心。

　　"能够让曾叔每日冒险相见的人，你认为他会是一个不重要的人？"祝伊城反问。

　　阮愉无语凝噎，又想起刚才被阿忠拖走的明唐，刚想问他的去处，没想到仿佛被看透般，还未等她开口，他已先作答："这么好的一个人质在手里，我怎么能便宜了巡捕房？"

　　"万一巡捕房来要人怎么办？"

　　"要人？凭什么？只凭曾叔的一面之词吗？"祝伊城虽语气温和，却有一种难以名状的森寒。

　　阮愉心想祝伊城既然已经做到了这一步，必然已经有了周全的计划，再看傅九走的时候也是一脸轻松，便知一切都不会有什么太大的变数。

　　车子正好路过上次那家起火的糕点店，此时店面已经差不多恢复了原样，重新刷了墙，除了几片被火烧得焦黑的地方之外，完全看不出来这里曾经发生过重大火灾。祝伊城注意到阮愉的视线，眉心一动，吩咐阿忠将车停到路边。

阮愉不明就里地看向他，他下车迈向糕点铺，不多时手里便多了好几袋子各式各样的糕点。阮愉粗粗看了看，他大约是每样都买了一些，出手阔绰。可她却没有胃口，同他说了声谢谢，收下牛皮袋子。

到了晚间，祝伊城从祝公馆回来，见阮愉屋子的门仍敞着，桌上整整齐齐地摆着那几袋糕点，看样子并没有动过。他敲了敲门，阮愉正伏在案几边写写画画，头也不抬地说了声请进，直到祝伊城的气息逼近，她才茫然抬头，他已俯身看她纸上画的乱七八糟的人物关系图。两人离得很近，他温热的气息几乎就喷在她的脸上，阮愉蓦地屏住呼吸，视线从他的额头慢慢下滑，瞥过他英挺的鼻梁，再到线条分明的下颌，最后回到他的两瓣薄唇，她不知怎的，心跳隐隐有些加速，视线停留在他的唇间竟然无法移开。

她想吻他……

脑袋里是这么想的，等反应过来的时候，她的唇已经凑上去轻轻碰了下他的。

祝伊城早就注意到那道炽热的目光，他们离得太近，阮愉身上那股香味沁入鼻尖，他好不容易忍下想拥她的冲动，忽地，这个女人竟在他唇间轻轻一点，完了还理直气壮地说："嗯，没有喝酒。"

"阮愉，你是太低估了自己的魅力，还是太高估了我的自制力？"祝伊城的声音有些喑哑，也有几分诱惑。

说罢，他低头吻住她，惩罚似的重重一吻。唇齿纠缠之间，阮愉下意识地攀住祝伊城的肩膀，圈住他的脖子，给予回应，还调皮地伸出舌头在他唇间逗弄。祝伊城攻城略地，大掌撑着她的脑袋将她压向自己，完全占据了主导。阮愉觉得身体异常地热，整个人晕乎乎得几乎瘫软在他怀里，他托着她，不一会儿两人皆气喘吁吁。祝伊城离开她的唇，恋恋不舍地滑至她额间轻轻一吻，而后将她打横抱起，自己则占了她原先坐着的位置，把阮愉置于自己腿上，低头抵着她的额头。阮愉脸上的红潮还未褪去，他的眼中亦是一片墨黑的深意。

"刚才在祝公馆用晚餐的时候纪如烟也在。"

阮愉听到纪如烟这个名字，心里微微难受了一下，但很快就把这难受压了下去，轻轻应了一声。

"如烟说，你同她讲，你只是一个过客，迟早都要离开的。"祝伊城声音低哑地说着，一手撑着她的肩膀带到自己胸前。

阮愉凉凉一笑，去看他的眼睛："难道我说错了吗？祝伊城，我从哪里来，你不是比谁都清楚吗？"

祝伊城的手明显一颤，喉结滚动，仿佛有千言万语想说，可看着阮愉，又觉得那些话再多余不过。是啊，他比谁都清楚阮愉的来历，也比谁都明白他不该招惹她的感情，然而情不知所起，一往而深。

阮愉伏在他的肩头，能听到他的心脏跳动声，突然之间让她觉得十分安心，她只要微微一抬头就能看到这个男人的脸，不管是别人眼里的祝家小少爷，还是深藏不露暗中部署的祝伊城，他都是她认识的那个温润如玉、谦谦有礼的男人。

"阮愉，等处理完这里的事情，我跟你一起回去。"长久的沉默之后，祝伊城忽地低头，温热的气息洒在阮愉的额间。阮愉趴在他胸膛合着眼像是睡着了，祝伊城想等待她的回应，可她的睫毛轻颤，没有睁开眼来。

祝伊城轻轻叹了口气，把她抱到床上，拉来被子盖上，自己则睡到她身边，抱着她闭上了眼。

漫漫长夜，只是床上的两人却各怀心事，无法入眠。

Chapter10
小荷露尖角

　　自从那日在小宅见过曾叔之后，阮愉看曾叔总有种硌硬，总觉得他在算计着什么。

　　祝伊城这几日不知在忙什么，又和前段时间那样整日不见踪影，阮愉一个人闲得无聊，鬼使神差地又去了趟当初发现明唐的地方。那天夜里暗地里跟着曾叔，并没有觉得胡同里的路十分难认，可这会儿反倒让她有些辨别不出方向。

　　好不容易找到那栋隐藏在胡同里的小洋房，阮愉还没走近，就愣住了。胡同里的路很窄，偏偏就有一辆黄顶的小轿车卡着路进来停在那里，阻断了所有人的通行，周围的街坊邻居都在碎碎念这个停车人的不道德。

　　她认识这辆车，祝家的人都有自己的专用车辆，而这辆，正是祝天齐的。

　　祝天齐怎么会出现在这里？她心里咯噔一下，不敢走近，怕打草惊蛇。约莫过了二十几分钟，小洋房的门口出来两个人，祝天齐揽着一个女人往车子里走，阮愉觉得那个女人很是眼熟，仔细一看，心尖猛地一颤——可不正是柳絮！

祝天齐和柳絮有着某种不可言说的关系，这阮愉和祝伊城都知道，但亲眼见他们如此亲密却是头一遭。阮愉的脑袋里，好像有什么东西正渐渐变得清明。

往回走时，遇见神色匆忙的阿忠，阿忠见着她就像见着了救世主似的，一下冲到阮愉面前，擦了把额头的汗："阮小姐，可找到你了，你快去看看小少爷吧，小少爷他……他……"

阮愉立刻意识到了事态的严重性，忙不迭地跟着阿忠走，路上才听阿忠把话说清。原来，那个关押过明唐的小宅，是祝伊城的母亲留给祝伊城的，祝伊城因此分外珍惜，每年母亲忌日的时候都会去住上几日，就算他不常住那里，也雇了人固定时间去打理宅子。原本那处宅子是没有多少人知道的，就连祝天齐都被瞒着，可今日，突然来了一帮地痞流氓自称自家的狗钻进了小宅，非要进去找狗，见小宅里没人，大肆地翻墙而进，把里面砸了个稀巴烂。祝伊城闻讯赶到的时候小宅内部已经惨不忍睹，那帮人被巡捕房的人带走后不多时就被放出来了。祝伊城脸色铁青，把自己关在小宅的房间里，任谁在外面劝慰都无动于衷。

阿忠说："我已经很多年没见过少爷这样了，少爷说他这一生，能够牵挂的人和事物不多，没想到……"

阮愉耳边嗡嗡作响，满脑子都是祝伊城颓唐的脸。她心里不禁着急，等赶到小宅的时候，不大的小花园里已围了好几个人，她一一看去，只认得祝天媛和纪如烟，其他的大约都是祝公馆的下人。

前几日还好好的院子，今日却萧条得仿佛大风过境，一片混乱。

纪如烟眼眶通红，脸上还挂着泪水，看到阮愉，撇了撇嘴："阮姐姐，伊城哥哥把自己关在里面不肯出来，他会不会……会不会出事啊？"

这姑娘分明还是一个没有长大的孩子，没心没肺的，也是难为了她喜欢上的竟是祝伊城这样一个工于心计的人。

祝天媛则一边拭泪，一边看着别的地方，对于阮愉的突然出现仿佛无动于衷。

阮愉叹了口气，沉默着走到门口，房门紧闭，她想象着祝伊城此刻的样子，心头的烦躁更深了一些，抬起手正准备敲门，门忽然开了一条缝隙。在所有人都未反应过来时，阮愉感到手腕被一只大手用力攥住，那只大手微一用力，顷刻之间，阮愉人已经被带进屋内，房门关闭发出砰的一声震碎她的心膜，下一刻，她被拥进一个温暖的怀抱。

祝伊城几乎把全身重量都压在阮愉身上，他耷拉着脑袋，下颌抵在阮愉肩头，阮愉僵硬着身体，好一会儿才伸手将他抱住，轻轻地拍着他的后背抚慰。沉默之间，她分明感受到他隐忍的痛苦，真切得令她心疼。

他抱她抱得那样紧，好像她随时都会消失似的，抱得她骨头都觉得发疼。

过了很久，祝伊城的声音才从阮愉身后响起："大哥叫人砸了这里。"

阮愉心尖一颤，微微推开祝伊城，捧住他的脸，仰头望进他眼里，薄雾一般的黑瞳出卖了他此刻的痛苦。

"你怎么知道是他？"阮愉张了张嘴，涩涩问道。

问完阮愉才觉得自己问得多余，那帮人居然砸了祝小少爷的地方，还能安然无恙地从巡捕房出来，自然是背后有人撑腰，这背后的人是谁，并不难猜。

阮愉转念一想，问他："祝伊城，你是不是知道了你大哥太多的秘密？"

祝伊城定定地看着她不说话，不承认也不否认。在这短短的几秒沉默里，阮愉已经从他那里得到了答案。

"当初……不是你故意把曾叔引到这里来的吗？会出现今天的情况，不是也应当在你的掌控之中吗？"阮愉的声音有些嘶哑，低得像是从远处传来的一般，"祝伊城，真相往往残忍，你既然选择追逐，就必须承担它的晦暗。"

那时曾叔会出现在这里本就蹊跷，他们带走了明唐并没有向谁透露，而曾叔既然能够找到这里，足以说明有人下了饵，目的是为了钓出曾叔背后的大鱼来。这一步步，祝伊城算得天衣无缝，阮愉甚至觉得，他或许早已明了这背后之人的身份，却还是想亲眼看个透彻，给自己一个清楚的交代。

祝伊城眼底的薄雾渐渐被清明代替，不多时，人已恢复原样，他勾了勾嘴角，松开拥着阮愉的手，这个女人聪明睿智，在她面前从来无须伪装，他遇见她，不知是幸运还是不幸。

"阮愉，你信我吗？"祝伊城忽然问她。

阮愉蹙眉反问："你的这个棋盘里，有我吗？"

"如果我说没有，你信吗？"

"我信。"简简单单的两个字，被阮愉说得铿锵有力，甚至带着点情意绵绵。

祝伊城的手慢慢垂下，最后落在了她的手边将她握住。阮愉就这么被他牵着出了屋，乍现的阳光令她眼前猛地一阵眩晕，祝伊城反应迅速地扶住她的肩膀，两人对视的那画面，让在外等候的几人都愣住了。

陆静妍正是这个时候赶到小宅，入目的便是这样一番景象，她心里蓦地一揪。

"我听说有人来这里闹事……"待祝伊城走近，陆静妍才默默开口，但接下来的话被她哽在了喉间，她突然意识到，祝伊城根本不需要她的关心，此时此刻，他的眼里哪里还容得下别人。

夜晚，整个祝公馆都已睡下，偌大的院落里安安静静一片，阮愉听到动静从睡梦中转醒过来，眼前漆黑一片，唯有窗外的月光洒在地面。

她白天被祝伊城带回祝公馆后就一直一个人待在他房里，祝伊城去找傅九了，直到天黑才回来，命人准备了一桌子好吃的送来屋里，但阮愉没有胃口，草草吃了两口就睡下了。

她听见轻轻的关门声，忙跳下床跟上去，只见祝伊城颀长的身影被月光拉得长长的，他孤身一人在黑暗中穿梭，阮愉的心莫名地一疼，她不假思索地跟了出去，谁知还没走两步就被祝伊城发现了，祝伊城比她想象的更加机警。

他一回头就看到阮愉衣衫单薄地跟在自己后头，眉头几不可见地皱起来，不赞同地打量了她片刻，低声说："回去休息。"

阮愉摇摇头："我跟你一起。"

"乖，听话，回去休息。"祝伊城又说了一遍。

然而阮愉仍旧执拗地摇摇头，他们就这样在静谧的夜里无声地对峙，蝉鸣声不断，树叶唰唰作响，风吹过她额间，带起几缕发丝，阮愉的神情在月光下温柔得仿佛春日暖阳，令祝伊城拒绝的话无法再说出口。

最终他轻叹一口气，向她伸出手，阮愉立刻意会，三两步就跟上去，紧紧抓着他的手不放，生怕他下一刻就又反悔了。

　　阮愉跟着祝伊城出门的时候，发现祝天齐日常用的那辆汽车并未停在原地，猜想祝伊城这大半夜的出去应当是去找祝天齐。他们穿过大半个北平，跨过一座青石桥，最后在桥边的平屋转角处停下。

　　她不明白地去看祝伊城。祝伊城指了指对面的那栋楼，阮愉顺势去看，觉得这楼有些眼熟，再仔细一看，顿时想起这里是天香馆的后门。她记得那时在发生命案的房内开窗看过，外面是一条河流，白天的时候花天锦地，夜晚则显得格外萧冷，难怪最开始的时候她没有认出来。

　　"这条河不宽，却很深，出命案的那日，凶手就是从后窗逃逸，但他水性不好，游不了多久，很快就上岸了，上岸后就藏匿起来，这一片鱼龙混杂，是最好的藏身之处。"祝伊城轻轻在阮愉耳边说着，夜晚的凉风吹得阮愉有些发抖，他摸摸阮愉的手，"冷吗？"

　　阮愉无声地摇头，祝伊城抬手拂开她的刘海，笑了笑，随即牵着她往黑暗无边的胡同里头走去。耳边全是呼呼的风声，阮愉甚至能听到自己不知是因为紧张还是走得太快导致的轻微喘气声，但因为祝伊城就在身边，心里竟然全无畏惧。

　　算时间，这会儿应当是凌晨两点多，正是人们睡眠最深的时候，胡同里高矮不一、参差不齐的房子皆是漆黑一片，走着走着，一小簇微光在一片黑暗之中显得格外显眼。祝伊城带着阮愉贴在墙边仔细看光的来源——那是夹在左右房子里艰难生存的一间小平房，看起来只有她家卫生间的大小。

　　不知怎的，明明是夏日的凌晨，可她的手偏偏怎么焐都焐不热，祝伊城带着阮愉穿过平行的矮房，侧身来到其中一间，他娴熟地掏出钥匙开门，推着阮愉进去。一进到屋子，祝伊城已关上了门冲到她前头，屋子里只有一张床和一个书柜，她眼见祝伊城挪动书柜，墙上立刻出现了一道门，她心里一惊，刚想细问，却被祝伊城示意噤声。

他领着她进门，里面漆黑一片，祝伊城摸黑找到电灯开关，摁开，四四方方的一个小房间，密室不像密室，只有一张长方形的桌子，上面铺满了写得密密麻麻的纸张，细微的说话声忽然从墙的另一面断断续续地传过来。

阮愉蓦地明白过来，这间乍看不起眼的房子，居然就在刚才亮着灯的那间屋子隔壁，老房子因为简陋，隔音效果很不理想。她微微蹙起眉，可这样的隔音漏洞实在太明显，祝天齐怎么可能没有发现？

就在她愣神之间，手里忽然一暖，原来是祝伊城将一杯热水塞进她手里，她心里有诸多疑问，但在这个寂静的深夜，两个人都默契得没有开口——如果他们能听得到隔壁的动静，隔壁自然也能听得到他们的动静，任何一个微小的动作都有可能让他们暴露。

——人还没有找到？

——小少爷这藏人的功夫实在了得，我们找遍了所有可能的地方，但都没有见着人。

——你是在告诉我你还比不上我家那个纨绔子弟？

——祝先生，要不你想个什么办法探探小少爷的口风？这宅子也砸了，我们实在不好再太明目张胆，万一小少爷发现什么蛛丝马迹……

——老曾那里有什么消息？

——老曾说他已经被小少爷怀疑了，恐怕不会太好过，但他让我给你带句话，小少爷对那个阮愉很是紧张，若实在找不到人，不如……以人换人。

——帮废物，好好的事情全都弄砸了，居然要落得利用一个女人。

——祝先生，那祝老爷……

——我父亲？我父亲不是好好地躺在我家中吗？

长久的沉默，而后是老旧的屋门开启关闭的声音，阮愉手中的杯子慢慢变凉，她抬眸去看祝伊城，祝伊城此时正坐在桌子后头，手里动作不停，唰唰唰地在写着什么。如果不是那眉梢间的冷意和紧蹙的眉心，她几乎都要怀疑他是不是听到了刚才的对话。

那两人，一个是祝天齐，另一个人的声音有些耳熟，但阮愉一时半会儿却想不起来。

祝伊城猝然间抬头，对上她深思的目光，又在纸上写了三个字。阮愉走近一看，纸上巡捕房三个字赫然入目，她心思一顿，陈老大的那张脸猛地冲进脑海，难怪她觉得那声音这么耳熟，原来竟是打过交道的。

翌日清晨，阮愉刚踏进祝公馆，就听祝天齐大声质问下人祝伊城的下落，下人吓得连声音都在哆嗦，连声说不知道。祝天齐刚要处置，忽地不知谁眼尖瞧见了正往厅内走的祝伊城和阮愉，大声叫了一句小少爷，那个差一点点就要受罚的下人双腿一抖，直接跪在了地上。

阮愉和祝伊城同时看向声音来源，正厅内除了祝天齐外，竟然还有陆静妍。

阮愉的心思微微一动，眼珠子不由自主地盯着祝伊城看，她像个局外人似的，注视着陆静妍急匆匆地迈着小碎步到祝伊城身边，担忧地嘘寒问暖。陆静妍一向仗着自己和祝伊城有多年的交情，总以为在他身边，自己是特别的，这样明晃晃的自信从不惮于被旁人窥去，阮愉却觉得好笑，在她眼里，这无异于是一场蹩脚又无立场的炫耀。

祝伊城皱着眉将她轻轻推开，语气礼貌客气："陆小姐，你我毕竟不同于以前，还是保持些距离比较好。"

陆静妍一怔，眼里稍纵即逝的讶异完全没有形于色，她抿嘴娇笑道："伊城，我们这样的关系，你这么说反倒显得生分了，你从前怎么没有和我保持距离的自觉？"

"从前觉得没有必要，现在不一样了。"祝伊城神色淡淡，俊冷的脸上露出陆静妍从未见过的疏离。

即使阮愉刚出现那会儿，陆静妍也从未把她当回事，毕竟祝伊城身边从来不缺女人。那些女人来了又去，没有一个长久的，那时她以为，阮愉也不过是其中之一，她有足够的耐心能等到阮愉的离开。可现在，面对这样的祝伊城，她突然有些慌了，他就像一只随时会飞走的鸟，再也不是她认识的那个祝伊城。

祝伊城回过头牵了阮愉的手朝祝天齐走去，完完全全无视了陆静妍的存在。

祝天齐将这些一一看在眼里，饶有兴致："伊城，陆小姐也是关心你，知道你不见了，大老远跑来，你这样可不是我们祝家的待客之道。"

"大哥知道我为人处世一向都是这样的，没有什么待客之道。"

祝天齐知道这个弟弟向来也不守什么规矩，全凭自己的心情，今日看来，他似乎心情不大好。

"你也老大不小了，做事总要有些分寸，昨夜明明还在家里，为何一早起来就没了人影？害所有人忙里忙外到处找你，这么大了还给人添麻烦。"

"如果连这点麻烦也不添了，我还怎么在大哥面前刷存在感？"祝伊城笑眯眯地同祝天齐开玩笑，可身边的阮愉心里却微微一疼。

有时候，有些人，能够用玩笑，说出最深的伤。

她突然之间觉得，祝伊城这句本就不是玩笑话，而是心里话。

祝天齐眼眸微眯："父亲下落不明，你也知道现在家里急缺人手，你也是时候收收玩心，回家里帮忙了。难道你想一辈子都做个穷教书的？"

"教授美术是我毕生所愿，我志不在商，如果真回来了我怕家里的生意从此一落千丈，到时候我岂不真的变成一个穷教书的？"祝伊城说着，回头看看阮愉，"和平饭店的床实在太硬，睡得我脖子酸溜溜的，你呢？"

阮愉静静看着他，见他假模假样地揉揉脖子，配合笑道："你昨夜还说和平饭店的糕点师是远渡重洋而来，手艺惊人，我说吃完就走，你偏要睡在那里，怪谁？"

祝伊城笑："怪我怪我，哎呀大哥不行了，我这脖子实在酸死了，先回去休息一会儿，你若有什么事让阿忠叫我。"

祝天齐教训的话还没说完，哪肯这么轻易放他走。可这祝伊城显然不怕自己的哥哥，嬉笑间拉着阮愉一溜烟地跑进了后院，祝天齐的训话就这么被卡在喉间，好一会儿才硬生生地咽了回去。一转头，发现陆静妍仍旧望着祝伊城离开的方向，不免令人唏嘘。

祝天齐过去拍拍她的肩膀，以示宽慰，陆静妍茫然地扭头看他："你说他和从前一样，不过逢场作戏，看来这一次，你我都猜错了。"

"这样就认输了？"

"我有说过要认输吗？"陆静妍伸手将一将自己的发，挺直着背，骄傲地笑着离开。

一盏茶的工夫，就有人过来向祝天齐通报，昨晚祝伊城的确在和平饭店订了房间，房内还有女士遗留下来的衣物，饭店的人托他一并带了回来。祝天齐思忖片刻，扬了扬手让他下去。

祝伊城简单洗漱过后就要去找傅九，原以为阮愉会嚷着一同前去，但出乎意料的是，阮愉卧在床上，懒洋洋地翻了个身，叫他不要扰了她的好梦。这不是阮愉的风格，祝伊城走近她，低声询问："是不是哪里不舒服？昨夜着了凉？"

阮愉不耐烦地推推他，仍闭着眼："没有，昨晚用脑过度，太累了，让我缓缓。"

祝伊城心疼地替她盖好被子，本不想将她牵扯，却总是事与愿违，那时以为很快就能再回去她的那个世界，都已经想好了一有机会就把她带离这里，可偏偏这样的机会再也没有降临。

"你好好休息，我去去就回。"

阮愉低低唔了声，睡过去了，也不知听没听见他说话，他又看了她一会儿，才把视线移开。

祝伊城一见傅九，傅九就摆了臭脸给他看，一副拒绝他进门的样子。

祝伊城昨晚行动之前早已跟傅九串话，若大半夜真要出去，请傅九提前为他在和平饭店订一间房，以备不时之需，没想到还真的用上了。事实上昨夜他和阮愉在那个密室待了一整个晚上，和平饭店的房间注定被浪费掉，但在祝天齐面前，阮愉的从善如流仍是让他略吃惊，应当讲，再也没有比阮愉更契合他的人。

至少这二十多年，他只遇到了这样一个，他们之间不需要用语言就能交流。

"怎么样？"傅九头也没抬，惬意地拨弄着花。

"他们说，阮愉可利用。"祝伊城对傅九说的第一句话就是关于阮愉的，这句话从昨夜到现在，一直在他耳边盘旋，心里被一股隐隐的不安充斥，就算她此时此刻就在离自己不远的地方熟睡，他还是觉得万分不安。

傅九闻言，停下手里的动作，总算抬眼看向他："看来他们都以为阮愉是你的软肋。小少爷，你苦心经营这么多年，没想到今朝居然毁在了一个阮愉身上。"傅九表示同情地摇了摇头，眼里俱是装腔作势的可惜。

"或许，他们这样的心理也可利用。"祝伊城自动屏蔽傅九的佯装同情，慢条斯理地接过他手里的剪子，随手剪掉一大片完好的叶子。

"这样会不会太冒险？"

"既然无法避免，只能顺水推舟。"

傅九这会儿又有点不懂祝伊城了，其实也难怪祝天齐说阮愉可利用，明眼人都能看出这小少爷对阮愉的用情之深，这么好的点不利用才是傻子。之前居然不顾自身安危闯进火海救人，这么大大方方地把自己的软肋暴露出来，这样的大礼，换他是祝天齐，他也接。

祝伊城知道傅九在想些什么，可事已至此，或许只能随机应变。

傅九又说："今早祝天齐来找过我，希望我交出你父亲生前立下的遗嘱。"

"你如何回答？"

傅九做古怪状："我说，没有那样的东西。小少爷，如果今天是你问，我也是如此回答。为何你们都认为，我手上会有你们想要的东西？"

"因为我父亲失踪前特意去上海找你，因为你是我父亲在上海秘密会见的最后一个人。"祝伊城慢悠悠地丢给他一个眼神，仿佛在说：不找你找谁？

"那可真是冤枉，祝老爷不过找我闲话家常，喝点小酒，外加抱怨几句自己的小儿子不成器而已，实在没有立过什么遗嘱，我虽是律师，可没揽到这活啊。"

祝伊城又丢给他一个轻飘飘的眼神，咔嚓一声，傅九再去看刚才自己修剪的那盆花，已经只剩下残枝败叶了。

"其实你是想用这剪刀剪我对吧？"傅九不满地怼他。

祝伊城却没接这话茬，语气反变沉重："傅先生，阮愉不过误闯这里，我不愿让她背负这些东西，若我不小心出事，请帮我照顾她，不要让她落在祝公馆。"

这是心事，亦像托付，傅九收起玩笑，表情转而严肃。

祝伊城轻叹一声："或许，上海会比北平好些。"

"你的预感似乎不太好？"

"总有些万一无法预料，想得周全些总是没错的。"

这哪里还是旁人随意玩笑依旧我行我素的祝伊城，他心里早已做好所有准备，别人道他玩世不恭、没心没肺，傅九却知他深谋远虑、心有抱负，再难的路，都被他走出了平坦大道。

祝伊城离开后没多久，就有人来敲他的房门，阮愉实在困极了，原不想搭理，打算装作里头没人，但敲门的人偏偏不如她的愿，耐心地一波接着一波地敲，敲得阮愉心烦意乱，乍一翻身，用胳膊撑起身子，冲着门口喊："祝伊城不在，你去傅九那头找他吧。"

门外的人好似停顿了一下，终于不敲了，等阮愉再度躺下的时候，外面的人说话了。

"阮小姐，我不找伊城，我找你。"声音轻轻软软的，可不就是陆静妍。

陆静妍？她找自己又是为了什么事？自从发生了上次的绑架事件之后，阮愉对她仅存的那一点点好感也早已消失殆尽，她并不认为她们之间还有什么话好说。

"阮小姐，我知道我们之间有误会，我今天就是想把这误会和你说清楚，免得我们见面时都有些尴尬……"陆静妍还在说话，面前紧闭的门忽然吱呀一声，开了。

阮愉冷冷地说："我们之间没有误会，我充分相信我自己的眼睛和自己的判断。"

"是吗？可有些事情，连眼睛看到的都不一定是真实的。"陆静妍一改往日大家小姐的做派，声音里充满挑衅和戏谑，"你难道对伊城和他大哥的事情真的一点都不感兴趣？伊城什么都没跟你说吧？他就是这样，心里的秘密永远只会自己藏着，旁人要走进他的心里，太难了。"

"你到底想说什么？"阮愉皱起眉头，不耐烦地打断她。

"你跟我来。"陆静妍转身就想走，走出几步发现阮愉没有跟上，正若有所思地打量她，她笑笑，"你放心吧，上次已经绑过你一次，这么拙劣的手段用一次也就够了，我不会蠢到在同一个人的身上用第二次。"

阮愉倒并不是担心陆静妍是否会对自己不利，而是祝伊城回来时见不到她会不会着急，她想了想，又折回屋内，在案几上留字给他，才跟着陆静妍走了。

她们没有出祝公馆，祝公馆后面有个类似墓园似的小花园，陆静妍说，是专门葬祝家的人的，祝家家大业大，上上下下加起来百来号人，但能被葬在这里的，都是被承认的祝家子孙。陆静妍带着阮愉转了一圈，忽然笑着扭头看向阮愉。

"有没有发现什么不一样的地方？"

阮愉蹙眉凝思，的确有些不一样的地方，但她不敢轻易说出口，担心自己的判断会出现偏颇。陆静妍却直截了当地说了出来："你猜得没错，祝伊城去世的母亲并未葬在这里，他母亲并没有被祝家承认，所以没有资格睡在这里。"

阮愉心里一震，她的沉默让陆静妍误以为她因不了解祝伊城而心生苦闷，陆静妍满意地继续说："你看祝伊城在祝公馆是不是还挺受宠的，下人们一口一个小少爷叫着，所有人都给足了面子。但那一切都是祝天齐给的，祝老爷不在了之后，祝天齐就是祝公馆的当家，他们原本就不是一母同胞的亲兄弟，祝天齐此人又有野心，现在还惯着伊城，指不定哪天，兄弟之间就反目成仇了。这样的事情在大家族里并不罕见，阮小姐，你不是身在其中的人无法体会这样的滋味。如果有一天，他们两兄弟对垒，伊城需要的是一个强有力的后盾，他已经失去母亲，况且母亲家并非大户人家，给不了他任何帮助和需求，只能寄望于妻子，而他需要的这一切，我都能给，我就是想问一问阮小姐，你能给吗？"

"若他不需要呢？"阮愉拢了拢身上的衣襟，薄薄的衬衫贴在肌肤上，平添几分夏日的焦躁。

"除非他想被他大哥扫地出门。"陆静妍说得胸有成竹，仿佛祝伊城绝不是祝天齐的对手一般。

阮愉盯着她，笑了："陆小姐，你说你能给的，纪如烟一样能给，而事实是，祝伊城宁愿选择纪如烟也没有选择你，答案已经十分明显了。我不明白你还在纠缠什么，你凭什么认为，以祝伊城的条件，需要娶一个二婚的女人，还是一个亲手杀了自己丈夫的二婚女人？"

阮愉说话一贯不会这么刻薄，但陆静妍三番五次的纠缠已经耗尽她所有的耐心，她是个睚眦必报的人，能忍到现在已经着实不易，何况她本就不是这个时代的人，根本不需要给陆静妍留面子。

陆静妍的脸唰地白了，她没想到阮愉居然说话如此直白，还来不及反驳，阮愉又说："纪如烟还是个孩子，没什么心机，你一而再地教唆她来我这里套话，本就已经做得很不地道，我念在她不懂事不会和她计较，但你不一样。"

陆静妍气得脸色发白，怒极反笑："好，好，既然这样，那我也就不和你客气了。"

阮愉心里顿时升起一股不好的预感，听到身后轻微的脚步声，心喊一声不妙，然而那人眼明手快，在阮愉没来得及看清他之前，一棍子打在阮愉脖子上，阮愉昏了过去。

陆静妍冷笑着看向始作俑者，出言并不客气："想不到你年纪上去了，下手倒一点也不轻。"

曾叔看她一眼，丢下手里的棍子，把阮愉往墓地深处拖，拖到一半的时候见陆静妍还站在那里没动，直起身体，问她："陆小姐还有事？"

"你要把她弄去哪里？"

"这不是陆小姐该关心的事情。"

陆静妍冷嗤一声："我并不关心她的死活，只要她不出现在我面前即可，看着她，我心烦。"

"陆小姐，大少爷答应过你的事情，几时没有做到过？你安心回去吧，免得留下不必要的麻烦。"曾叔虽只是个下人，可这会儿对陆静妍说话却一点也不客气，气得陆静妍想骂他又担心坏了事情，最后只能跺跺脚，咬着牙走了。

祝伊城回到屋内，屋内空荡荡的并不见阮愉的身影，他看到案几上阮愉留下的字：出门一趟，不必挂怀。

阮愉行事一直独来独往，单独出去倒也不算一件奇怪的事，可他出门之前，明明她困顿疲倦，怎么又会突然出去？难道有人找她？

他找来阿忠，询问是否见过阮愉出门，阿忠茫然地摇头，他一直在门口车里守着，压根没见阮愉的身影，只看到陆静妍走了。

"陆静妍是什么时候走的？"祝伊城忽然问。

阿忠想了一会儿，仔细推算了一下时间："约莫半个时辰前吧。"

半个时辰前……也就是说在她见到他之后，还在府中待了许久时间，祝伊城眉头微皱，突然之间又想起昨天深夜的那句话，难道他们这么快就已经把主意打到了阮愉头上？

祝伊城命阿忠在祝公馆门口守着，一定要记好出入的有哪些人员，若见到阮愉，定要亲自带她回来，随后去往祝天齐处。

阿忠一听这些，心道坏了，恐怕阮小姐又出什么幺蛾子了。

平常这个时候祝天齐已经去厂里商铺巡视了，可今天这会儿，他居然破天荒地待在书房内，祝伊城轻叩门，听祝天齐道了一声进来，立刻提步进去，没等祝天齐招呼，自顾自地在祝天齐对面坐下。

祝天齐盖上手里的账本，双手撑在桌上取笑他："平时白天总不见人影，今天怎么这么沉得住气居然能好好待在家里？"

祝伊城把祝天齐手边没喝过的那杯茶拿到自己手里，瞥了他一眼："平时白天也总不见大哥人影，今天怎么居然在家里办公了？这不是大哥的作风啊。"

"那在你眼里，我是什么作风？"

祝伊城一口茶水下肚，叹了声好茶，而后有模有样地说道："大哥出门身后不得跟着三四个人，一家店铺一家店铺地巡视，恨不得一天时间全都用在铺子里，我们祝家那么多店铺，大哥你就算不休息一天也走不完，将自己紧绷成这样做什么呢？从前也没瞧父亲像大哥这样拼命。"

祝天齐一笑："父亲如今出事，我得替父亲守住这家业才是，自然容不得半点马虎，倒是你，居然教训起我来了，准备几时把你那破工作辞了？"

祝伊城只是轻轻一笑，微微俯了俯身子，声音放低了些："大哥，上次那口棺材，被你放去哪里了？"

祝天齐脸色一沉："你问这个做什么？"

"大哥，你该不会还是认为里面睡着的那个就是父亲吧？你怎么连咱们父亲都认不出来了？这哪天要是父亲回来了，一定用家法伺候你。"祝伊城玩笑似的同祝天齐说，祝天齐的脸色却一点点沉了下去，已经完全没有刚才的轻松劲儿。

祝天齐道："我倒是很好奇，伊城，为什么你认定那里头的人不是父亲？莫非你有什么缘由？"

祝伊城老实地摇头："我不知道，我凭直觉。"

祝天齐嗤笑出声，他这个弟弟还是跟从前一样，他以前就觉得留洋归来的人脑子都不好使，尤其有些天真，陆静妍也一样，也不知她究竟看上了他这个傻弟弟哪一点？这么偏执地要得到他，明明事情都已经到了这步田地，还在想办法去争取本就不属于自己的东西。

"伊城，如果直觉能够解决问题，那这个世上就没有任何问题了。"祝天齐起身，毫不掩饰自己眼底的取笑之意，"好了伊城，我还要出趟门，就不陪你闲话了。"

眼看祝天齐就要走，祝伊城忽然说："大哥，小的时候，大夫人不喜欢我，她说我跟我母亲一样，不是祝家的人，我记得那时候，你出来挡在我面前，说我身上流着和你一样的血，如果我不是祝家的人，那你是不是也不是祝家的人。那年我十岁，你也只比我大了三岁而已，后来你带我去上学，我闯祸的时候你替我善了不少后。虽然这些年我们之间不冷不热，也算不上亲近，但我始终把你当那个时候挡在我面前的大哥，祝家交到你手里，我放一万个心，大哥知道我志在哪里，很多事情其实不必要说破，也不会有半分勉强。"

祝天齐的脚步停在门前，他挺直着背，思绪万千，大约是这几年过得实在紧绷，很多往事已经不愿意再去回想，今日听祝伊城说起，原来他们之间还有那样的少年往事。半晌，他才回头，眼底茫茫一片，不知心思几何。

"即使你不觉得勉强，仍会有人替你勉强，伊城，大哥知道你是什么样的人，你却不知道大哥是什么样的人，往事，不必再提。"

说完，提步出门，只留祝伊城一个人坐在原处，垂着眼眸。好一句往事不必再提，最是人心不可测，他和大哥之间，终究还是选择了不一样的路。

傍晚开始，不间断地下起了雨，整个祝公馆仿佛被一片阴霾笼罩，大雨将城市倾倒，祝伊城难得闲暇，好几个月未碰的画笔已经稍显生疏，他笔触不停，唰唰地在画布上涂抹，颜色艳丽得如春如夏

傅九进门时瞧见的便是这个场景，这位小少爷好像和画布有仇似的，唰唰地在画布上游走，力道重得能将画布扯下来，他搬了把凳子往祝伊城边上一坐，仔细端详。

"有点抽象。"末了，傅九煞有介事地蹦出四个字。

祝伊城像是没听到他讲话，颜色越用越烈，傅九看了一会儿便觉得无聊，环顾四周，随口问了句："阮愉又跑去哪儿了？"

祝伊城仍不说话，眉头紧紧锁着，力道比刚才更加沉了些，傅九

终于看出了些端倪，收起表情，问道："出事了？"

祝伊城不答。

"下这么大的雨，阮愉还没有回来？"

傅九心下已经猜了个八九不离十，看祝伊城这副失魂落魄的样子，恐怕他最不愿意发生的事情终究还是发生了。

"你就没有去找你大哥？"

"他打定主意与我撇清关系，我说再多都是废话。"祝伊城像个沉睡的人终于睡醒了似的，放下画笔，转而走回案几边，眼里是阮愉留下的那八个大字，她叫他不必挂怀，可他又如何能真的不挂怀？

天气陡然转冷，她只穿了一件薄衫，是否保暖？一天没有进食，此刻是否还受得住？害不害怕，是否受到伤害？他脑子里来来去去全是这样的问题，坐立不安，寸步难行。偏偏除了等待之外，他什么都做不了！

傅九也发现事态不对，绕到祝伊城面前问他："你就打算这么坐以待毙？"

"你有良策？"

傅九被问得哑口无言，抓人抓七寸，祝伊城根本就已经被抓住了要害，动弹不得。

祝伊城低垂着眼，随手拿起案几上的书本将阮愉的字盖住。窗外的风雨更大，吹得窗户啪啪作响，祝伊城往外瞧了眼，看到一个人影一闪而过，他不动声色地看向傅九："阮愉还有价值，不会有事。"

傅九一愣："你倒是看得开，这么淡定，也不知该说你是心思深还是感情淡，万一……"

"没有万一。"祝伊城笃定地截住傅九想说的话，"我去找下我大姐，你随意。"

祝伊城一副不想和他多谈的样子，让傅九憋了一肚子的气，但转念又想，这位小少爷表面云淡风轻，其实心里恐怕已经如火般焚烧，这样一想，要说出口的话又无声地被咽了回去。

大雨沿着屋檐哗哗而下，雨水溅湿了行人的裤卷，祝伊城对此却毫不在意。

天色渐渐暗下去，厨房里已经开始准备今日的晚餐，祝伊城走过长长的回廊，闲言碎语缓缓入耳，他正要去往厨房，忽然从某个屋内闪出一个人影，那人弓着背，耷拉着脑袋，在他面前站定。

祝伊城脸上没有出现一丝意外，勾起唇角，反而笑道："曾叔，好久不见。"

曾叔的背像是永远挺不直似的，双手插在衣袖里，对祝伊城点了点头："小少爷，大少爷说，今晚雨势太大，就不回来了，让您和大小姐不必等他。"

祝伊城淡笑："我原以为你常年在我大姐的别院做事，与祝公馆应当也没什么交集，没想到你跟我大哥关系如此好，这倒是我始料未及的。"

"世事难料，小少爷料不到的事情何止眼前。"曾叔的声音低沉，和着雨声，莫名让祝伊城的心里蒙上一层冷意。

祝伊城冷笑一声，拂袖而去。

雨下了一整夜。

祝伊城在窗前孤身而坐，一夜未眠，早前阿忠来过一趟，说自始至终没有见过阮愉，他插科打诨地也问过其他人，也都没见过阮愉出门，进出祝公馆的只有前门与后门，都说未见阮愉出过门，那么阮愉一定还在府里。整个祝公馆说大不大，说小也不小，况且到处都是祝天齐的人，若祝天齐有意藏人，他想找，并非易事。

好在天亮的时候，傅九送来了及时雨。

Chapter11
两厢自摊牌

　　傅九不知是从哪里弄来的一份祝公馆的地图，神秘兮兮地关上房门，摊开在祝伊城长长的书桌上，这份平面地图十分详尽，祝伊城虽从小在祝公馆长大，可从没见过这东西，也从没听说过他们祝公馆居然还有这么一份平面地图。

　　地图并不老旧，上面的黑色线条也仍旧清晰，祝公馆已经建了将近百年，不可能是建造初期绘构的，他瞧了一眼傅九，后者正聚精会神地研究地图上哪里有突破口。

　　"你是从哪里弄来的这份平面地图？"

　　傅九顾不上看他，低着头自顾自地回答："你们找我把我困在这儿不就是因为祝老爷生前特意去上海，而我是在上海最后和祝老爷见面的人吗？喏，他没有交给我别的东西，单只给了我这样。"

　　祝伊城眉心一敛，沉默半晌。

　　"什么遗嘱不遗嘱的，你大哥是想争家业想疯了，因为我是律师，以为祝老爷找我就是为了拟所谓的遗嘱，生怕把祝家的产业都留给你了。我呢，反正这趟来北平也没急着走，就顺势在这儿住下了，上次在上海，我与祝老爷相谈甚欢，祝老爷失踪，家父也十分焦急，留在这儿若能出些绵薄之力，我很是愿意。"傅九说完，手指已然停在了其中一处，皱着眉问他，"这一片是墓地？"

祝伊城眼神蓦地一冷，并不回答，仿佛不愿意谈这片墓地。

傅九耐着性子又问了一遍，祝伊城才淡漠地开口："祝公馆过世的人都葬在这里，平常我们都很少涉足。"

傅九从他的语气里已经可以窥探一二："你母亲并不在此？"

"我母亲并未被承认，怎会在此？"祝伊城脸上露出一丝讥笑，可这模样，看着却让人难受。

傅九一阵无言，静默了一会儿，祝伊城才说："为什么我大哥逼问你这么久，你却对这份地图只字未提？"

"我想你大哥需要的并不是地图，我拿不出什么遗嘱来，总不能瞎编乱造一份给他吧？"

祝伊城沉吟片刻，父亲不远千里前去上海，一定不只是这么简单而已，他既然给了傅九这么一份地图，这其中必然有蹊跷，目光触到桌上地图，傅九的手指仍旧停在原处。

"你觉得这片墓地有问题？"

"你说这里你们都很少涉足？"傅九反问。

"平常除了祭祀之外，很少有人会去那里，以前父亲雇了专人打理墓地，一年半载才来一次，除此之外，旁的人也不会接近这处，毕竟不是什么好地方。"祝伊城沉声说着，可越说，心思越是沉下去。

傅九也瞧出了他越来越深的眉眼，眼睛里几乎在一瞬间发起光来。

"我居然一直都没有想到，最危险的地方就是最安全的地方……"祝伊城忽地一拍自己的脑袋，他怎么就没有想到……

"小少爷，我突然想到一个问题。"傅九突兀地停下来，一双眼睛直勾勾地盯着祝伊城看。

祝伊城微一耸肩，请他继续。

"你当初答应和纪如烟的婚事，是不是当时就担心阮愉会因为你遇到这种事情，所以故意转移视线？"

"……"

"你就说，我说得对不对？"傅九不死心地追问。

"可结果他们仍然觉得阮愉可利用，可见我的演技有多拙劣。"祝伊城别开视线，淡淡说道。

果然是这样，他答应婚事，和纪如烟走得近，就是为了分散别人对阮愉的注意力，可没想到，居然没有一个上当。

"你留阮愉在你屋内过夜时就该想到，纪如烟这个幌子不好使。"

祝伊城点头应和："当时陆静妍因我绑了阮愉，我在气头上，只想向陆静妍表明自己的心迹，没想那么多。"

傅九啧啧摇头："陆静妍这个女人当真不简单，不过小少爷，我也没有看出来你究竟有什么魅力，能把这些女人个个往你身上引。"

祝伊城没再说话。

过了午后，祝伊城在家里寻了一圈祝天齐，并未见其人，派出去找人的阿忠说大少爷一早就出门了，好像出了什么事，看上去火急火燎的。祝伊城又去天香馆后的那座小平屋寻了寻，仍旧没见祝天齐的踪影。倒是在回去的路上遇上了陈老大一行人，许久未见，这陈老大还是跟以前一样嚣张。

　　陈老大见到祝伊城颠颠儿地上前喊了声小少爷好，祝伊城瞥他一眼，状似不经意地开口："在找人？"

　　陈老大一怔，连忙矢口否认："只是巡视巡视罢了，找什么人啊。"

　　"一直都没找着？"祝伊城像是没听见陈老大的话似的，依旧自顾自地问。

　　问得陈老大几乎有些沉不住气："小少爷近来和大少爷关系融洽了？"

　　祝伊城挑了挑眉："我和我大哥向来关系都十分融洽，你说这话莫非是来挑拨离间的？"

　　陈老大忙摆手说了一连串的不，左看右看，最后夹着尾巴悻悻地走了。他找没找到人，祝伊城最是清楚，但见今日陈老大居然带了这么多人上街，只怕他大哥祝天齐的耐心已经慢慢耗尽了。

　　傅九对祝家后面的那片墓地实在好奇，故而趁着祝伊城外出的时候实地查探了一番。虽然祝天齐把他安排在祝公馆内明里是为招待贵客，暗里则方便监视，但祝家上上下下对他还算客气，走到哪儿都少有人拦。

　　这片墓地很大，一块块碑立在那里，即使是大白天，看着都有些怵人。傅九在边缘来来回回走了好几圈，又小心翼翼地把里面踏了个遍，愣是没有发现任何可疑的地方，就像祝伊城所说，祝家的列祖列宗长眠于此，除此之外，这里没有任何东西。可他怎么看这里怎么觉得奇怪。

　　究竟是哪里有问题呢……

　　"傅先生怎么会来这里？"身后忽地响起声音，吓得傅九整个人狠狠一颤，他快速回头，就见曾叔不知什么时候已经到了自己身后。

　　傅九心跳久久难平，在心里腹诽这老头走路怎么这么轻，自己居然一点都没有听到脚步声，莫非这老头是故意想来看看自己在这里作甚？

"吓到傅先生了？"曾叔的语调拉得狭长，却有几分警告的意味。

"吓到倒谈不上，曾叔来这里又是为何？"

"傅先生，大家都是明白人，不如敞开天窗说亮话，大少爷一直对你以礼相待，足以说明大少爷的诚意，傅先生在这里也住了有不少时日了，不知想好了没？"

曾叔说话中气十足，一点也不像上了年纪的人，少了往日的那股低下的姿态，反让傅九听出了一丝不卑不亢。

"这话什么意思，我不大明白，大少爷请我入住府中，本不就只是做客吗？我一早就已经说得十分清楚，我手里没有大少爷要的东西，请大少爷不必将心思放在我这里。"

"没有大少爷要的东西，那……大少爷要的人呢？"曾叔慢慢抬眼，那双老态的眼里折射出傅九看不清的冷意。

傅九心里一冷，祝伊城果然没错，那个叫明唐的人果然是重要的筹码，他们居然这么快就坐不住了。

"大少爷想要什么人？"

"傅先生，一人换一人，你觉得是否公平？"曾叔已经将话挑明，见傅九沉默以对，既然话已带到，他也无须久留。

这句话实在太直白，无异于在直接告诉傅九，阮愉在他们手里，若想要回阮愉，需用明唐交换。明唐究竟是什么人？对他们有多大用处？值得他们如此大费周章地从祝伊城手里要人？

傅九将曾叔的话原封不动地带给祝伊城，祝伊城却没有多大反应，一双眉总蹙着，不知道在想些什么。傅九发现祝伊城此人比他哥哥祝天齐更难猜测，祝天齐其实是个非常容易看穿的人，因为他的目的性和功利性都太过明显，反而是祝伊城，除了他自己，恐怕谁都不知道他究竟想要的是什么。

冷风徐徐，穿堂而过，门口忽然响起了脚步声，他看过去，只见祝天媛站在门口，神色复杂。他猜想大姐应当听到了些什么，但她什么都没说，欲言又止，最终沉默地转身而去。祝伊城亦没有去追，此时此刻，他忽而觉得困顿，筋疲力尽，这个家就像一座没有出口的迷宫，一旦进来了，就没有再出去的机会。

祝伊城再次见到祝天齐，已经是两天之后。

这天祝公馆里外安静得出奇，连平时忙活着的下人都没见到一个，祝伊城却在院里见到了正独自下棋的祝天齐，他应当已经下了好一会儿了，白子和黑子已经摆满了整个棋盘。

"你从小就不喜欢这些东西，小的时候父亲要教你，你不愿学，你的思想前卫潮流，这小小的北平，本就已经容不下你。如果不是父亲以死相逼，你怕会留在巴黎，再也不回来了吧？"祝天齐没有抬头，但他就是知道来人是谁，他一边在棋盘上拣棋子，一边继续说，"我那时候想，你待在巴黎不回来，也好。这里纷纷扰扰的，你那样的性格，反而平添事端。"

祝伊城还在原地，眉目间依旧一派清冷。

祝天齐总算拣完所有的棋子，抬头看向他："家里的人都被我叫出去了，今日这家里只剩你我，你要不要过来，和我这个大哥聊聊前尘往事？"

"大哥不是说，往事不必再提吗？"

"伊城，父亲以前总说你顽劣，却又一直惯着你，我那个时候觉得父亲真是偏心，我和你大姐做什么都得事事小心，而你什么都不用做就轻易讨到了父亲的欢心。你从小就知道在这个家，父亲说了算，所以不管惹了多少麻烦，只要博得父亲的喜欢，周遭的人都不能把你怎么样。从某种角度来说，你比我和你大姐，更早学会了耍心眼，你说呢？"

祝伊城在棋盘的另一边坐下，伸手拨弄着棋子："听大哥这口气，像是要和我算账？"

"伊城，若我们之间真要算账，你猜仅仅这一天，算得完吗？"

祝伊城面无表情，看向祝天齐。祝天齐此时已经撕掉了平时所有的伪装，他一直都知道，他的大哥并不喜欢他，或者说不知道从什么时候开始，他以为的手足情深，已经变成了遥不可及的过去，这些年，他大哥越走越远，他们之间连这样难得的相处都很少再有。

"后来你回到北平，父亲希望你子承父业，和我一起打理家业，你却跑去大学当教授，每日都过着清闲的日子，别人见了我就说，你这么卖力地为祝家打理生意，可不是便宜了你家小少爷，他每日挥霍的速度都快赶上你赚的速度了。我明知只是一句玩笑话，但我听了着实不好受，那会儿我就想，为什么我家小弟就不能争气些呢？你呢，还是没有任何长进，身边莺莺燕燕不少，玩得越发过头，有时候干脆连家都不回了。伊城，你是活得肆意洒脱了，但你所谓的随性所谓的自由，不过仗着有祝家在后头。若换成了寻常人家呢？每天为生计奔波都还来不及，哪里还有这闲工夫谈高雅、谈艺术？你学的那些东西，在我眼里，根本就是一无是处。留洋回来的小少爷，也不过如此嘛。"祝天齐闲闲地说了许多，脸上仿佛挂着一层白雾。祝伊城懂，那是回忆起往昔时的茫然。

"你和陆静妍整日出双入对，父亲高兴你不管怎么玩，至少心里是安定了的，哪知你居然根本没有想过娶人家，陆老爷气得上门逼婚，你一句轻飘飘的你们只是朋友，你和陆静妍说得很清楚，就把你们两的关系撇得一干二净。伊城，说实话，那时我十分无法理解，你和一个女人亲近到如斯地步，却不打算对她负责，我觉得那就是一个浑蛋所为。陆静妍嫁人那天，谁都知道她不见了又回来的那段空白是去找你了，她原以为逼到这份上你总该会回头吧，可你还是无动于衷，亲自把她送了回去。你说，陆静妍究竟是爱错了人，还是嫁错了人？在我看来，似乎前者更多一些。你身边不缺女人，这我知道，但你后来又答应纪家的婚事，是不是绥靖之计我不得而知，但我不敢再信，伊城，纵然你是我弟弟，可你在我这里的信用度，也已经低得可怜。"

祝伊城低低一笑，听祝天齐讲了这么多，忽然之间就想，他大哥的记性可真好。院落的花草茂密地生长，祝伊城从来也没有好好地看过这里，总觉得随时随地都会离开似的，这里是他家，却又好像不是他的家。从巴黎回来以后，再也没有归属感可言。

人这一生可真是奇怪，离家万里的时候想家，回家之后却又渴望自由。

"这么一听，我好像的确很渣，至少在大哥眼里，我不是一个 好人。"

"我在你眼里，也不见得是一个好大哥，所以我们之间，谁也不亏欠谁。"

"有的。"祝伊城轻轻说，低垂着眉眼，眼睑仿佛沁着一层霜，"我小的时候大哥向我伸出手，就已经注定我这一生亏欠大哥，旁的都不必再提，但不插手祝家的生意，已经是我能对大哥做的所有回报。大哥心里明明不希望我插手生意，怎么在我这里又变成了埋怨呢？大哥对任何事任何人都能做到面面俱到，这家里如果少了大哥，父亲会缺少一个得力助手，论起重要性，这个家里可以没有我，却万不能没有大哥。"

祝天齐皱着眉，却没有看祝伊城，把玩着手里的棋子，心情无法形容。

"大哥，我自始至终都无意与你争所谓的家产，我今日拥有的这些，说白了都是父亲给的，他哪天若是想收回了，我绝不会有任何怨言。别人喊我一声小少爷，待我有礼，我就受着；如果哪天我失势，他们对我不加理睬，抑或是冷嘲热讽，我也欣然接受。但在我这里，大哥这份情我是记着的，可大哥却想置我于死地。"

祝天齐一震，总算抬眼，发现祝伊城也正看着自己。

祝伊城的眼底有一种异于常人的淡定，或者说是淡漠，即使说起这样的事情，脸上也没有流露出丝毫的情绪，仿佛只是在说一件无关痛痒的事情。

祝天齐装作听不懂的样子，可脸上的笑比刚才已经僵硬了不少。

"大哥和柳絮暗中私通多久我是知道的，那天在天香馆，大哥本想杀的人是我，可惜大嫂的哥哥林清平却误打误撞闯进了那里。我后来一直在想，为何大哥会对林清平痛下杀手，想了很久才想通。祝家在北平声望极高，大哥又是个有头有脸的人，和柳絮这样的女人有私情断不能被别人发现，可林清平呢，不知用了什么法子，居然知道了这件事。林清平此人好吃喝嫖赌，从前大嫂还在世的时候都懒得理他，他家里的那些钱早就被他败光了。有一阵，几乎穷困潦倒，可不知哪天，他又突然有钱了。那钱，应当是大哥给的吧？大哥本想用钱息事宁人，可他一而再地以此相挟，大哥实在忍无可忍，只好痛下杀手。那日本不是为他准备，可他自个儿送上了门，这么好的机会大哥怎舍得放过，干脆杀了他之后嫁祸于我，好让我惹祸上身身败名裂。如此一来，一举两得，也不用大哥亲自对我动手，不管怎么看，都对大哥十分有利。"

"伊城，你编故事的能力见长。"祝天齐慢条斯理地拿起水壶倒了杯茶，手微微哆嗦，茶壶和茶杯之间碰撞，发出轻微的响声。

"陆静妍和袁明光已婚一年，袁明光早在娶她时就知道她心不在他身上，按理说，她结婚那日，我已经将话说得十分清楚，可婚后一年，她就要了袁明光的命，这其中难道没有大哥的功劳？大哥若对她少些教唆，不给她一种我还记挂着她的假象，她何至于做事如此决绝？我之所以在那时愿意帮她，不过为了防止祝家因此被牵连。陆老爷的性子，我和大哥都知道。当然，大哥正因为太知道陆老爷是什么样的性子，故而让陆静妍变成了凶手，这样，即使后面暴露，陆老爷也不敢怎么样，大哥的心思确实缜密，我甘拜下风。"

祝天齐拿起茶杯，杯中茶水一饮而尽，水滑过喉咙，莫名有种刺痛，他惊讶的不是祝伊城今日居然会一件一件地和他细数这些事，而是祝伊城在不知什么时候，已然将一切看透，却不动声色。一想到这儿，他便觉得浑身一阵寒意，他从前觉得自己已经足够了解这个弟弟，今时今日才发现，他的弟弟究竟是一个什么样的人，他竟一点都不了解。

"大哥，其实还有一件事我一直想问你，这些年，你可有想过大嫂？"

乍一听祝伊城提起昔日的妻子，祝天齐面露不善，谁都知道，自从祝家的大少奶奶林惠清死后，祝天齐就不许人再在家里提起她的名字，就连曾经与她有关的东西都被收拾得一干二净，仿佛这个家里从来没有出现过这么一个人。自她死后，祝天齐的性情日渐暴戾，他不再提及她，可也不再娶。柳絮为他做了那么多事情，算来算去，却始终得不到一个名分。

没有人敢在祝天齐面前再提林惠清，除了祝伊城。

"当年大哥为博取父亲欢心，一心扑在事业上，为了站住脚跟，"

连跟大嫂的承诺都可以不顾，当众应允娶二房的事，虽然后来不了了之，但也因此冷落了大嫂。大嫂身子本就不好，郁结于心，终究还是因为大哥你久别人世。说来，大嫂的死全是因为大哥，这些年大哥混得这样风生水起，大嫂在天上看到不知可会高兴？若大嫂知道当初自己决心下嫁的人早已不如当初，可否会心灰意冷？"

祝天齐的脸上闪过一丝狠厉，嘴角微勾面无表情地冷笑："伊城，你不该提她。"

"世上一切皆因果，有得就有失，很公平。大哥选择了名利，失去了爱人，而我不愿。"祝伊城的脸上仿佛有波光划过，明镜一般的眸子早已将一切看得通透。"阮愉在哪里？"祝伊城忽然将话锋转到了阮愉身上。

祝天齐忽而失神一笑，原来说来说去，不过为了一个女人。那时，他也是祝伊城这样的年纪，和爱人青梅竹马，哪知后来情势千变万化，物是人非。

"阮小姐和你形影不离，她在哪里，你不该问我。"祝天齐凉丝丝地瞥他一眼。

"曾叔的话已经带到，以人换人，大哥想要的不就是明唐吗？"

明唐的名字一出口，祝天齐手上一顿，目光变得深沉晦暗，反观祝伊城，越到了这种摊牌时刻，越是轻松。他跟祝天齐唯一不同的是，祝天齐所做的这一切都是为了抓住自己手上的东西，祝天齐害怕失去，而祝伊城除了阮愉，以及失踪许久的父亲之外，好像也并没有什么非要不可的。他们都是心有欲望的人，但祝伊城心里的欲望比祝天齐少一些，就注定他的胜算要比祝天齐多。

两个人之间的无声对峙，一个在明一个在暗，但究竟谁是明谁是暗，只怕他们自己都分辨不出。

"伊城，你知道的远比我以为的多，看来从前，是我小看了你。"祝天齐话语一顿，随即笑起来，"不，是你的演技太好，竟瞒了我们这么多年。"

尽管祝天齐还是不相信他这个只知道寻欢作乐的弟弟居然有如此深的城府，但在难以置信之余，却又好像松了口气似的，至少他祝家，果然没有出无用的人。父亲向来就喜欢这个幺子，他不甘过、愤懑过，甚至埋怨过父亲的偏心，好像一直以来，无论他比祝伊城优秀多少，无论他在父亲面前有多努力做出多少成绩，都还是比不了小弟在父亲心里的位置。后来时间久了，他好像也慢慢习惯了，习惯这种被刻意的忽视，只闷头往前冲。

但冲得急了，有时候停下来看看，却发现已经不知道走到了哪里。

祝伊城轻笑，抬手解开衬衫领口的两粒扣子，领口随意敞开着，一股慵懒渐渐升起："大哥，曾叔又是什么样的人？和你有什么关系？"

"你既然什么都知道，何必再来问我？"

"阮愉刚来那会儿，去过一次天香馆，为替我查清案情，可那之后，她突然急性肠胃炎发作，接着就差点死在火海里，后来又被陆静妍绑走，到现在的无故失踪，这每一桩都和曾叔有关。若说他无辜，我一万个不信，但我知道大哥不是这种伤及无辜的人，这些事情，大哥又是否知晓？"

祝伊城一双眼睛凛冽地盯着祝天齐，不放过祝天齐的每一丝表情，祝天齐表面的无波无澜没有露出丝毫破绽，让他更加肯定，或许那些事情都是曾叔自作主张，根本未经祝天齐的同意。

"伊城，我们不要再浪费口舌，不如切回重点，曾叔那句话，的确是我让他带去的，但我要的不是明唐。”

“大哥要的是谁？”

“你。”一个字从祝天齐嘴里蹦出，咬字极重，不带丝毫感情。

祝伊城眼眸狠狠一眯，线条分明的侧脸紧绷着，好像随时随地都能将愤懑倾泻。他的隐忍实在超出祝天齐的想象，在这个时候，居然还能笑得出来，黑眸散发着诡谲的光，像深夜的猫，伺机而动。

“大哥想我怎么做？”祝伊城问得轻松，慢悠悠地浅笑着不禁让祝天齐觉得这世上好像根本没有什么事能让他畏惧。

“以人换人，顾名思义，就是用你的命换阮愉的命。”祝天齐再也没有避讳，“伊城，只要你消失不见，我保证阮小姐毫发无损地离开这里，并保她一生无忧。”

祝伊城闻言，嗤笑出声：“万一父亲回来，问起我来，大哥又该如何作答？”

“伊城，你是不是又犯了健忘症，父亲已经死了，他就躺在那口棺材里，那棺材，我至今仍放在偏厅，不管你如何不愿意承认，但种种迹象都表明，我们的父亲已经长眠。”

“大哥确定那是我们的父亲？”祝伊城将我们两个字咬得极重，果然见祝天齐的脸色又是一变，“如果我不答应呢？究竟是什么给了你这样大的自信，认为我会用自己的命去换阮愉的命？一个女人而已，我再找便是了。”

祝伊城说得这样满不在乎，好像阮愉对他而言，真的和其他围在他身边的那些女人并没有什么不同，可祝天齐偏偏不信他的鬼话，如果这个女人对他真的没有那么重要，他不会亲自来问自己要人。

“伊城，不要装作一副无所谓的样子，那日大火，你不顾自身安危冲入火海救人的画面还历历在目，大哥的记性还没有差到这个地步。况且，换与不换，你认为你当真有选择权吗？"祝天齐的尾音到后面变成了一种说不清的威胁，话语里有着不容置疑的笃定。

"看来今日不管我愿不愿意，大哥都已经替我想好了归宿，是吗？"饶是如此，祝伊城也没有显现半分紧张，他天生就有一种临危不惧的气场，所以从前不管闯了多大的祸，都能泰然处之。

"伊城，不要怪大哥，身在这个位置，有太多不可言说的无奈。"祝天齐的语调渐渐趋于平稳。

祝伊城仍旧安坐原处，却看到祝天齐的视线越过他，看向了他身后。祝伊城垂下眼，嘴角勾起一抹浅笑。

有风吹过耳畔，空气里仿佛沁着血腥的味道。所有的一切，在顷刻之间都已静止，高山流水，刹那间相隔千里。

子弹出膛，砰的一声惊起飞鸟，赫然间，整个院落陷入一片恐慌，而后是死寂，无人可闻的死寂。

祝伊城毫发无损，身上没有任何子弹穿胸而过的迹象，他的唇间，终于慢慢转冷。

眼前是祝天齐的惊诧的脸。

与此同时，阿忠的一声惊呼却冲破天际，震得祝伊城心脏几乎碎裂。

"阮小姐——"

祝伊城身体陡然一僵，浑身冰冷，他猛地起身转头，除了回廊里站着一个手里持枪的素面男人之外，哪里有阮愉的身影。男人手里的枪口还冒着烟，显然刚才的子弹出自他的枪口。

"阮愉呢？"祝伊城强忍住唇齿间的颤抖，心脏疼得像被针刺一般，问向跪倒在地一脸哭丧的阿忠。

阿忠颤抖得不能自已，上牙和下牙在打架，根本说不利索："那个……那个人把枪口对准了少爷您，阮小姐去……去抢那个人的枪，阮小姐手握住枪身的时候，子弹……子弹穿过了阮小姐的胸口……"

"人呢？"祝伊城终于提高了音量，手脚冰冷，额间沁出了一丝冷汗。眼里像是能透出火来，心跳几乎停止。

"不……不见了，阮小姐不……不见了，刚才还在那里。"阿忠指着某处，像见了鬼似的，瞳孔瞪得老大。

可他扫过整个院落，哪里有阮愉的身影。

祝伊城心尖颤抖，回去了吗？刚才那一瞬间，阮愉是回去了吗？回到了她自己的那个世界，回到了本就她应该待的世界。

祝伊城闭上眼，往日陪伴历历在目，却在转瞬之间，又消失无影。

那是另一个世界，而他，往后要去哪里找她？一贯笃定自持的祝伊城，内心仿佛有个黑洞正慢慢扩散，慢慢、慢慢地，侵吞了他原本的理智和尚存的信念。

起风了，这一场闹剧，是时候收场了。

Chapter12
情 归 向 何 处

　　阮愉是被一阵喧闹吵醒的，她睁开眼，先入眼的是一片白，茫茫的白，眼前的一切不真实得像裹着一层纱，接着医院浓郁的消毒水味蹿入鼻尖，她扯了扯眼皮，脑袋昏沉得像是睡了一个世纪那么久。

　　门外隐隐约约地传来顾南急切的声音，他似乎和什么人起了争执。这可真不像是她认识的顾南，她认识的顾南万事都斯文有礼，活得坦荡体面，绝不会在公众场合大声喧哗的，是为工作上的事，还是因为她？

　　不一会儿，顾南进来了，他视线对上阮愉睁开的眼，脚步猝然一顿，眼里同时闪过好几种复杂的心情，最后还是被喜悦掩盖。他一个箭步上前在她床头蹲下，仿佛是想确认并　不是自己看错了，伸手摸了摸她的脸。

　　"醒了？"顾南的声音很是嘶哑，许久未进水的喉咙干涸酸痛。

　　阮愉想点头，可是发现自己身体根本没什么劲儿，张了张嘴，好半晌才用虚弱的声音问道："祝伊城呢？"

她气若游丝，声音几不可闻，可顾南还是听清楚了她在说什么，脸上的表情一下子收敛了许多，盯着阮愉："你是说冒充你喜欢的画家的那家伙？"

阮愉太累了，觉得眼皮沉得在打架，实在没有力气和他解释太多，又问了一遍："他人呢？"

"你出了车祸被送进医院，大脑受损严重，昏迷了将近半个月，我在这里守了你半个月，你一睁眼就问别的男人？"饶是再好的教养，面对这样的情况恐怕也无法忍受吧？顾南其实已经做得很好了。

灯光下，阮愉的那双眼睛充满着水汽，让顾南的心肠一下软了下来，纵使有太多责备的话要出口，但她好歹还躺在病床上，实在不忍苛责。

顾南干巴巴地咳了几声才说："没有那个男人，车祸现场只有你一个人，肇事司机逃逸，警方还在追铺中。"

可阮愉听这话怎么都不信，她记得自己身上发生过的所有事情，回来之前，她看到那个人将枪口对准祝伊城，她冲上去毫不犹豫地抢夺他手里的枪，结果擦枪走火，子弹穿过她的身体，于是她回来了。而在去那里之前，一辆汽车眼见就要撞上自己，是祝伊城护住她，让她幸免于难，也让她经历了和他在一起的那些事情。

不对了，怎么什么都对不起来了呢？

一帧帧画面就像残缺的拼图，怎么都无法拼凑完整。阮愉的头开始嗡嗡地疼，她痛苦地皱起眉头，顾南见状，忙伸手抚摸她的太阳穴两边，轻轻揉着。

"阮愉，你才刚醒，需要足够的休息，不要再想这些事情，等你好起来了，想知道什么，自然就知道了。"

他的声音沉沉地传进阮愉的耳里，像是来自遥远的异世，阮愉的眼皮终于疲累地合上。

夜，寂静无声。

阮愉在医院又躺了大半个月，顾南几乎放下了手头所有的工作，专心在医院照看她，医生、护士以及那些病人家属，大多都以为顾南是阮愉的男朋友，暗搓搓地都羡慕她的男朋友英俊又体贴。阮愉好几次让顾南不必为自己这么劳心劳力，叫个护工就可以了，可顾南不同意，还是白天黑夜地守着她。为此让阮愉颇为尴尬，可又不能发狠撵人家走，毕竟在她住院期间，就连她所谓的母亲都没来看过一眼，顾南作为朋友，能做到如此已经十分难得。况且她心里还记挂着祝伊城，实在也没精力顾忌这些。

不知道祝伊城现在怎么样了？那天他跟他大哥已经摊牌，赌上了手里所有的筹码，结局究竟如何呢？还有，她的无故消失，会不会牵累他？如果最后他没有成功呢？他大哥会把他怎么样？

明明也不过半月有余，她却没有一天不在想他，那时，总能牵着他的手，她掌心至今还留有他的余温，那些寂寥的夜里，同在一个房间，虽然内心惶恐不安，可感受着他在，也能让人安心下来。

阮愉出院的那天，终于见到了自己的亲人——她的母亲林巧萍就坐在车里，而车停在医院大门的对面，要不是阮愉对那辆车实在太熟，估计压根不会发现母亲居然还会来看望自己。

她想起陆苑当初生病住院期间，林巧萍没日没夜地在医院进行照料，恨不得一刻不离开小女儿身边。想到这里，阮愉觉得很想笑，一母同胞，待遇差别未免太大。

顾南搀扶着阮愉，想停下来等林巧萍下车，顾南好像极其尊重林巧萍，在阮愉不多的记忆里，他每次碰见林巧萍都会礼貌地喊一声伯母。

阮愉淡淡扫过那辆车身，推开顾南的手，径自往顾南的车的方向走去。

她自顾自地坐上副驾位置，慢条斯理地系好安全带，静静地等着驾驶员上车。

然而等了许久，没等来顾南，林巧萍的身影却出现在车窗外。

"身体好些了吗？"林巧萍垂着眼，问车里的女儿。

阮愉仔细想了想，这好像是这几年，她们母女之间为数不多不算争执的对话之一。

"没那么容易死。"阮愉回答得漫不经心，掏出手机佯装刷新闻。

林巧萍仿佛听出了阮愉情绪里的怼意，但破天荒地居然没有发作，她缓缓问道："你是不是得罪了什么人？为什么会有人开车撞你？那个男人呢？关键时刻消失得无影无踪，这样的男人也值得你花心思在他身上？"

阮愉挑眉抬头，迎着光看向母亲："干我这行的，得罪的人还少吗？眼前不就有一个？"

林巧萍听了一愣，随即脸上出现薄怒："阮愉，你跟你爸一样，不识好人心，真是没救了。"

不提她爸爸还好，一提，阮愉的脸立刻沉了下来，声音冷硬地回敬："好人心？你是指你，还是指你那个丈夫？"

林巧萍大约是真的被气着了，盯着阮愉看了好一会儿，然后一声不吭转身走了。

顾南不知和林巧萍说了些什么，上车的时候看阮愉闭着眼睛，张了张口，轻声说道："你妈妈来看你，你就不能态度好点？"

"顾南，我的私事，不劳烦你费心。"阮愉仍旧闭着眼睛，冷冰冰地说着，此刻脸上已经没有任何表情，就连倦意都已经被悉数收拢，只剩一副随时准备战斗的刺猬模样。

阮愉回家休养的这段时间，避不见客，就连顾南来过几次，都没让他进门，她好像变了一个人似的，顾南觉得她似乎有什么地方不一样了，可又说不清具体是哪里不一样。他间接地问过两次那个男人的底细，但阮愉闭口不谈，这并不是一个好现象，以他对阮愉的了解，如果心里真有他，她不可能放任那人离去。可她的嘴实在太紧，他压根问不出任何有用的信息来。

又过几日，阮愉恢复了正常工作，事务所在关闭了将近两个月后又重新开门迎客。她坐在柔软的老板椅上，手里握着钢笔，却迟迟没有下笔，愣神间，手机刺耳的响声振得她浑身一颤，一个陌生的号码在手机屏幕上跳动着，阮愉看了它许久，手机屏幕的灯光暗下去，又再度亮起来，依旧是同一个电话号码。

她滑开接听键，把手机附到耳边。

"喂，请问是阮小姐吗？我这里是城区派出所，关于前不久你发生的车祸事故，我们已经拘留了嫌疑人，请你过来指认一下，地址是……"

阮愉听着电话里陌生的男声报完地址，她的脑袋还是嗡嗡的，车祸事故？嫌疑人？这么说来，当晚发生的那起车祸并不是意外，而是有人蓄意而为？可顾南在回答这个问题的时候明显避重就轻，他究竟是想隐瞒些什么？

二十分钟后，阮愉人已经坐在了派出所里，负责这个事故的警察小顾正在审讯室里审讯嫌疑人，阮愉等了片刻，他才姗姗来迟。

他一开口便是寒暄："不好意思啊阮小姐，让你久等了，身体怎么样了？"

"挺好，没什么大碍。刚才听您在电话里说嫌疑人，难道我身上的这起车祸不是意外？"阮愉懒得和他绕弯子，直截了当地问。

年轻的小顾睁大了眼："阮小姐你不知道吗？当时马路上没有什么车，也没有任何障碍物，车子是直挺挺地冲着你开过去的，我们查了事发的监控，车子开向你的时候是处于加速状态的，出了事后也没有任何停留的迹象，直接逃走了。这很明显是一起蓄意谋杀事件啊。"

小顾讲得很慢，可他看阮愉的眼神充满了同情。

"对了，阮小姐，从监控录像中，似乎有一个男人冲过来想救你，但一眨眼不见了。我们反反复复来来回回看了十几遍，那个男人真的就是一眨眼就不见了，你能说说当时的情况吗？"

阮愉一愣，他说的是祝伊城吗？难道他们消失的那个画面也被监控录下来了？可听小顾的语气，也似乎并不是很确定的样子。

阮愉不动声色地吸了口气："开什么玩笑，一个活生生的人怎么可能一眨眼消失不见了呢？可能只是一个喜欢管闲事的路人想拔刀相助吧，大约是那辆汽车冲劲太大了，那个人被冲劲冲到一边去了？我没注意。"

对方的视线一直停留在她脸上，像是在思考她话里的真假，阮愉坦荡地迎向他的视线，一点也没有做贼心虚的自觉。

过了一会儿，她被带到审讯室外头，从单向玻璃窗看进去，只见里面坐着一个四十多岁的男人，他看上去并不老，但身体的形态却仿佛上了年纪，驼着背，一副怎么都坐不直的样子。

有些眼熟，但又说不上来在哪里见过。阮愉暗暗地想。

"你认识这个人吗？"

阮愉摇摇头："不认识，他不是肇事逃逸了吗？你们在哪儿找到他的？"

　　"他叫胡志明，不是本城人，原本准备跑路了，躲了十几二十天，以为警察已经松懈了，就回老家看了眼老父老母，那会儿我们同事已经在他老家附近转悠快一个月了，好不容易才逮到他。"

　　"问出什么了吗？谁指使他干的？"阮愉双手抱胸，皱眉打量着里面的人，随口问道。

　　小顾顿了一下，说："看来阮小姐也是聪明人，不过他嘴紧得很，什么都没问出来，只一口承认事情就是他做的。"

　　她轻轻一笑："看来要顶罪啊，那就让他顶着吧，估计是大佬出的钱多，多到他甘愿在里面蹲几年。"

　　她说起来一派淡然，不由得让一旁的年轻警察蹙了眉，换作是旁人，或刨根问底，或歇斯底里，或恐惧不安，他见过太多了，可这姑娘像个局外人似的，好像压根没将这件事放在心上，云淡风轻得有些不真实。她似乎没有追根究底的打算，回过头对他说："这个人我不认识，想了想好像也没有什么能帮得上忙的地方，我还有事，就先走了。您这儿要是还有什么用得上我的地方，随时给我打电话。"

　　或许是她与生俱来的那种气场太强大，他居然点了点头，望着她踩着高跟鞋消失在转角处。

　　阮愉拉上车门，吸了口气，点了一根烟抽上，烟雾从嘴里吐出的一刹那，她才觉得胸口舒畅了许多。

　　到底是在哪里见过那人呢？她蹙着眉用力想，可思维像故意跟她作对一般，她越是想记起来，脑子里越是一片糨糊，一点线索都没有，一点印象都没有。

　　打开手机查看今天的新闻，陆权的名字赫然入目，一个成功的商人，再加上一些动人的故事，总是记者们趋之若鹜的对象。她大致浏览了一下新闻内容，脸上渐渐浮现出冷笑，吸完最后一口烟，驱车离去。

陆氏公司的商业大楼位于本城金融中心，建得很是气派，远远望去，楼层仿佛鹤立鸡群，大大的陆氏两个字在高楼耸立中显得遥远又高傲。这些年陆氏的生意越做越大，陆权本人的声望也越来越高，外界都说他身上没有黑点只有亮点，如果硬要说的话，唯一的黑点就是娶了一个二婚的女人和一个随时随地都要找他麻烦的继女，凭他的条件，要什么样的女人没有，可他偏偏就喜欢林巧萍——一个在众人眼里除了漂亮就没什么优点的女人。可有时候，女人最大的优点不就是漂亮吗？

阮愉把车停在隐秘的位置，刚熄火，就瞧见林巧萍从大楼里出来，阮愉看她脚步有些乱，似乎很匆忙的样子，自己开车走了。她记得自从陆苑死后，林巧萍的情绪一直都很不好，已经很久没有自己驾车了，今天居然屏退了司机，实在有些反常。

阮愉一手搁在窗框上，淡淡地注视着林巧萍的车子离开，眼里无波无澜。

走进陆氏的办公大楼，前台小姐照例拦下了她，大概她以往来过好几次，且都不是什么好事，所以前台小姐一见到她仿佛如临大敌，一个箭步冲到她面前，又碍于阮愉好歹是客，不便发作，只得硬邦邦地笑说："阮小姐，陆总出差了，不在公司里。"

"你每次都是这么说的，然而他每次都在公司。"

前台小姐觉得巨冤："阮小姐，陆总今天真不在公司。"

阮愉不想再跟前台小姐废话，刚想伸手拨开她上楼，电话忽然进来了，是一个以前跟她有过合作的小报记者。阮愉听完电话，脸色一凛，转身疾步走了。前台小姐眼见她走远了，才松了口气，如果阮愉坚持，前台小姐无法确定自己是否能拦得住她。何况陆总跟阮愉虽然不合，但总是以礼相待的……

阮愉车子开得飞快，不过十分钟，人已经出现在那个记者面前。

记者叫小张，比她小两岁，但整个人看上去比她年轻有活力，干劲更足。此刻她正以一种扭曲的姿势蹲在一家高级会所的后门，一见阮愉，立刻兴奋地招呼阮愉去她的位置。

"你不是一直在抓陆权的小辫子吗？今儿可算抓着了，说吧，你准备怎么感谢我？"

阮愉这几年，昧着良心挣了不少钱，也结交了一些狐朋狗友，这个行当里的资源还是有些的。

她冲小张翻了翻白眼，找个舒适的姿势蹲下："你真见陆权带着个女人进去了？"

"那当然，否则这大热天的我何必在这儿蹲着？"

"该不会是我妈吧？"阮愉百无聊赖地哈了口气，表面看去，对陆权带了个女人出入高级会所好像并没有多大兴趣。

"怎么可能？他身边那女人年轻漂亮，估计跟你我差不多年纪，陆权如今的好名声还不是仰仗着娶了你妈并且从不拈花惹草得来的？要是被爆出跟年轻女人有染，光这形象维护可就够他们公司公关部折腾的了。"

阮愉点点头，一副她说得十分有道理的样子。

以阮愉对陆权的了解，此人做事十分谨慎，不可能光天化日之下带着个小姑娘出入高级会所，并且居然还被一个小报记者知道了行踪。

一个为人处事向来缜密的人不可能会犯这么大的错误，除非……他有立刻必须解决的事情，人在情急关头，往往不会考虑那么周全，也往往是最容易暴露马脚的时候。站在小张的立场，只想拍到有价值的照片，再回去做一下文字加工处理，立马就是一篇精彩绝伦的八卦报道。阮愉跟小张不同，她对陆权太了解，他不可能只是来跟小姑娘幽会。虽说有钱的男人在外面玩女人是常态，但陆权在这方面一贯都恪守原则，从不乱搞男女关系。

直到天黑，两人都没见陆权出来，阮愉心里无端地开始烦躁，抽完最后一根烟，起身对小张说："我进去看看。"

小张担心地拽住她的手："你可千万别打草惊蛇。"

"打什么草惊什么蛇，刚才他领着小姑娘进去的照片你不是拍到了吗？今天无论如何回去都是能交差的。"阮愉轻轻甩开她，把包往肩上一挎，径自朝会所走去。

这个时候是迎客高峰期，所有的包厢都已经安排满了，阮愉刚一进门，大堂经理就堆着笑脸上前对她说不好意思，已经没有多余的房间了。对于这样的高档会所，每天接待的客人数量本就有限，阮愉自然可以理解。

"我来找人，陆权在哪个房间？"阮愉表明来意，问得直截了当。

大堂经理听她打听陆权，不由得多看了她两眼，随即露出一个奇怪的表情："陆总今天没有来这里啊，他常用的那个包间今天也是别的客人在使用。"

阮愉冷笑："你是在跟我开玩笑吗？我亲眼看着他进来的。"

"这位小姐，陆总今天是真的没来，每天我们接待哪些客人都是有记录的，陆总真的不在这里。"

大堂经理的态度更让阮愉起了疑心，陆权明明就在里面，为什么大堂经理要否认？因为今天在这里见的人不能让别人知道？这下阮愉的好奇心被激发得更加彻底。

她知道像这样的会所必定会有后门，果不其然，找了一圈后她走进一扇不起眼的小门，应该是员工通道，此时正值高峰期，员工通道里静悄悄的，没什么人。阮愉灵敏地溜了进去，为了给这里的客人提供隐蔽的私人空间，走廊里很少有服务员来回走动。

阮愉从安全楼梯爬到三楼，陆权的长包房就位于三楼走廊尽头的右手转角处，从安全楼梯口出去大约十来米的距离，中间有一个卫生间，房间与房间之间的隔音效果好得出奇，这不禁让阮愉想起在北平那会儿，那里的隔音……不，那里根本没有隔音。

她在安全楼梯口静默了一会儿，刚想出去，忽然听到门外起了争执声，阮愉探了小半个头向外看去，发现争执声居然是从陆权那个包间传来的。一个女声尖锐地响起来，即使在约莫十米开外的阮愉都听得一清二楚。

"你知道你这是什么行为吗？你这是过河拆桥！你堂堂一个大公司的老板，居然出尔反尔。"

接着阮愉听到了陆权的声音："能给的我都已经给了，但是我喂不饱贪得无厌的人。"

她立刻就明白这句话背后的意思，看来是被敲诈，不高兴给钱了，两方没有谈拢。她突然很想会一会这个小姑娘，居然敢敲陆权的钱，真是巾帼英雄。

听到他们这边的响动，大堂经理匆匆跑上来，阮愉静静地退回去，然后飞快地按照原路出了会所。按照现在的情形，那姑娘跟陆权多半会不欢而散，两个人不可能同时出来。她开车等在门口，果然，十分钟后，被陆权带进去的那姑娘一个人匆匆出来，叫了辆出租车自顾自走了，阮愉立刻驱车跟上。她全身的细胞都在叫嚣，一股打从心底里的兴奋几乎要把她淹没。

车子飞驰在夜里的柏油马路上，两旁的路灯打在车前的防风玻璃上，被红灯阻隔的空当，阮愉一手把着方向盘，一手手指无节奏地敲击着，不断揣测那个陌生姑娘的来历。

阮愉调查陆权这么久，他的社会背景她一清二楚，可这姑娘她却是第一次见，再结合白天在陆氏的办公大楼下见到平时很少开车的林巧萍神色匆匆地开车离去，他们夫妻二人一定有问题。

绿灯亮起，她立刻踩下油门跟上前面的出租车，没想到最终跟到了市人民医院。姑娘走进住院部后一夜没有出来，阮愉站在长长的住院部走廊里，看着电子钟的数字变化，莫名陷入了沉思。

第二天清早，阮愉在医院外头的早餐店拦住了那姑娘。阮愉这才得以看清她的面貌，是个十分漂亮清秀的女孩，跟自己一般高的个子，年龄似乎也相差无几。

阮愉的打量让姑娘不禁蹙起了眉，但姑娘本身教养很好，虽然觉得莫名其妙，但仍礼貌地询问："请问有什么事吗？"

阮愉莞尔一笑："能耽误你几分钟时间吗？关于陆权，我有些事情想请教你。"

一听到陆权的名字，姑娘脸色微变，立刻开口拒绝："不好意思，我还有事，不方便离开太久。"说着就要走。

"我去医院了解过，你们拖欠了将近二十万的医药费，你父亲又急需动手术，费用更是巨大，如果你交不出这笔钱，你父亲无异于在医院等死。昨天你去找陆权，为的就是这事儿吧？"阮愉双手抄在风衣口袋里，不紧不慢地说着。

看到那姑娘脚步蓦地一顿，回过头看她的眼神都变了，阮愉就知道自己没有说错，这前半部分是她昨夜找值班护士打听的，后半部分纯属猜测，没想到居然都猜对了。

阮愉微一挑眉："你现在有时间跟我谈一谈了吗？"

随后，两人找了个僻静的位置坐下。姑娘名叫沈念，刚毕业不到一年，她母亲早年得病死了，父亲一直在外打工挣钱供她上学，就指着她以后出息，没想到她刚大学毕业找着工作，以为苦尽甘来，终于可以回报父亲的时候，发现父亲的身体日渐消瘦，食欲也大不如从前。一开始她父亲以为只是劳累造成的，为了省钱没去医院，也没往心上去，直到有一天，父亲晕倒，送到医院一查，才发现得了食道癌，而且已经到了晚期。

为了给父亲治病，几乎花光了家里所有的积蓄，还欠了一屁股的债。父亲化疗期间痛苦难耐，他们又请不起护工，沈念只好辞职，专门在医院照顾，可这样一来，家里唯一的经济来源也断了，钱花得精光，父亲的身体却没有半点起色，医疗费越积越多。这段日子以来，沈念为了钱几乎天天愁容满面，根本不敢去想以后要怎么过。即使父亲过世，等待她的，也将是巨额债务。

阮愉静静地听沈念说完，在这期间面前的咖啡已经见底，一个晚上没睡，她看上去精神有些不济，但在黑咖啡的刺激下，神经渐渐兴奋起来。

"这医院的床位非常紧俏，一般要等很久，有时候甚至一两个月都等不来，这里也是陆权替你们安排的吧？"

沈念点点头，双手握着咖啡杯好似有些不知所措。

"所以……陆权跟你们是什么关系？"

沈念却忽然抬头看她："那陆权跟你又是什么关系？你为什么会找上我？你又是怎么知道我在这里的？"

"我昨晚从会所跟着你到医院，在这儿等了一夜。"阮愉直言不讳，"沈小姐，你昨天，是没有跟他谈妥条件吗？还是你手里的筹码不够大？否则他那样在乎自己名声的人不可能无动于衷。"

沈念眼神微微闪躲："我不明白你在说什么，什么条件筹码的，哪有你想的这么玄乎，不过只是正常的见面而已。"

"是吗？那沈小姐你去见陆权不是为了你父亲的医药费？你们在门口起争执又是为了什么？"

在沈念眼里，阮愉有些咄咄逼人，她的警惕心一下便上来了。大约是心虚，她觉得自己不能再跟阮愉待下去，于是抓起桌上已经打包好准备带回去的早点，说："对不起阮小姐，早饭要凉了，我得赶快给我爸送回去。"

"沈小姐。"阮愉叫住沈念，抬眸认真地说，"陆权那个人最讨厌被人威胁，恕我直言，经过你昨天和他的争执，事到如今，就算你手里的筹码足够大，他也不可能轻易就范，他只会想如何为自己除掉后患。我想你父亲的医药费，已经指望不上他了。"

沈念没有回头，但肩头明显地轻颤着。

阮愉手指敲着桌面，靠着椅背轻松地继续："如果他那里行不通，你不妨来我这里试试，毕竟，你父亲的病不等人。我可以买你手里的筹码。"

不知沈念听进去了没有，阮愉的话音刚落，沈念就已经抬步出了早点店的门。

阮愉很清楚一个走投无路的人的心态，所以此刻的沈念根本没有任何退路可走，她完全把希望寄托在了陆权身上，可显然陆权并没有如她所愿给她足够的钱，如果陆权执意不松口，沈念就退无可退。

她又坐了一会儿，准备离开的时候，一扭头，神情猝然一僵。

一辆豪车停在了医院门口，那辆车阮愉太熟悉不过，林巧萍从车里下来。阮愉看着林巧萍走进住院部的大楼，有什么信息似乎逐渐浮出水面。

沈念去找了陆权，林巧萍一大早就来到沈念父亲所住的医院，这世上哪有这么巧的事情。

阮愉一看时间还早，陆权是个很有时间观念的人，这个时间去陆氏大楼，应该能在地下车库逮到他。驱车到达的时候，时针指向十点整，果然，陆权的车缓缓驶入地下车库。电梯口，陆权瞧见双手抄在裤兜里，一副要来找麻烦的样子的阮愉，马上收起手机，屏退身旁的司机。安静的地下车库电梯口立时就只剩下了他们两人，阮愉对于这样的场面十分满意。

"是你做的？"还没等阮愉开口，陆权已经先发制人。

阮愉眯着眼，虽然不明白他说的是什么，但气场绝对不能输，随后就看陆权拿出手机刷了起来。陆权的脸上似笑非笑，可阮愉看来，讽刺的意味居多。

"阮愉，看在你母亲的分上，我一直都没有想过要和你计较，从法律上来讲，你也算是我半个女儿，可你现在的所作所为完全超出了我的容忍范围，你知不知道，我可以通过法律途径起诉你。跟踪，偷拍，把新闻卖给不良小报报道炒作，这么做的后果只会惹得你母亲不快。"

直到她看清陆权手机屏幕上的新闻报道，才明白陆权说的是什么意思。

——从不拈花惹草的知名企业家与年轻小嫩模共度春宵。

大大的标题无比显眼，生动的文字配上昨天陆权和沈念进会所的照片，新闻的点击率已经超过百万——虽然沈念并不是新闻中所谓的小嫩模。小张这睁眼说瞎话的本事还真是从未让人失望。

看来无端地为小张背了锅。

阮愉无所谓地耸了耸肩，不打算为自己解释，只问："这姑娘是谁？看上去的确比我母亲年轻貌美，你会看上人家很正常，男人嘛，谁还没个寂寞的时候。"

她一副能够理解他的表情。

两个人之间的气氛有一瞬间的凝结，阮愉从来不怕陆权，甚至多次想激怒他，来看看这个把母亲哄得神魂颠倒，不惜放弃丈夫和女儿的男人究竟有多令人着迷。

她挑衅一般地盯着陆权："看起来你跟这姑娘之间的关系匪浅，是不是有什么不正当交易？我看你不像是这样饥不择食的人。"

陆权面无表情，人到中年，可脸上甚少有岁月的痕迹，即使女儿的离世也没能让他变得苍老一些。

"阮愉，当年你远渡重洋，学成归来，有没有想过今天会干上这个行当？学艺术的女孩子，不该把自己折腾成这副样子。"陆权淡淡地说。

"她叫沈念是吧？"阮愉像是没听见他的话，依旧不为所动，自顾自地看着他问。

陆权眼神里闪过一丝冷意。

"她找过我。"阮愉不痛不痒地丢出四个字，想看看他的反应。可惜姜还是老的辣，陆权这种在商场摸爬滚打这么多年的人怎么可能轻易露出自己的情绪来。

"阮愉，不要去做无谓的事情，这些对你来讲没有一点好处。"陆权看了看时间，似乎已经失去和阮愉继续无休止纠缠的耐心。

阮愉兀自轻笑，耸了耸肩："一个月前，我的那场车祸，不是意外吧？凶手肇事逃逸，真是好大的胆子，也不知是谁在背后替他撑腰。陆总，该不会是你吧？"

陆权停下脚步，回头看她，恰逢她也回头，两人视线撞在一起。

阮愉又笑："陆总，承蒙你这样看得起我，可惜我命大，死不了。"

陆权皱了皱眉头，这时电梯叮的一声响，到达地下车库，电梯门打开，灯光照亮了阮愉的脸，她面上充满嘲讽，年轻女孩子该有的天真快乐她一样也没有，而那些老成和世故，在这张年轻的脸上又显得这样格格不入。

陆权最终无言，扭头走进了电梯。

Chapter13
入 骨 心 尖 宠

三天后，阮愉接到了沈念的电话，声音在电话里听上去低低的，像是在隐忍啜泣。她告诉阮愉，她父亲的病情已经恶化了，医院已经下了最后通牒，如果再不手术，撑不过一个月。

"如果手术了呢？你父亲还有多少时间？"阮愉不假思索地脱口问道。

"说不准，但总比这样拖着强，我不能眼睁睁地看着我父亲死去。"

阮愉心里微动，原本就不高的情绪一下变得更加低落，人这一世，谁不是在苦苦支撑，明知道没有希望，偏偏还要一试再试。她挂了电话，准备出发去医院见一见沈念，门铃忽然响了。这个点顾南应该没有时间来找她。

阮愉从猫眼看出去，原本只是随意一瞥，然而在一刹那，她全身骤然一颤，脸色变得煞白，放在门把手上的手不自觉地抖了抖。

门外的人，穿一件旧式长衫，英俊的脸上清冷无波，他站得笔挺，双手负在身后，耐心地等着阮愉开门。

阮愉的心跳剧烈，没有想到重逢会来得如此猝不及防，离开他的这段日子，她努力让工作填满自己的生活和思想，强迫自己不去想他，可每个无法入睡的夜里，祝伊城的脸仍然会清晰地出现在脑海里，甚至在梦里。

她想他，像个精神病一般病态地想他，可她又无法容忍的是她和他无法逾越的时光界限——她居然爱上了一个属于过去的人。

怔了足有一分钟那么久，门铃再次响起的时候，阮愉如梦初醒，猛地吸了口气，闭了闭眼调节自己的心情，拉下门把手。

门开的一瞬，四目相对，视线的猝然相遇，时光好像一下子回到了几个月前他们的初次相见，那时就着火光，她就已经垂涎他这张脸了吧?

祝伊城见到阮愉，一阵恍惚，隔着时空，他原以为再也见不到她了，可醒来的时候，他发现自己又回到了这里，内心顿时震动，紧接着，一股狂喜将他包围。他凭着记忆找来这里，从天黑等到了天亮，这短短几个钟头的时间，却好像经过了一世那么漫长。

她过得可好? 是否已经将他遗忘? 有没有好好吃饭? 可有什么烦心事? 他心里有许多的问题想问她，可直到这扇门打开，他们再次相见，才领会到，所有的语言，在思念面前，都显得太过匮乏无力。

阮愉的眼眶渐渐红起来，从不轻易哭的女孩子，脸上泛起了一股莫名的委屈，似乎在埋怨他为何来得这样迟。

"阮愉，你过得可好? "祝伊城温和的声音再次在耳边响起，有种不真实的感觉。

阮愉瞪着眼睛看他，生怕一眨眼，他就不见了。

下一刻，她反应过来，蓦地伸手把他拽进屋里，力道不匀，以至于祝伊城进门的时候碰到了门内的鞋柜，他也不恼，始终微微笑着看向阮愉，眼底的温柔仿佛能溢出水来。他看向屋内，她的房子还是从前那样，冷冷淡淡的，没有一丝丝烟火味道。

手心传来他的温度，这才有了那么一丝丝真实感，阮愉紧紧握着他的手不放，扯了扯嘴角总算笑出来："你怎么来的？"

祝伊城认真地摇摇头："每次来，都稀里糊涂的，但是能见到你，我很开心。"

阮愉忽然想到了什么，忙把他的身体上上下下检查了一遍，急急地问："是不是有什么地方受伤了？"

她想起他以前都是因为遇到危险，千钧一发之际，来了这里，她被他带去的那次是，她回来的那次也是。

祝伊城忙抓住她不安分的手，笑着宽慰："并没有受伤，不要胡思乱想，你刚才不是要出门吗？"

阮愉怔了怔："是要出门的，可是现在又不想出门了。"

祝伊城摸摸她的头，含笑道："你去办你要办的事情，我在家里等你回来。"

"可是……你不会不见了的，对吗？"阮愉有些不确定，祝伊城的特殊来历注定了她不可能真正安心让他放在家里，尤其是在经历了分离之后，她害怕回来时家里仍旧像过去的几百个日夜一样空无一人，只剩自己。

祝伊城的再三保证还是无法让阮愉放心下来。阮愉恋恋不舍地走出家门，以最快的速度赶到医院，瞧见的就是沈念的父亲被紧急送入手术室的过程，看样子沈父的病已经坚持不了多久了。

　　沈念在手术室外哭得泣不成声，阮愉站在她面前，漠然无声，阮愉对沈念表示同情，却无法为她做更多。天地为炉，谁不是在苦苦煎熬着，今天会有沈念，明天也会有别人，面对生老病死，人们总是无能为力。

　　阮愉跟着沈念回了病房，她从柜子里拿出一个行李袋，父女俩的东西不多，一个行李袋都绰绰有余，沈念不知道在里头翻找什么，突然一个相框掉了出来，阮愉弯腰伸手去捡，正要还给她时，看到相片，整个人突然一怔，呆滞得停止动作。

　　"阮小姐，你怎么了？"沈念不明就里地问，想从阮愉手里拿回相框，可阮愉手上仍有力道，一时间竟抽不回。

　　阮愉呼吸一窒，随即立刻恢复如常，松手让沈念把相框拿了回去，她看沈念收拾好行李袋，才佯装无事地问："刚才那张相片里的人是你父亲吧？是很重要的照片吗？连住院都还带着。"

　　沈念不疑有他地轻轻点头："是我父亲和他一个弟弟的合影，他们虽然不是亲兄弟，但比亲兄弟更亲，听说从小一起长大，后来一起来大城市打拼，但几年前他们失散了，我父亲一边工作一边找人，这张照片就不离身了。谁知他突然病倒，找人的事情也就此搁置了。"

　　"你认识这个人吗？"

　　沈念摇摇头："不太熟悉，我只跟他吃过几次饭，叫过几次叔叔，他这个人有些神神道道的，并不好相处。对了，阮小姐，你上次说，你可以买我手里的筹码，是吗？"

　　沈念突然又把话题转到了正题上，阮愉收回思绪，再见沈念，大约是经过了刚才的大悲，她此刻整个人看上去云淡风轻，少了她们第一次见面时的警惕和约束，反倒多了几分从容，想是已经想好了后路该如何走。

阮愉盯着看了一会儿，没有正面回答她的问题，而是问："你后来去找过陆权了？你们还是没有谈拢？"

沈念垂下眼，说："实不相瞒，阮小姐你来找过我后的第二天我就去找陆权了。正如阮小姐所说，陆权最不喜欢的就是被人威胁，所以他绝不可能再就范。"

"所以我可不可以认为，你手上的东西对他来说，其实没有任何价值？"阮愉思忖片刻，抬眸去看沈念时，下了结论。

沈念脸唰地一白，仍然坚持："阮小姐既然知道那天我跟陆权的行踪，又这么了解陆权，就该明白，陆权不会花那么多时间浪费在没有价值的事物上。"

"那为何他对你手里的这个东西无动于衷？"

"有没有价值，阮小姐买了便知。"

阮愉捋捋发丝，轻轻一笑："万一我花大价钱，却买了一样没用的东西，到时候要上哪儿哭诉去？沈小姐，谁的钱也不是大风刮来的，你说呢？"

沈念咬着嘴唇沉默许久，这个时候最不急的反而是阮愉，她静静看着沈念似乎在做什么心理建设，明白沈念或许真的已经无路可走，才会重新又找上自己。

沈念深吸一口气，抬头对阮愉说："阮小姐请跟我来，我们去别处说话。"

看样子沈父的手术需要较长时间，一时半会儿也无法结束。沈念把阮愉带到一处僻静处，落地窗外能看到城市的车来人往，阳光那么浓烈，却总是照不进心里去。阮愉斜靠在墙壁上，下意识地想去掏烟，但随即想到医院里是禁止吸烟的，又作罢，只能百无聊赖地望着窗外，等沈念慢慢开口。

"阮小姐，我可以知道，你跟陆权到底是什么关系吗？"沈念始终对这两个人的关系心存好奇，一个会突然因为陆权找上自己的人，要说跟陆权没有关系，谁都不会信。

阮愉递给她一个眼神："你觉得呢？"

沈念歪着头看着她说："你这么年轻，和陆权应当不会是那种特殊关系，你也不像是什么记者，难道是陆权的仇人？"

阮愉听着她的分析，心里觉得好笑，抿嘴笑道："我跟沈小姐一样，他欠着我一些东西，但是始终不肯还，我只能用一些非法手段逼他还给我。"

"他欠了你什么东西？"

"很重要很重要的东西，我不方便说。"阮愉直接截断了沈念继续问下去的可能，转而看向沈念，"沈小姐，现在重要的不是陆权欠了我什么，而是你为什么会和他产生瓜葛？"

阮愉提醒沈念。

沈念摇头说道："确切地说，我跟陆权并没什么瓜葛，是我父亲，跟陆权有些瓜葛。"

沈念的父亲？那个此时正躺在手术室里不省人事的病人？阮愉面露疑惑，静待她的下文。

沈念忽然没了声音，仿佛在准备措辞，又像是在思考什么，她顿了半晌，才缓缓说道："其实也不是什么光彩的事情，我父亲……曾经因为故意伤人坐过牢，他在牢里，替陆权做过一些见不得人的事情。"

牢里……阮愉的心蓦地漏跳一拍，忽然意识到了什么，犀利地看向沈念，下意识地问："什么见不得人的事情？杀人？"

沈念眼皮一跳，忙不迭地摇头，还想替自己的父亲辩解："不是杀人，是……是陆权给了我父亲一些药，让我父亲放到那人喝的水里，谁知道安眠药过度，导致那人死亡。我父亲为此很自责，那时……那时候家里没钱，他又想快点从那个暗无天日的地方出来，一时昧了良心才……才……"

阮愉的目光陡然转冷，眼睛里冰寒一片，晦涩地盯着沈念："你父亲杀了人，却没有得到应有的惩罚？"

"那时候……那时候大家都以为那人是自杀的，没有怀疑到我父亲身上，再加之事成之后，陆权想办法保释了我父亲，所以……"

"呵，所以陆权一手遮天，买凶杀人，你父亲是无辜的，他只是逼不得已，是吗？"阮愉猛地逼近，眼里仿佛有冰刀一般剜在沈念身上，"你不觉得你父亲现在变成这样完全是报应吗？！"

沈念脸上蓦然出现愠色："阮小姐，请你说话客气一点，我父亲已经是个将死之人，撑不了多少时候了，你何必还对他如此出言不逊？何况，我父亲虽然有罪，但陆权身上的罪更加深重，那个时候家里穷得连爷爷的葬礼都办不起，我父亲他能有什么办法？进去之后家里更是指望不上他，突然有这样一个机会就能得到很多钱，在那样的环境下，换了谁都会那么选择。"

沈念自知理亏，却仍说得理直气壮，可她不明白阮愉听到这件事情后态度居然会出现这样大的转变，这么咄咄逼人的模样，好像下一刻就要把她吞了似的。莫非……

"阮小姐，难道那个被我父亲下了过度安眠药致死的人跟你有关系？"沈念警觉地察觉到了什么。

阮愉眸光如冰，但情绪较之刚才已经平静许多，她扯了扯嘴角勉强挤出一丝笑意："你觉得我刚才反应有些过激了？任何人听到这样泯灭良心的事都该是这种反应，你这样的辩解才更加奇怪吧？就因为他是你的父亲，你觉得他这么做可以理解，可如果他是别人呢？是一个跟你毫不相干的人呢？你还会认为他该以杀了别人保全自己的方式活下去吗？"

沈念闻言却毫不示弱："阮小姐，这就是我必须要面对的现实，我能怎么样呢？不管他做的是对是错，他都是我父亲，这是无法改变的事情，难道我要眼睁睁地看着他去死，还是去警察局告发我的亲生父亲？"

阮愉心里只剩下冷笑和苍凉，她看着沈念，长着这样一张好看的脸，却不能明辨是非，真是可惜了。

"你手里能够让陆权买下来的东西，是录音还是什么？"阮愉岔开话题，深吸一口气，强行将心口的那股闷气压下去。

沈念不知是否还能再信阮愉，居然开始有些犹豫。

阮愉更是不急："你父亲还在手术室里，就算今天他的手术很成功，但明天呢？后天呢？没有钱治病，你们迟早会被赶出医院，很明显，陆权已经不愿意再被你们威胁，我包里现在就有一张两百万的支票，可以马上帮你解决燃眉之急。"

沈念思忖再三，想起过去无数个日夜里父亲痛苦的脸，可即使这么痛苦，父亲也一直都努力地对抗病魔想要坚持活下去。她闭一闭眼，心一横，缓缓伸出手，摊开掌心，一个小药瓶和一个U盘静静躺在掌心。

阮愉一动不动，扫了眼她手里的东西，转而又看向她。

"这就是当年盛有安眠药的小药瓶，还有我父亲出狱之后陆权兑现承诺给了他一大笔钱时的录音，录音是我从我父亲的手机里拷贝下来存进去的，我后来拿着这些东西去找陆权，陆权却嗤之以鼻。"沈念面露悲哀，自嘲地笑。

阮愉听完，拿起这个小药瓶细细地看，年数久了，药品上面的字几乎已经磨得快看不清了，瓶子是空的。至于U盘，她拿回车里的电脑上一试，沈念说的俱是真话，里面果然传来陆权和一个陌生男人的对话，这个陌生男人应该就是沈念的父亲。

阮愉回到医院，将支票交到沈念手里。到了这个时候，她相信沈念早已把能拿的东西都拿出来了。她趁沈念去缴清医药费的空当，又去了趟沈父所在的病房，翻出那张相片拍了照，又拍下病床后写有沈父姓名的病历卡，才不急不缓地去找沈念。

走的时候沈念对阮愉说了声谢谢。不知是谢阮愉买走了她手里的东西，还是谢阮愉肯听她讲完那段往事，对沈念来说，那两样东西是烫手山芋，能够出手自然最好，留在身边，只会给自己招来麻烦。

阮愉走出老远了，忍不住回头去看的时候，发现沈念还站在原地看着她，她想了想，走了过去。

"你知道为什么陆权不肯再买你的账吗？因为你父亲是将死之人，一个死人是永远无法说出真相的，他一死，所有的过去都会被埋葬，即使有录音又能怎样？已经死无对证。而你就算知道真相，也不过一面之词，陆权有的是办法能让你说的真话变成谎言。沈念，你不笨，应当知道，你父亲的病不可能再好了。"

沈念默默地盯着阮愉离开的背影，很久都没有回过神。

几个小时后，阮愉收到沈念的短信。

她父亲死在了手术台上，很多事情其实早已注定了结局。

阮愉直到天黑才回去，打开门时屋内灯火通明，她忽然一阵恍惚，这样扑面而来的暖意很少会出现在她的房子里，大多数的时候，她一个回来，一个人出去，一个人生活，就像顾南说的，她的住处无法称之为家，最多只能算是一个房子。

她看到祝伊城在沙发上仔细研究某本菜谱，那是有一次阮愉心血来潮买来打算自学的，但一次都没用到，买回来就被她搁置到一边了。

饭桌上摆放着热腾腾的饭菜，满屋子飘香。

祝伊城听到动静，起身迎向她。阮愉原本心情跌落谷底，没有任何食欲，可看到祝伊城，强打起精神，对他报以微笑。

"这些都是你做的？"阮愉对着一桌子的菜肴，有些不信。像祝伊城这样十指不沾阳春水的小少爷，怎么懂得下厨？何况，他会用这些现代厨具吗？

果然，祝伊城一本正经地说："我去外头逛了一圈，挑了些你可能喜欢的口味买，门口的鞋柜上有你上次留下的钱。"

阮愉看向鞋柜，上面果然还有些钞票，那是上次祝伊城来时她为他留下的，这么多日子过去，她都已经不记得了，没想到他还记得这么清楚。

"可是你认为我们两个人能吃得下这么多？"阮愉指着满满一桌子的菜问他，少爷就是少爷，铺张惯了。

"今天吃不完就明天吃。"祝伊城轻笑，压着她的肩膀让她坐下。

然而阮愉食欲不佳，吃了几口就吃不下了，一个人躲到阳台去抽烟，一根接着一根。城市的万家灯火如同璀璨星光，夜晚显得格外宁静，高楼耸立的城市，千变万化的世界，每天都有新鲜的事物能让人忘却不堪的过去，日复一日，年复一年，往事渐淡，仿佛了无痕迹，可心里的伤却有增无减。

阮愉回来的时候祝伊城就闻到了她身上难掩的酒气，她也丝毫没有要隐瞒的意思，脸颊绯红地坐在餐桌前，却下不去筷子。他看她实在没有什么食欲，假装去厨房拿东西，出来的时候她果然已经不见人影，阳台的窗帘还在动，他过去一瞧，借着门的缝隙，还能看到昏暗里的一点红色星点。

　　夜晚她躺在床上好不容易才入睡，祝伊城扒开阳台门，一烟灰缸的烟头，两个多小时的时间里她抽完了整整一包烟，他默不作声地打扫干净，才又去冲了澡准备去客卧，经过阮愉房间时，想去看看她睡得是否安稳，可门才推开，轻轻的啜泣声就低低地传来。

　　祝伊城的心猛地一拧，她把头蒙在被子里压抑着哭声，不想让他听见，又控制不住自己的情绪。他叹了口气，过去在她床边蹲下，隔着被子伸手揉揉她的头。

　　他什么都不问，却让黑暗里的阮愉飘荡的心总算有了归属，她渐渐地停止了啜泣，一张哭红了的脸从被窝里露出来，满脸的泪痕，委屈得像个不谙世事的小女孩。阮愉干脆得寸进尺，掀开被子，伸手去拉他。

　　她手心火热，祝伊城看她哭成了泪人，而且本就睡眠欠佳，担心她一个晚上都睡不好觉，于是轻手轻脚地上床躺在她身侧，为她掖好被子，她自动将脸埋进他怀里，急促的呼吸晕热了他的胸口。

　　刚才一个人哭泣的时候，她觉得自己像陷在一片绝望的泥沼里，孤身前进，再没有人能拉她一把。可靠上祝伊城的肩，所有的勇气，顷刻之间都回来了，他的呼吸就在自己头顶，他的手在被窝里与她紧紧十指相扣，这样的安全感，只有祝伊城才能给她。

　　直到阮愉的呼吸渐渐平复，黑暗里，谁都没有先开口，窗帘遮蔽得严严实实，一点亮光都无法透进屋里，阮愉一手圈住祝伊城的腰身，怔怔地出神，半晌，才在祝伊城怀里轻轻呼了口气。

"我前几天认识了一个女孩，和我一般大的年纪，她父亲得了不治之症，今天死在了手术台上。"

祝伊城低低应了一声，并不打断她。

"我从这个女孩手里买了两样东西，那些钱原本是准备为她父亲看病用的，可惜现在，再也用不上了。其实那时我心里有过抵触，我的父亲在多年前死在了监狱里，她的父亲，有可能就是凶手。"

祝伊城揽着阮愉的手一紧，低头想去探探阮愉的情绪，可阮愉死死地把脸压在他胸口不让他窥探。

"当年我母亲错手伤人，对方不依不饶，我父亲深爱我母亲，甘愿为她顶罪，可最后却死在了监狱里。我母亲非但没有任何悲痛，反而活得更畅快，我心里痛恨我母亲，为我父亲觉得不值，我父亲死的时候我还在巴黎读书，等回来后只见到我父亲的骨灰。我一直认为我父亲死得蹊跷，这些年一直在找当年的真相，可一直没有直接证据。而那个杀死我父亲的人也在出狱之后不知所终，所有的痕迹都好像被有意抹去了。没想到有一天，好像离真相更近一步的时候，心里却反而更加难过。"阮愉说着说着，往祝伊城的怀里又是一蹭。

"这就是你学完艺术归来，却转行做私家侦探的原因？"一直沉默的祝伊城，听到这里，总算开口，声音低哑却沉稳有力。

阮愉在他怀里无声地点头，回忆往昔，胸口总透着憋闷："那时候我归国，知道父亲的死讯，整个人像被封在冰块里，不知道该怎么办，但我不能让我爸爸死得这么不明不白，于是着了魔似的调查。后来我意识到这样的调查也许会是一场持久战，我得赚钱，所以开了自己的工作室，这样一来我既有时间调查我父亲的死因，又能赚钱，这已经是我能想到的最两全的方法。"

"阮愉，我记得我刚认识你的那会儿，你身上透着一股清冷的玩世不恭，像是在自我保护，那时我就想，这姑娘肩上究竟背负着什么样的往事。你知道吗，你笑起来真的很漂亮，可惜那会儿你很少真心地笑。"祝伊城有些心疼地吻吻她的额头。

阮愉往他怀里靠了靠，微微仰头，在黑暗里感受他的气息。

"你怎么不问问，我失踪的那段时间发生了什么事？"

祝伊城微微一笑："你找到了我父亲，让我父亲得以重见天日，我大哥想杀我，你为我挡了灾，回到了这里。"

他语气淡淡，说得这样轻巧，声音里有种道不清的深沉。阮愉清楚地知道他能来这里实属不易，抱着他的手下意识地收紧，在他怀里瓮声瓮气地说："和我说说后来的事吧，我想知道。"

祝伊城一边拍着她的背一边开始轻声回忆，他像哄孩子似的，声音温柔又低沉。

那时，阮愉忽然无故消失，他心如死灰，觉得再见阮愉的机会微乎其微，所幸阮愉找到了他的父亲祝台明，他一直费尽心思想找的人，居然就被他大哥祝天齐藏在家里。原来，祝家后面的那片墓地，是祝台明当年早早地就为自己筑好的长眠之穴，没料到却被自己的长子祝天齐所利用，成了关押他的地方。祝天齐将父亲关押在里面长达半年多，一开始他们还会每天定时送水和食物，到了后来，食物越来越少，而祝台明已经老迈的身体也渐渐吃不消墓穴里的湿冷。阮愉被他们劫持后，也一并被丢在了祝台明的墓穴里，这就是为什么阮愉明明消失在祝公馆，却没有人看到她出去。

祝台明说，那时他已经奄奄一息，看到阮愉被他们以同样的方式劫持关押，觉得有些蹊跷，强打着精神，才从阮愉口中得知了外面发生的事情。他们对阮愉还算客气，大约是怕万一阮愉有个三长两短，不好牵制祝伊城，于是又开始定时往里面送水和食物，可惜只有一个人的分量，而阮愉把唯一的食物留给了祝台明，这才让他的身体堪堪有些好转，之后他们开始想办法出去。然而这墓穴被封得严严实实，根本找不到任何方法。

忽然有一次，祝台明问阮愉，傅九可有来北平。

阮愉如实相告，看祝老爷分明松了一口气的样子。

忽然有一日，墓穴的上头传来敲敲打打的声音，没过多久，墓穴的门突然从外面被打开。

当时已是深夜，满天繁星蓦然映入眼帘，接着便是傅九的脸。

可祝伊城万万没有想到，那却是他失去阮愉的开始。那一声枪响，打进的何止是他的心里，还打碎了他所有的信念与希望。他一直尊敬的大哥一直对他有杀心，而他一心想守护的人与他相隔两个世界，这两个世界的距离不是走多远就能到达，而是或许一辈子都无法再相见。

祝老爷的归来，让祝天齐不敢轻举妄动。祝老爷重新稳定了祝家的局势，但祝天齐已经是有爪的鹰，更不可能再放下已经得到的一切。他越发暴躁，甚至想一并除掉自己的父亲和弟弟。祝伊城不能理解自己的大哥为何会如此泯灭良心，到后来才发现，所谓的大哥，其实并不是他真正的大哥。

"天齐，我把你养育成人，让你打理祝家的生意，就从来没有把你当过外人，在我这里，你一直都是祝家长子，祝家未来的产业，势必会由你继承，你又何必急于这一时？"

直到那个时候，祝伊城才明白，原来祝天齐并不是祝台明的亲生骨肉，而他们，也并非他一直以为的亲兄弟。

阮愉听到这里，呼吸微微一窒，说出了一直以来心里的疑惑："难怪他对你能下得去这么狠的手，原来你们根本没有血缘关系。"

祝伊城的下巴在阮愉发顶摩挲着："我父亲早年曾发生过一次意外，那次若不是大哥的亲生父亲相救，我父亲早已没命，后来父亲就收养了大哥，待他跟亲生骨肉一般，早早地让大哥打理生意。父亲知道我无意继承家业，从一开始就把大哥当成了自己的继承人培养。可大哥听信了别人的话，认为父亲只是利用他，他过惯了这样风光的生活，不愿意去过未知的日子，所以才干出了这样的事情。"

"他听信的……是曾叔的话？"

祝伊城点点头："曾叔是大哥亲生父亲的远房，一开始只想靠着大哥过些好日子，哪知大哥为祝家兢兢业业，就开始了歪主意，他一直暗中教唆大哥。也不知为何，大哥那样精明的人居然会听信曾叔的一派胡言，你还记得，被我关起来的明唐吗？那也是曾叔很早的时候就放在祝家的一颗棋子，明唐暗中为我大哥做了很多事情，知道我大哥所有的秘密，所以大哥才会这么急着要找出他，不惜以你来换。"

阮愉蹙了蹙眉，半晌，忽然问："明唐和曾叔是什么关系？"

"父子。"

阮愉脑袋里所有的结仿佛一下子都解开了，如此一来，什么都说得通了。其实这整件事，考验的无非是人心。贪婪和欲望，有时候只是一念之间。

"那你又是怎么来的这里？"

祝伊城的气息近在咫尺，阮愉在黑暗里静静等待他开口，然而等了许久，他始终未曾说话。她不禁想抬头去看他，却被他按住了。

"阮愉，你今天的情绪波动太大，这样对精神和身体都不好，你需要好好休息。"

这是明显不想和她多谈的意思。

"不能说吗？"阮愉不死心地又问。

祝伊城只是拍拍她的背，再不言语。

这个漫长的夜晚，有祝伊城陪在身侧，听着彼此清浅的呼吸声，阮愉才终于得以入睡。

沈父火化的那天，阮愉去了火葬场，她把车子停在外面，看着沈念手里抱着骨灰盒正从火葬场出来。沈念穿着一身黑色衣裙，一个人孤独地走来，恍惚间，阮愉仿佛看到了过去的自己，一模一样的场景，当时她也是一个人抱着父亲的骨灰盒，走着相同的路，外面阳光明媚，她的心却沉入谷底，冰冰凉凉。

沈念一个人孤零零地走，阮愉则坐在车里看着，沈念父女不是本地人，她应该会将父亲的骨灰带回家乡下葬，人这一生，不管经历多少，最后总要回到故土。

沈念拦了车离开，阮愉跟上，直到前面的车停在了火车站，阮愉才没有再跟上去，对沈念来说，这里有所有不好的回忆，自然是越早离开越好。

下午阮愉托人找了关系，查了一下沈念的父亲，发现沈父跟她父亲果然是同一年入的狱，并且被关在一处，在阮愉的父亲死后没多久，沈父就被释放了。听认识的人讲，那之后沈父好像发了财似的，以前常做的工地也不去了，沉溺赌博，就这么过了一段日子，突然有一天，就不怎么见他在外活动了。

再后来，沈父就生病了。阮愉蹙眉想了许久，望着手机里沈父和另一个人的照片发呆。

　　沈父和陆权有这种见不得光的关系，沈父这个所谓的弟弟又是当初撞了她后肇事逃逸的司机，那他跟陆权是否又有关？阮愉把三者结合在一起一想，背脊一寒。

　　陆权想除掉她。

Chapter14
往 事 旧 曾 谙

　　林巧萍低着头抿了一口热茶，偌大的客厅里透着一股诡异的气氛，她抬眼的间隙瞄了眼坐在自己对面的年轻人。十分钟前家里的门铃响起，他的到来阻止了原本正要出门的林巧萍的步伐，年轻人看着不像是本地人，林巧萍细细看了他两眼，总觉得好像在哪里见过，直至他开口，她才猛然间想起，这个年轻人就是当初跟阮愉在一辆车内被记者拍到并大肆报道的绯闻男主角。

　　她记得他叫祝伊城，因为阮愉对他暧昧不明的态度，让林巧萍加深了这个名字的印象。

　　林巧萍让住家阿姨泡了壶茶，白玉茶杯就摆在他面前，却见他坐得笔直，双手放在腿上，完全没有要用茶的意思。

　　热茶顺着喉咙下滑，林巧萍终于步入正题："你来找我有什么事？"

　　祝伊城打从进门后就一直在暗中观察林巧萍，其实仔细看去，阮愉和她母亲的确有几分相似，尤其是沉默的时候那种漫不经心的神韵，林巧萍很漂亮，阮愉的模样也多半遗传自她。

祝伊城沉静开口，明明挂着笑意，却又有种生人勿近的冷态。

"阮愉经常向我提起您，她说她的母亲在她小的时候就不要她了，后来她拒绝救自己同母异父的妹妹，母亲就再也没有给过她好脸色。"祝伊城说得直白坦荡，目光直视着林巧萍。

林巧萍到底是见过大场合的人，面对祝伊城这种目的不明的话只是一笑置之："你是怎么知道我住在这里的？阮愉不可能把我的地址告诉你，也不可能让你跑来找我。"

"阮愉有一个记事本，常年随身携带，记事本的最后一页写着一个没有姓名的地址，我原本只是猜一猜，没想到真的让我猜中了。"祝伊城下颌线条微微有些紧绷，却仍旧淡笑，忽而话锋一转，"林女士，前不久阮愉发生车祸，这件事和你丈夫有关吗？"

林巧萍闻言，脸彻底一黑："你是阮愉派来闹事的吧？"

祝伊城笑着摇头："林女士，以您对您女儿的了解，如果她真要来这里闹事，现在您我还能这么平静地坐在这里？她差点死于车祸，身为母亲，居然能这么平静地对此事毫不过问吗？"

"祝先生，你究竟想说什么？不用和我打哑谜，我知道你心里在想什么，但是我和阮愉，我们母女之间的事情，由我们自己来解决，再怎么样也轮不到一个外人来插手。我还有事，就不送了。"

林巧萍一脸不快地下了逐客令，放下手里的茶杯，起身居高临下地望着祝伊城，而后者显然没有一点不受欢迎的自觉，反倒是惬意地拿起了茶杯，轻抿一口，这时茶已经凉了，但异常清口。

林巧萍铁青着脸色，看得出来已经十分不耐烦，可这个时候心里有个声音在不断提醒着自己要忍耐，她看祝伊城似乎并没有要离开的意思，开口讥讽道："看来你不仅没有礼貌，还没有教养，你究竟是用了什么方法，让阮愉放着身边顾南这样的青年才俊不理，偏偏喜欢上你的？"

顾南？祝伊城想起初始在阮愉的家门口和自己谈话时并不算友好的男人。

"你家人没有教过你，介入别人的感情这种事不能做吗？"林巧萍双手抱胸，目光冷冷地看着祝伊城。

祝伊城总算起身，依旧温润如玉，面带笑意，仿佛对她的嘲讽充耳不闻，越是这样，越是令林巧萍气急。

"林女士，我想说的是，阮愉并不是孤身一人，如今我来到她身边，就不会让她受莫须有的委屈，她想知道些什么我想您应该比我更清楚，纸包不住火，真相总有一天会浮出水面，只是早晚的问题。"

祝伊城的声音低沉浑厚，又有一种蔑视一切的笃定和傲气，林巧萍在他面前忽然有一种被看透的感觉，这个年轻人明明和她并无多少交集，可她此时此刻居然有无力反驳的感受。他究竟从哪里来，知道了多少，和阮愉的关系又到了哪一步？林巧萍心里打了许多个问号，可不等她问出口，祝伊城已经迈开长腿，径自走向玄关大门。

他打开大门，刚要出去，却蓦地愣住，视线与阮愉投来的目光重合，阮愉的眼里闪过惊讶，随即蹙起眉头。

"你怎么会在这里？"她的声音听上去莫名有种警惕。

祝伊城没有开口解释，应该说他没有来得及解释，话已经被身后匆忙走来的人接了过去。

"阮愉？你跟他，你们俩是说好的是吗？这一唱一和的，是想给我定罪，像你父亲一样被扔进牢里去？"林巧萍这时候完全失了刚才优雅的风度，大约是每每见到阮愉，她苦心经营的这些优雅都能荡然无存。

乍听到林巧萍提到父亲，阮愉仿佛一只刺猬猛地竖起了刺，往前一步，逼视着林巧萍："你以为你们做的事真的天衣无缝、滴水不漏吗？不妨我今天再教你一句话：天网恢恢，疏而不漏。我这里有一张照片，相信会给你带来惊喜。"

阮愉笑着，可这种笑对祝伊城而言，陌生又冷漠。他望着阮愉，此刻她的眼里只有报复她母亲的快感，一双漂亮的眼睛，已经猩红。

她举起手机滑开荧幕，林巧萍一看，瞳孔蓦地收缩，下意识地就要扑过去抢，然而阮愉眼明手快，躲开了。

"哪里来的？"林巧萍高声质问，脸色较之刚才，又难看了不少。

阮愉只是笑："看来照片里的这两人你不仅认识，还挺熟？"

"阮愉，知道这些对你没好处，把照片删掉！"

"看到你心虚的样子我就觉得爽，你当初弄我爸的时候那副趾高气扬的样子去哪里了？这个世界啊从来不缺的就是报应，你以为自己做的那些事情能永远烂在肚子里不被人知道吗？"阮愉冷笑着，收起手机，又走近林巧萍一步，"那天你去医院，怎么没有花钱买沈念手里的东西呢？你要是买了，今天被动的可能就是我。"

"你说什么？你怎么会认识沈念？"林巧萍立刻抓住话里的重点，双脚微微发软，伸手扶住门框稳住自己的身体。

"你不知道的事情还有很多，不急，惊喜，我会一个一个慢慢送给你，今天，我们到这里为止。"阮愉神色陡然一变，转身握住祝伊城的手，去看他的时候，脸上已经温柔了许多。祝伊城反手与她十指相扣，两人在林巧萍的注视下走出别墅的院门。祝伊城察觉到了阮愉的紧张，她的手心里一片冷汗。

　　等离开林巧萍的视线，阮愉忽然之间觉得浑身的力气都被抽离了似的，脚下一软，好在祝伊城及时揽住她的腰，他手一带，就这么把她带进自己怀里。他低头拧眉凝视着她，发现她比从前更加逞强。

　　阮愉干脆环住他的腰，靠在他怀里，每每只要被他拥着，就有一种无端的安全感，这种安全感说来奇怪，但只要是他，就觉得所有糟心的事情都不值一提。

　　"阮愉，你一直就这么喜欢做两败俱伤的事吗？"祝伊城在她头顶轻轻叹气。

　　阮愉听出他的无奈，并不懊恼，反倒笑嘻嘻地抬头去看他。

　　他长得真是好看，尤其在阳光底下，觉得整张脸仿佛都在发着光。她笑嘻嘻地踮脚吻了吻他的下颌，挑衅似的回答："那要看是对什么人，我可自私得很，无利可图的事情我一贯都不做。"

　　祝伊城挑了挑眉："那你当初在我家，替我查了那么些东西，有什么利可图？"

　　"当然有。"阮愉冲他眨了眨眼睛，"祝伊城，你看不出来吗？我图的是你呀。"

　　阳光打在他们身上，她仰着头注视着他，他漆黑如墨的眼中有着令人无法企及的深邃，他们彼此环抱，阮愉攥着他衣服的后摆，顿生一种岁月静好的错觉。其实他们又何尝不知，两人生活都不顺遂，他生长在危机四伏的大家庭，日日需戴着面具示人，把自己变成两个截然不同的自己。她有失去至亲的痛悟，看尽亲人的冷漠，只能强迫自己对这世界玩世不恭，可说到底，在精神世界里，他们原本也是同一个世界的人。

　　祝伊城揽着她的手紧了紧，抵着她的发顶，这种快乐由心而生，从前从来也没有过。

有一些快乐，大约真的只有特定的人才能给。

阮愉开车把祝伊城送回公寓，她坚持不让他参与到这些事情里来，祝伊城也并未强求，下车的时候只嘱咐她注意安全，等车子走远了，他才回头去看某个遮蔽处，那是一个转角，远看看不出什么来，却是一个藏身的好去处。这是上午他出门的时候发现的。

祝伊城气定神闲地踱步过去，背靠着转角处的墙壁，看透也不说破，双手环抱着胸，低着头盯着地面。许久，他才轻声开口道："你也是关心阮愉，所以才来看看她的吧？"

他一个人在那儿开口，像是对着空气说话似的。好半天，顾南的身影才从转角处出来。

顾南盯着祝伊城看，他当时以为阮愉跟这个男人应该只是逢场作戏，以他对阮愉的了解，阮愉不可能轻易让一个人走进心里去，可这会儿他终于承认，或许这是他认识的唯一一个能撬开阮愉心里那扇门的人。他不由得对这个跟阮愉喜欢的画家同名同姓的人产生了兴趣——毫无羡慕嫉妒恨的，只是单纯感兴趣。

"你真的叫祝伊城？"想不到顾南问的第一句话居然是这个。

祝伊城似乎对此毫不意外，挑着眉点头。

顾南又打量了他一遍，这种带着审视的目光就像在打量一个犯人，祝伊城没有任何不适感，他是阮愉的朋友，他为关心阮愉而来，自己理当礼貌相待。

"那天阮愉出车祸，飞奔过去想救她的那个人就是你吧？虽然监控视频上只有短短的一瞬间而已，阮愉对此也矢口否认，但我看得出来，那个人就是你。可后来你却平白无故地消失了，放任她一个人躺在医院里，那段时间你去哪里了？"顾南质问道，脸色看上去也并没有多友善的样子。

祝伊城听到他说起阮愉的车祸，听她一个人躺在医院里，心底泛起一抹苦涩，他垂着眼睑，无言以对。应该就是她从北平回来的那个时候出的事故，那时候，他还在北平，应对祝家焦头烂额的局面，还在苦苦思考如何能够去到她身边的方法。

顾南看祝伊城只是低头思忖的样子，就知道从他嘴里套不出什么话来，干脆也跟祝伊城一样，往墙上一靠，看了眼阮愉车子离开的方向。

"她又去找她母亲麻烦了吧？"认识阮愉这些日子，顾南真的已经算很了解她。

"她拿着一张照片去找她母亲，她母亲看到的时候脸色微变，大约照片上是什么重要的人。"

顾南不苟同地摇摇头："你知道阮愉为什么这么憎恨她母亲吗？她母亲当年为了嫁给别人，不要她，后来生了个生病的女儿，又不顾阮愉的身体安危要求阮愉捐献骨髓给妹妹，阮愉自然没有同意，后来她妹妹死了，她母亲就把这笔账算到了她头上。你别看她总是逞强，好像即使一个人也没关系似的，其实她心里惦记着呢，如果真的没有一点点惦记，何必浪费自己的感情去仇视一个人？她父亲死了之后，她对她母亲的恨就变本加厉。我以前觉得她干这一行挺憋屈的，你说她好好一个巴黎美术学院学成归来的高才生，放着那些高雅的工作不干，却跑来做这些，有时候得连良心都不要。可自从她出了车祸之后我才渐渐发现，其实除了这条路之外，她本来也就别无选择。如果不是做了私家侦探，锻炼了她的敏捷和万事谨慎的思维，恐怕她早就死了好几回了。"

祝伊城皱起眉头，扭头去看顾南。

顾南像是没有注意到，自顾自地继续说："如果我说上次阮愉的车祸不是事故，而是人为，你怎么看？其实阮愉自己也是知道的，她已经很努力地在保护自己了，但奇奇怪怪的事情总会接踵而来。虽然她母亲一贯对我态度都还不错，但我越来越能了解她，为什么会对她母亲的憎恨有增无减了。"

"你觉得这起车祸是她母亲所为？"祝伊城蹙着眉头问，想起就在不久之前还在争执不下的母女两人。

"就算不是她母亲所为，也跟她母亲脱不了干系。阮愉的父亲死了之后，阮愉在这里就没什么亲人了，住院期间，她母亲却一次都没有去看过她。我实在想不通，天底下居然还有这么狠心的母亲吗？"顾南说着便笑了出来，转头看向祝伊城，"你好好看着阮愉，她是个不撞得头破血流不会认输的女孩，她知道这件事，就绝不可能任自己吃这个闷亏，她这几天是不是更忙了？常常都见不到人影？我估摸着，就是为了这事儿。"

自从祝伊城来了之后，阮愉这些天的确有些见不到人影，顾南对阮愉甚是了解。

"那你觉得，刚才阮愉急匆匆地离开，是去了哪里？"祝伊城敛眉问道。

"这很难猜吗？一定是去找她那个所谓的继父陆权了。"顾南耸了耸肩回答，他拍拍祝伊城的肩膀，嘱咐祝伊城照看好阮愉，千万别让她意气用事，而后便走了。

没有像他们第一次见面时的剑拔弩张，两个男人之间竟然会多了一份默契，顾南不是那种会死缠烂打的男人，他自认为活得洒脱，对任何事任何人都不存在过分执念，就算他对阮愉有好感有喜欢，可阮愉心里没有他，他做得再多也只是个旁人，祝伊城才是走进她心里的那一个。

顾南说得没错，阮愉的确去找了陆权。不凑巧的是，她刚准备下车的时候就瞧见林巧萍匆匆忙忙地进了办公大楼。开车门的手停顿了一下，又被阮愉结结实实地关上。如果这个时候她尾随林巧萍而进，楼下的前台小姐一定又会拦下她，倒不如找个没有闲人在场的时候。

此时陆权正主持一场重要的会议，秘书进来通知他的时候他本想让林巧萍等候，可想到林巧萍平时不会在他开会时让秘书进来通报，想必是有什么重要的事情，于是中断了会议。一进办公室，林巧萍就紧张地朝他走来。她的脸色很差，显然是发生了什么事。

"别急，有话慢慢说，先坐下来。"陆权忙握住林巧萍的手，试图安抚她的情绪。

林巧萍哪还有心思跟他讲述前因后果，直接道："阮愉手里有沈建军和胡志明的照片，她买走了沈念手里的东西，你知道这些事吗？"

陆权闻言，脸色未变。林巧萍瞪大眼睛，难以置信："你知道这些事情？那你为什么不告诉我？沈念来找过你，你为什么不买她手里的那些东西？现在被阮愉买走了，你想好了怎么应对吗？阮愉一直在找你的把柄，不可能放过这么好的机会的，你……"

陆权忙按住林巧萍的手背，低声安慰："你先冷静一下，不要这么激动，这些事情我是都知道了，但也不比你早多少，不告诉你，就是担心你会像现在这样，我不想让你因为这些事情伤神，我都会解决，你不必担忧。"

"你打算怎么解决？再让阮愉去医院躺上一个月吗？或许这次可以更久？半年？一年？还是永远？"林巧萍煞白着脸，情绪激动起来，根本无法控制自己。

陆权脸上一阵青白，脸色立刻冷了下来，目光也随即冷漠地扫过妻子的脸，收回了握着她的手，他往后一靠，目光里有着淡淡的审视。

良久，他冷淡的声音才伴着一丝戏谑地响起："怎么，现在想起来要心疼这个女儿了？"

"你这话什么意思？当初你找上胡志明的时候有没有想过我的感受？陆权，阮愉她心里有障碍、有隔阂、不懂事，但还不至于到需要消失的地步吧？"林巧萍气愤地质问。

得知阮愉出车祸住院昏迷不醒时，林巧萍心里就有一股不好的预感，她一直害怕知道答案，所以对于这件事长久以来都保持着沉默，现在事情已经过去了，可她越想越觉得蹊跷。阮愉得罪的人的确不少，但还不至于有人希望她彻底消失。

"巧萍，你这几天太辛苦了，胡思乱想可不是什么好事，要不你去国外走走散散心，国内的事情我会处理好。你放心，阮愉怎么说也是我的继女，我难道还能把她吃了不成？"

"撞阮愉的是胡志明对吗？是你花钱雇他的是吗？他现在就被关在派出所里，你觉得他不会把你供出来？"

陆权揉了揉眉心："巧萍，我说过了，这件事跟我没有关系。"

林巧萍蓦地站起来看着他："事到如今，我也不可能再去计较什么，我只是想来告诉你，阮愉已经知道这两个人的存在了，你以为你能瞒到什么时候？她手上有沈念的东西，光是这一点，就足以让你头疼。"

陆权半闭着眼，等林巧萍离开的高跟鞋嗒嗒响起，他才猝然开口："巧萍，你别忘了，我们是同一条船上的人，做任何事说任何话之前，请你清楚记住这一点。"

林巧萍冷冷一笑，没有回头，拉开办公室的门走了。

阮愉看到林巧萍出来，却没有看到陆权，她猜想这两个人一定不欢而散。外人看来陆权和林巧萍似乎十分恩爱，但她跟了他们这么久，不难发现这两个人之间其实存在很大的问题。

暮色将至，陆权总算出现，阮愉跟着他去到一间法式餐厅，猜想他是约了什么人一同就餐，但他先到一步，一个人独享整个包间。阮愉轻叩门，进去时对上的就是陆权僵住的笑容。她一点没有自己不受欢迎的自觉，双手负在身后笑盈盈地在陆权的对面坐下。

"看来陆总看到我似乎不大高兴。"阮愉把玩着面前的刀叉，将叉子举到眼前，透过叉子的缝隙看清陆权皱着眉头的脸。

陆权倒是一副气定神闲，双腿交叠坐在那里："阮愉，你母亲因为你的事情已经焦头烂额，如果你还有一点自知的话，就应该安分一点，谁也没有时间陪你玩这些无聊的推理游戏。"

"是不是无聊的推理游戏，陆总说清楚不就知道了？当初沈念来找你的时候你没有买她手里的东西，是不是觉得沈建军的日子已经不多，等他一死，就算有录音，也已经死无对证，所以，你不可能让他从手术台上下来。陆总你有权有势，想做什么自然轻而易举，只要你一张支票，你想让谁替你卖命，谁就得替你卖命，是吧？胡志明现在就被拘留在派出所呢，我以为陆总你会更早一些把他从那里面弄出来的，可这么些口了了，你居然一点动作都没有，是不是也盼着他在里头出事来个死无对证？或者像我父亲那样不小心死在里面，无凭无据，将自己撇得一干二净？"

陆权表情微妙，他细细观察着阮愉，阮愉与他对视着，毫无退缩之意，空气仿佛静止了。阮愉对陆权从来没有好感，陆权对阮愉也有种毫不掩饰的厌恶。

"阮愉，你的想法很精彩，不去做小报记者太可惜了。"

阮愉耸了耸肩："如果我去做了小报记者，你觉得你现在的名声还能这么好？"

"我身上的负面新闻哪一个不是拜你所赐？"陆权反问道。

阮愉微微一笑："如果你真这么干净，还怕别人跟踪？陆总，咱们还是别纠结这个了，不如来说一说，当年我父亲为什么会替你顶罪入狱？"

阮愉挑着眉，手指有一搭没一搭地敲打着桌面，静谧的空间里，这声音听上去显得异常诡异。

"阮愉，你父亲是顶替你母亲坐牢的，并不是我。"

"错手伤人的是你，我母亲替了你，我父亲替了我母亲，绕到最后，我父亲替的不还是你的罪吗？陆总连这个都忘了？"

陆权眼神一凛，目光盯着阮愉，好像要将她生吞活剥了似的。相比起陆权，阮愉却一副怡然自得，这时包厢的门又开了，服务员领着陆权约好的生意伙伴进来，服务员一看里头的气氛不对，立刻眼神求助陆权。陆权站起来，松开自己的西装扣子的同时，对服务员说道："叫保安把这个人赶出去。"

服务员一听，来回看看里面的两个人，犹豫起来。

"哟，看来陆总是怕我说出什么见不得人的事儿有损你的名声？"

"没听到我的话？"陆权冷声又转向服务员。

半分钟后，保安进来，阮愉却双手抱胸轻松地立在那里："陆权，如果我是你的话，一定不会在这个时候做出这么鲁莽的举止。"

陆权挥了挥手，两个保安立刻心领神会，冲上去礼貌地请阮愉出去，见阮愉站着没动，干脆一人一边架着阮愉强行出门。阮愉挣扎了一下，没挣脱这两个人的手，刚想开口，忽地瞥见门口走进来的人。

只见祝伊城面无表情，脸上有些愠怒，凛冽的目光扫过两个保安："放手。"

本来还有些蛮横的两名保安，听到祝伊城的话，不知怎的，竟然真的慢慢松开了手。与此同时，祝伊城手一伸，把阮愉往自己怀里一带，转头对陆权说："陆先生，我们后会有期。"

阮愉疑惑地被祝伊城带出了餐厅，刚才无声的硝烟立刻散去，天色已经漆黑一片，路灯照亮了整个城市的街道。

阮愉离开祝伊城的钳制，自顾自地朝另一边走去，她皱着眉头往前走，长发因为刚才的挣扎有些乱，祝伊城就跟在她身后。

阮愉看着商场外面大屏幕上又换了新的广告，橱窗内上一季的陈列品已经被撤除，就连坏死了的路边植物都焕然一新，整个世界好像随时都能变幻，所有事物都可以换成新品，可她脑子里的那些陈年烂事却怎么都翻不了篇。

她停下脚步转身，发现祝伊城仍旧在身后距离自己几步开外的地方，他颀长的身材以及那张英俊的脸使得他在人群里异常出众，让她一眼就能认出来。她喜欢着的这个男人，明明才来这里不久，对这里一概未知，却愿意在熙来攘往的路上成为自己的保护伞。

阮愉低头兀自一笑，朝祝伊城走过去，两人面对面，谁也没有先说话，祝伊城伸手捋顺她的长发，才满意地牵住她的手。

"回家吧。"祝伊城说。

阮愉站在门口看着客厅，总觉得家里好像有什么地方不对劲儿，可看来看去也没看出个所以然来，她看祝伊城从卧室拿来干净的浴巾，把她往浴室里推，催促她洗完澡吃饭。进浴室门的时候，阮愉蓦地一个回身，正巧抵着祝伊城的胸膛。

她问他："你就没觉得家里好像有问题？"

祝伊城奇怪地问她："什么问题？"

"我觉得这个家好像被人动过，不像是我早上出去时候的样子。"

祝伊城看了她许久，忽然一笑，大手摸摸她的发顶，安慰道："你可能真的精神太紧张了，进去泡个澡放松放松，我来准备一下晚餐。"

尽管人已经被推进去了，阮愉仍然觉得奇怪，这个公寓的一草一木全部都是她亲手放置摆弄的，刚刚粗粗一眼，直觉告诉她一定出了问题。

阮愉匆匆洗漱完，一打开浴室的门，一阵饭菜香立刻侵蚀了她的鼻子，刚才还想着要好好查看一下，这会儿身体很诚实地朝餐桌走去，眼睛一刻不离地盯着桌面，拿起筷子就要上嘴，再一看祝伊城在厨房里忙里忙外，心里的温暖顿时一阵充实。

祝伊城是个很聪明的人，阮愉上次只在厨房里教过他一次，他就什么都记住了，甚至有些厨房用具买回家后连她自己都不会使用，可祝伊城看了眼说明书就驾轻就熟。

祝伊城从厨房出来看到的便是阮愉狼吞虎咽的样子，像是饿了好几天似的，他过去拿过纸巾替她擦了擦嘴角，有些不忍责备地说："你是不是又一天没有吃东西了？"

"白天的时候不觉得饿，一看到你就饿了，祝先生，你现在知道自己秀色可餐了吧？"她一边往嘴巴里塞食物一边不忘挪揄他，整张嘴巴被塞得鼓鼓的，煞是可爱。

"阮愉，你忘了自己的胃很脆弱吗？你总不好好吃饭，日后会受苦的。"祝伊城不满地皱着眉头，对于阮愉这种不好好吃饭的行为完全不能苟同。

阮愉下意识地回答："不是有你在嘛。"

过了一会儿，她才发现祝伊城一直没有动筷，只是专注地看着她吃饭。她抬起头去看他，见祝伊城眉间有着挥之不去的惆怅，吧唧吧唧不停的嘴节奏不由得慢了下来，她看出他有心事，于是放下筷子，也闷不吭声地看着他。

好一会儿祝伊城才叹了口气，说："我不知道自己能在这里待多久，也许不知道什么时候就回去了，所以你要照顾好自己，好好吃饭好好睡觉，别亏待你自己的身体。"

这话说完，阮愉是真的再也没有胃口了，她凑到祝伊城身边，语气略有些撒娇："你还没有告诉我你是怎么来的这里呢？是不是又遇到了什么危险？你大哥要杀你？还是又有人找你麻烦？"

祝伊城对此一直讳莫如深，但阮愉想想也能知晓在那里他到底又经历了些什么。

"我大哥向我父亲开了枪。"

阮愉眼睛一眨不眨地看着他，脑子里浮现出祝天齐狰狞的脸。

"那你父亲……"

他摇了摇头："父亲没事，我那时想替父亲挡下子弹，没想到同时两声枪响，我大哥开枪的同时，大姐在他背后，抢先一步打中了他。"

阮愉依稀想起祝天媛，身为祝家长女，不管是祝天齐还是祝伊城，两个都是她弟弟，让她对自己的手足下手本就是件难事。

"我来这里之前看到大哥中枪，大约……"后面的话他没再说下去，可两人心知肚明。

祝伊城说得很是轻巧，好像这是一件再普通不过的事情，可即使他不说透，阮愉也能猜到事情的整个经过。她抱住祝伊城，把头靠在他的肩膀上，闷闷地开口，声音很轻，也不知是说给他听还是说给自己听。

"既然在那里过得这样不开心，不如就留在这里，我的胃不能没有你。"

祝伊城闻言忍俊不禁。

"我的身体和我的心，都强烈地表示出想留在你身边的欲望。"阮愉紧接着又说。

祝伊城听过许多的表白，唯有阮愉的听在耳里是这样特别，这样直戳他的心，让他无端地就是觉得放不下她。

"这个时候你不是应该说好，我答应你才对的吗？"阮愉一点也不害臊地盯着他，非亲耳听到他说好为止。

祝伊城果真照着她说的说了一遍，阮愉这才心满意足地舒了口气，从祝伊城肩头离开。

"不过……祝伊城，我们家里是不是白天来了什么不速之客？"

祝伊城无动于衷，假装听不懂的样子："嗯？没有啊，怎么了？"

"茶几摆反了。"阮愉指了指抽屉向外放的茶几，看向祝伊城，"还有，五斗柜上的那束花，我记得已经蔫儿了很久了，这束是你重新买的？"

祝伊城只笑不语，在阮愉的逼视下毫无紧张之色。阮愉是个聪明的姑娘，即使他闭口不言，用不了多久她也能猜到家发生了什么，祝伊城干脆坦白从宽。

他告别顾南回到公寓的时候，发现公寓的门是开着的，里面传来翻箱倒柜的响声，他记得阮愉一贯不会带人回家，也没什么亲近的朋友，而她自己刚驱车离开，里面的人自然不可能是公寓的主人。他立刻想到或许家里进了贼。

祝伊城潜在门口，背贴着墙壁，仔细听着里面的动静，过了一会儿，里面忽然安静下来，他听到有人低低骂了一声，大约是没有找到想要的东西，脚步声猝然响起，祝伊城垂在身侧的手握成了拳头。

说时迟那时快，人一出来，祝伊城猝不及防地上前，一只手钳住那人的手，另一只手快速将他推向墙壁，那人根本不及反应，就已经被祝伊城控制住了。

"你是什么人？为何会在阮愉家里？"祝伊城冷声质问，手上力道半分不减。

那人还想反抗，奈何祝伊城小时候跟着大哥也曾练过一些功夫，控制他实在是手到擒来。那人见一点也挣不动，才开始讨饶："我看这家没关门，就进去看看有没有什么值钱的东西，你看我这不是什么都没偷到就被你抓住了吗？先生你大人有大量，看在我什么都没偷的份上就放过我吧。"

祝伊城压根不相信他的鬼话，也知道这人一定受人之托不可能说实话，于是将人交给了小区保安。回到公寓一看，里头几乎像狂风过境似的，乱得没法看，怕阮愉知晓后担心，干脆收拾好将房间恢复原样，闭口不谈。

没想到还是被阮愉发现了。

阮愉听完，猛地抬头指责："你是不是傻？当时那种情况你就应该躲得远远的，静静地看着他走了就好了，万一他有同伙怎么办？你一个人怎么对付？"

祝伊城像个虚心听取教训的学生，认真地对她点点头："好，下次我一定躲得远远的。"

"还有下次？"阮愉不满地咕哝，然后立刻起身在家里翻翻找找，末了站在卧室门口对祝伊城说，"没有少东西，放在家里的现金和贵重物品都在。"

祝伊城沉吟片刻："看来对方不是为财。"

阮愉眼睛一眯，几乎在一瞬间就明白了。

第二日她早早去到工作室，果不其然，工作室也被人翻得一团乱，可任何贵重物品都没有丢失。这么明显的痕迹，不是陆权又会是谁？

阮愉又去了趟派出所，巧的是上次给自己打电话的那名年轻的警察小顾也在，她询问上次的车祸以及胡志明的事情，被告知即使胡志明不是故意杀人，但肇事逃逸也足以判刑。但是胡志明什么都不肯说，他们用尽了方法也没有办法让他开口，他似乎进来的时候就已经打定了认罪的主意。

"阮小姐，你跟他有没有恩怨？"

阮愉摇摇头："我能见见他吗？"

小顾起初有些为难，但最后还是答应了。

阮愉坐在昏暗的房间里等待胡志明，门开的声音响起，她扭头看向门口，上次在外面虽然看得不那么真切，可仍是一眼就知道是他。

面对面，胡志明耷拉着脑袋不肯说话，看上去就像一个再普通不过的憨厚老人，和杀人犯罪沾不上边。

"听说我发生车祸的肇事司机是你，你在明知道撞了人的情况下肇事逃逸？"阮愉也不拐弯抹角，盯着胡志明说。

胡志明就像个雕塑似的，坐在那里一动不动，像是没听到她的话似的，仍旧耷拉着脑袋。

"你想替人顶罪？也是，肇事逃逸总比故意杀人判得要轻些是吗？"阮愉轻笑，靠着椅背，气定神闲。

"你不肯讲话，是怕一不小心自己就会说漏嘴，还是你觉得总有人会来保释你，你觉得自己在这里待不了多久？"阮愉孜孜不倦地兀自说着，很有耐心地等待他开口。

有些人就算再油盐不进，也会有自己的弱点，这个世界上没有完美的人。

胡志明驼着背，就像个行将就木的老人，明明还没有到年纪，可整个人却形同枯槁。

阮愉不在意地笑笑："看来你还不知道沈建军已经死了吧？"

屋内安静无声，话音一落，坐在对面一动不动一声不吭的胡志明，这个时候忽然有了响动，他的肩膀最先一抖，而后终于，慢慢、慢慢地抬起了头，看向阮愉的眼里有着不可置信。

阮愉终于看清了他的样子，他的左脸上有一道细细的疤痕，整张脸透着青黑，十分凶相，这并不是一张让人看了会觉得舒服的脸。

"他得了重病，死在手术台上。"阮愉看着胡志明说。

胡志明干涸的嘴唇动了动，脸上渐渐浮现出一种痛苦的表情。或许是在这里被关得太久了，他的感官神经变得缓慢而迟钝。

"我问过擅长这种手术的医生，这类手术的成功率高达百分之九十，死在手术台上的概率微乎其微。这其中的猫腻，不用我向你细细说明了吧？"

胡志明的身体似乎开始轻轻地颤动，原本放在腿上的双手也不由自主地抬了上来，手铐将两只手紧紧相连，阮愉的视线从他的双手再转到他的脸上，他的表情终于不再是漠不关心。

"他……走的时候痛苦吗？"胡志明像是已经有许久没有说过话

了，声音低哑得仿佛枯黄草木。

"他是在麻醉中去世的，据他女儿沈念所说，他走的时候表情很平和，应当没有很痛苦。"阮愉照实回答，"沈念已经带着他的骨灰回老家去处理后事了，你不用挂心沈念的安危。"

胡志明点了点头，又低下了头。

"沈建军得病的事你知道的吧？为了治病，他们一家已经山穷水尽了，但是找陆权帮忙却被拒绝，最后的下场你也看到了。你觉得自己的下场会比沈建军要好吗？"

胡志明似乎有所触动，阮愉接着说："为了那样的人搭上自己的人生不值得吧？他能让沈建军无法从手术台上下来，也可以让你无法从这里出去，你的存在从某种意义上来说就是对他最大的威胁，他那样的人，不可能放任威胁留在身边。"

胡志明的手指微微哆嗦着，他垂着眼，平静的脸上那道疤痕显得尤为显眼。阮愉看出他的犹豫不决，心里忽然替他感到悲哀，或许许多人的这一生，该做什么，去向哪里，从来都不由自己选择。

"沈建军手里他认为能换钱的东西，如今在我手里，昨天我的家里和工作的地方都被人翻得乱七八糟，你跟他的身家息息相关，我实在想不出任何他会放过你的理由。"阮愉轻轻拨弄着腕间的手表，静静等待他的答复。

"沈念去找陆权求助的时候，被陆权撵了出来。"她又补充了一句。

胡志明还是没有开口的打算。

阮愉静静等了一会儿，看了看腕间的手表，起身对他说道："既然你这么想待在这儿，那你就待着吧。也是，有些事情只有自己亲眼看到才能相信，别人说的，始终都是添油加醋。你就好好在这儿待着，看看你是出得去还是出不去。"

阮愉说完，转身离开了昏暗的审讯室。外面小顾等在那里，里面所有的声音都能在外面的设备上听得一清二楚，阮愉越过他走向单向玻璃边，看里面的胡志明依旧佝偻着背，可头比刚才更低了，仔细看，像是在哭的样子。

"你刚才说的那些是真的，还是为了激他？"

阮愉面无表情，丢下一句"你说呢"，便离开了派出所。

距离阮愉跟小张约好的时间已经过了将近二十分钟，阮愉急匆匆地赶到约定的露天咖啡馆时小张已经一个人喝下了两杯咖啡，第三杯上来的时候，阮愉稳稳地坐到了她跟前。

小张是个性格直率大大咧咧的姑娘，她并未将阮愉的迟到放在心上，反而开口就兴奋地问："上次的报道你看了吗？怎么样？精不精彩？有不有趣？"

阮愉失笑："陆权就没找你麻烦？"

"找啊，但我们主编顶住了压力，因为那期销量爆棚，主编简直乐开了花。"小张说得绘声绘色，主编那胖乎乎的身影立刻出现在阮愉的脑海里。阮愉跟那个主编打过几次交道，无奈两人气场实在不和，这之后她就只愿跟小张来往了。

毕竟身为一个小报八卦记者，小张有着身为八卦人的节操——不放过任何一条可以制造轰动的八卦新闻。

"那你想不想创造另一个销量爆棚的机会？"阮愉抿了口咖啡，瞄她一眼。

"当然想啊，你这次又盯上了谁了？"小张兴奋地把咖啡杯推向一边，身体几乎要趴到桌上，眼睛笑弯得成一条线，简直像只如饥似渴的狼。

"保证让你全身所有的细胞都沸腾。"阮愉一脸神秘兮兮，把一支录音笔往小张面前一推。

小张听完，果然难掩兴奋之色，可过后她又忽然有了顾虑："这种事情被曝出来真的可以吗？会不会影响到你母亲？"

阮愉一手搭在椅背上，一手摩挲着咖啡杯沿，挑了挑眉："夫妻共患难，说不定他们的感情会更上一层楼。"

小张看着阮愉："你的心还真挺冷的。"

"你以前不是说我的心是石头做的吗？石头的心当然是冷的。"

"阮愉，你跟我说句实话，你做这么多，究竟图什么啊？"

"图善有善报恶有恶报啊。"阮愉答得玩世不恭，表情一脸诚恳，"小张同志，这么好的东西，要不是看在我们关系好的分上，我才不舍得给你，你可得好好把握这个能让你一炮而红的机会。"

小张嗤了一声，默默地喝下第三杯咖啡。

两天后，阮愉又接到了派出所的电话，胡志明要见她。

这是阮愉第三次见胡志明，但每次心境都不太一样，对于这个曾经差点要了自己的命的人，阮愉实在谈不上友善，甚至连同情都吝啬于给。和上次不同的是，这次胡志明没有再像个老头子似的弯着腰，坐得直了一些。

他见到阮愉，点了点头，开口的声音也比上次清亮了不少："你是怎么知道我跟沈建军的关系的？"

阮愉默不作声地把照片从手机里调出来，推到胡志明面前："我在医院的时候无意中看到从沈建军的行李袋里掉出来的这张照片，听沈念说你们是兄弟，关系一定很好吧？"

胡志明看到这张相片，身体开始哆嗦，他颤抖着手指想去碰一碰手机屏幕，可颤颤巍巍着，最后还是克制住了。他的脸上眼里俱是悔恨和痛苦，双手抱头，无声地啜泣。

阮愉吸了吸鼻子，睁大了眼睛看天花板，慢慢舒缓眼里的酸涩。

"我和沈哥认识快有十五个年头了，上一次见面，我们还约好了，等他身体好了，我们就一起回去，好好过活，再也不……没想到，没想到……上次我看到他的时候，见他比以前有精神了，还以为他已经好转了……"

一个大老爷们哽咽起来的确让人动容，阮愉一时无话，从口袋里掏出纸巾递给他。

胡志明一直低着头，不知道是天生不喜欢看着人说话，还是不愿意让人看到他的内心想法，他此时此刻，就像一个被围困在黑暗里的孤寡老人，静默着，就这样好像一生已经过去。

"阮小姐，对不起。"他忽然对阮愉道了声歉，低沉的声音里并不难听出些微的后悔。

阮愉不说话，因为她听到了他这声对不起里包含的意思。

"的确是我开车撞了你，但我没想真的让你出事。陆总说，你是个不懂事的任性孩子，他被你弄得焦头烂额，所以想给你一些教训。开始的时候我真的只想给你一个教训而已，可那天那辆车不知怎的，刹车居然失灵了，快撞上你的时候我看到有个男人冲上去护住了你，我心里一急，掉转了车头，可是已经来不及了。我知道路上都有监控录像，我那个时候……那个时候非常害怕担心，但陆总说你没事，让我近段时间不要出现为好，其他事情他会替我妥善处理，我以为这件事会很快风平浪静……"胡志明的声音渐渐低了。

"你开的那辆车是陆权给的吧？"阮愉沉默间忽然问道。

胡志明点了点头。

"出事之后你的藏身地点，是不是也是他提供的？"

胡志明看着阮愉，迟钝地又点了点头。

"这不是已经再明显不过了吗？出事之后你躲了起来，唯一知道你住处的人只有陆权，警察为什么会这么精准地找到你？这其中你难道一点都没有联想过？"

他的瞳孔难以置信地慢慢地放大，看来到现在，他仍旧相信陆权不会害自己。

阮愉笑了："陆权究竟承诺给你们什么，让你们一个个都这么相信他的人品？沈建军已经死了，而你还在牢里，他有一百种方法给你安上罪名让你永远都出不去。"

胡志明颤抖着嘴唇："真……真的吗？"

"我没有欺骗你的必要。陆权憎恶我，因为我对他的亲生女儿见死不救，我不断地跟踪他，骚扰他，毁他名声，从而对他的事业造成困扰，我毫不怀疑他希望我立刻消失。那辆刹车失灵的车子已经说明了全部的问题。所幸我命大，死不了。可你就不一样了，你跟沈建军关系那么好，应该也知道沈建军以前做过什么吧？这暗无天日的牢狱里，什么事都有可能发生，也许一闭上眼，就再也看不见明天的太阳。你好好想想，陆权值得你为他顶罪做这些事情吗？你也希望你女儿跟沈念一样，因为你的一时贪婪从此过上永无宁日的生活？如果你执意闭口不言，沈建军的昨天就是你的今天，而沈念的今天，就是你女儿的明天。"

阮愉双手撑着桌面起身，话已至此，她认为已经说得足够清楚，她想知道的也都已经知道了。从胡志明口中得知真相，她居然比自己想象的更加平静，大约是早就猜到了结果，所以过程是怎么样变得不那么重要了。

　　她能说的都已经说了，至于他的选择是什么，那是他自己的事情。

　　几个小时后，阮愉收到了两个消息：

　　派出所的小顾来电，说胡志明招了，坦白了所有事情；

　　顾南发来简讯，说关于陆权的一通买凶杀人的丑闻被披露，如今人已经被带进警局。

　　阮愉放下手机的时候，以为心底应该放松高兴些的，可事实上她一点快感都没有。在黑夜里走得多了，突然看到阳光并不那么舒服，她用手捂住自己的眼睛，从交叉的手指缝隙里望着明朗的天，阳光晃得有些刺眼。

　　她沿着来时的路慢慢走回公寓，脑海里想着的是祝伊城的样子，她想着家里有人等待，有人听她诉衷肠，有人愁她独行路，坚硬的心便慢慢地软了起来。

　　路旁的樟树展开茂密的枝叶，她踩着自己的影子，脚步渐渐轻快起来，恨不得下一刻就去到祝伊城的身边。

　　然而到了家，却是另一番景象。

　　电梯打开，公寓门是敞开着的，她走到门边，轻易就察觉到了异样，果然，视线所及之处，竟是林巧萍坐在自家的客厅沙发上，面前茶几上的茶还冒着烟，祝伊城礼貌地坐在另一边，像是在静等她归来。

　　阮愉的火噌地便上来了，冲进去对着林巧萍说："谁让你进来的？你给我出去。"

　　林巧萍二话不说，拿起面前的茶杯就要往阮愉身上泼，祝伊城一个箭步挡在阮愉面前，面色冷淡地说："林女士，如今这个境地，以你和陆权的夫妻关系，恐怕也脱不了干系，不妨还是早些回去想想如何脱身来得更实际一些。"

林巧萍对祝伊城的话充耳不闻，对着阮愉咬牙切齿："阮愉，这种事你也做得出来？什么时候你跟那些狗仔记者一样下三烂了？为了整垮陆权报复我，你真是无所不用其极，你可真是我的好女儿啊！"

阮愉的心忽然之间像被狠狠捅了一刀似的，随即又嘲讽地笑了："对啊，我一贯就是这么下三烂的，你是第一天认识我吗？我为了报复你，什么事都做了，要是还没一点点成绩，岂不是对不起我这种下三烂？女儿？你有把我当过女儿吗？当年跟着别的男人走了女儿说不要就不要了，从你口中说出女儿这两个字，你不觉得羞耻吗？"

"阮愉！"林巧萍气得大叫一声，"那些录音是你交给那个小报记者的是吧？！你交的都是些什么朋友！威胁我们买断那些录音之后，居然还自己拷贝了一份发布在网络上，你们一个个都不觉得可耻吗？"

阮愉听了一怔，随后大笑起来："是吗？她发布之前还讹了你们一笔？应该讹了不少钱吧，否则你不会这么气急败坏！"

"你！"

"你们做了那么多见不得人的勾当都没有觉得可耻，我一个行得正坐得直的人怎么会觉得可耻呢？林女士，你也太看得起我了。"阮愉说这番话的时候简直大快人心，看着她母亲气得脸色煞白的样子，她心里居然浮现出一股快意。

不错，就是快意！是憋了这么久的，替她父亲感到不值的那种快意。

林巧萍面红耳赤，心口像是有一腔愤怒无处发泄。阮愉越是拿话激她，她越是觉得胸口局促得仿佛呼吸都略显困难。所谓母女连心，本该是这世上最亲密的两个人，却成了互看生厌，彼此算计的两个人。

祝伊城的身上还在滴着刚才林巧萍泼来的热茶，他的身体仍挡在阮愉面前，却分明看到了这个逞强的女人眼里极力想掩饰的脆弱。

林巧萍走了之后，阮愉一直维持着刚才的动作，她的眼神渐渐变得有些呆滞，双脚像被钉在地上，身体僵硬得仿佛身在零下三十度的寒冰里无法动弹。阳光正好，可这一场由她一手主导的巨变却成了她心里不断扩大的黑洞，这样的较量本身就力量悬殊，她杀敌一千自损八百，可在祝伊城眼里，却是两败俱伤的决绝。

他抱住阮愉，双手圈住她的身体，让她紧紧贴着自己的身体，她的手冷得不正常，仿佛一个失语者一般，在一瞬间丧失了说话的能力。

慢慢地，祝伊城感觉腰间一紧，她也回抱住他，肩膀在他怀里一上一下地哆嗦着，她靠在他的肩上，无声地哭泣。眼泪止不住地流，可连阮愉自己都不知道，她的眼泪究竟为何而流。

他心疼地把她搂得更紧，他怀里的这个姑娘，孤独地逞强了这么多年，就像一个走钢丝的盲人，每时每刻都提着心，不管最后的结果如何，哪一个都不是她想要的。她这样矛盾，可即使怀有这样矛盾的心，目标却仍旧一如既往的明确。

这之后，阮愉就把自己关在了卧室里，祝伊城在门外守着，他倒不担心阮愉会胡思乱想钻牛角尖，既然她当初做了这个决定，就表示后来发生的事情都在她的预料之中。

她只不过是想，一个人等待最后的结果。

事发之后，陆权被迅速拘留调查，网友们更是厉害，几乎把他族谱上上下下都扒了出来，到了最后，网络八卦已经流向一个无法控制的方向。有人扒出检举陆权的正是他的继女阮愉，于是阮愉一下子出名，公寓楼下围了不少蹲点的记者和看热闹的吃瓜群众，关于陆权和林巧萍，阮愉以及阮愉的父亲，四个人之间的恩恩怨怨，就像是被拉开帷幕的戏剧一般，彻底大白于天下。

顾南曾急匆匆地来看过她几次，但见阮愉依旧我行我素，并未被外界任何声音干扰，提着的心也才放下。也是，阮愉一贯都是不在乎旁人看法的人，她的这种不在乎并不是矫情着仅限于口头，她是真的不在乎，她是那种哪怕被人指着鼻子当街骂也可以脸上毫不变色并且耐心地听对方骂完的人。所以像她这样的，大概就是讨厌的会更加讨厌，喜欢的会更加喜欢吧。

而祝伊城的表现，比顾南想象的更加淡然，顾南没想到祝伊城会把阮愉照顾得这么好，甚至控制好了她的饮食规律。在阮愉不出门的这半个月里，她一日三餐比过去十几年吃得都要按时、都要仔细，以前总是冷着的一张脸，也渐渐地有了些烟火气。

顾南忽然之间就明白了自己跟祝伊城之间的差距，或许他曾对阮愉有好感，可那种暧昧不明的喜欢，终究也敌不过祝伊城这样悉心的陪伴。但不管怎样，看到执拗的阮愉终于慢慢地走向柔和，作为朋友，他心里着实为她感到高兴。

阮愉再见到林巧萍已经是那之后的二十多天了，并且是在电视上。

陆权的谋杀罪名因为证据确凿，且在有人证的情况下，已经无法轻易翻案，但他一口咬定所做的事情和林巧萍无关，林巧萍对这些事也一概不知，与她彻底划清了界限。那天林巧萍去拘留所看望陆权，出来的时候就被大批记者围堵，阮愉看到电视画面上的这个她该称之为母亲的人，一脸的惨白，往日的神采早已不在，林巧萍艰难地在围堵人群中往外挪，眼里有着老态的恐慌。

那一瞬间，阮愉才忽然发现，哦，原来过了这么多年，她的母亲也已经老了啊。

"你该去看看她。"祝伊城的声音在这个时候响起，她抬头与他对视，随即便移开了视线。

"无话可说，只会徒增尴尬。"阮愉把一根吸管塞进嘴里，却好像突然之间忘了怎么吸，动作停滞地又看向了电视机屏幕。

阮愉还是去看她了。

就在那幢过去看上去过于奢华，而此时看上去又有些寂寥的大房子里，她的母亲一个人坐在客厅宽大的沙发上。阮愉从前没觉得这里竟然会这样大，大到她看到林巧萍独自坐在那里的时候会无端地觉得内心像一片沙漠似的，荒芜无边。

人的心本来就是一片巨大干涸的沙漠，需要足够的水分滋养才能生存。

林巧萍没有抬头，却知道来者是谁。她坐在那里，阮愉站在门口，保持着不长不短，却对彼此来说都算安全的距离。

林巧萍喃喃似的自言自语："你身边的那个男人早就警告过我，我却偏偏太过自信，他说得没错，我太不了解你，也一步步把你推进无法回头的死胡同。"

是祝伊城吗？

"你父亲是个好人，不管是在婚姻之内还是婚姻之外，他都是一个十足的好人。那个时候陆权失手杀了人，而我在现场，当时我有孕在身，想着法律对孕妇没有那么无情，便想去替陆权坐牢。你父亲赶到后以为是我错手杀人，是你父亲怜惜我，即使与我早已没有夫妻关系，仍然担心我怀着孕的身体，替我顶了这罪。那个时候我太自私，想着肚子里的孩子，想着陆权的安危，生生把要说出口的真相吞了回去。这些年你一直纠缠着这件事不放，我又何尝真的忘记了，可他的死……

他的死真的是一个意外，我不知道的，我当时不知道的……"林巧萍的声音微微透着哽咽，她抬手捂住脸，不知是后悔还是忏悔。

"你到现在还认为我父亲的死是意外吗？那是谋杀，是实实在在，证据确凿的谋杀，甚至他买凶的那个人也死在了陆权安排的手术台上！他为了永远埋葬自己杀了人的事实，不惜害死我父亲！"阮愉冷硬地看着她说道。事已至此，她没想到自己居然能这么冷静地说出这些。

林巧萍掩埋在双手下的脸低低低哭泣起来。

阮愉握紧拳头，紧了紧喉咙，问道："那我呢？那起车祸你真的事先一点都不知道吗？即使事后知道了，你在陆权面前，也装着什么都不知道，对吧？"

林巧萍的沉默对阮愉来说实在过于残忍，阮愉居然笑了。

"我是你的女儿啊！我是你身上掉下来的一块肉啊，天底下为什么会有你这样的母亲？！因为我不是你和陆权所生，所以我就该比你那个去世了的小女儿卑贱是吗？在你眼里，我就是一个不小心多出来的生命是吗？"

林巧萍的痛苦和阮愉的愤怒，像是两个平行的世界。

阮愉紧紧握成拳头的手，渐渐地松了，一直卡在心里的那根刺，终于开始慢慢地脱落了。有些伤会随着时间渐渐愈合，但有些疤只能采取强制手段方能脱落。

"这就是你当年离开我父亲的原因。因为爱情吗？你这是什么狗屁爱情，你的爱情就是踩着别人的尸体实现的吗？林巧萍，你和你这种扭曲的爱情，真该一起去精神病医院看看！"阮愉尖锐的声音响彻在偌大的客厅内。

然后阮愉走了，她越走越快，脚步越走越急，身后的大房子渐渐地变小，她像是在逃离某一种可怕的东西一般，一刻都不想在那里多停留。她知道她应该迅速地离开这个地方，直到气喘吁吁，直到她回头再也看不到那座房子甚至那片小区，她才恍然地停下来，一摸自己的脸，湿湿的一片。

这个繁华的城市，每天都在千变万化，来来往往的人，多到无法数清的车辆，以及再也不能带给她的安全感。她苦苦追踪的故事，结局却是这样的。祝伊城说得没错，她根本就是在用自己的肉体去撬开紧闭的铁门，一遍一遍地撞，最后门撞开了，她也遍体鳞伤。

热泪在眼眶里打转，阮愉努力想把这些没出息的眼泪都憋回去，可是旧时往事，如电影一般开始在她脑海里从头到尾地播放，她无法控制汹涌而来的情绪，眼泪不断地往下流，不断地打湿她的心。

一个人孤零零地站在街道上，她才忽然意识到自己的孤独。

她突然想到了什么，发疯似的跑回了家，上气不接下气地打开公寓门，冲进屋内。

正在研究菜谱的祝伊城直起身子，看到这样的阮愉，眼里闪过一丝疼惜，却没有多大的意外。

她疾步走到他身边，二话不说地紧紧抱住他。她脸上的泪水还未干，身体还在颤抖，像个溺水者一般死死地抓着他不放。

"祝伊城，你不会离开的，是吗？"她的哭腔第一次这么清楚地传进他耳里。

祝伊城温柔地拭去她脸上的泪，低头在她唇上印下一个吻。

这个吻对阮愉来说有着某种安抚似的魔力，她渐渐止住了抽噎，可手还是死死地紧拽着他的衣服不放。

"你上次不是说，你的心和你的身体都控制不住想待在我身边的欲望吗？"

阮愉这时候像个乖巧的孩子似的懵懵懂懂地点点头。

"我也是。"

阮愉呆呆地看着他。

"或许下一刻我就有可能回去，或许是明天，也或许是明年，但在这里的每一分每一秒，我都只想和你在一起。"

阮愉的心突突地跳起来，祝伊城英俊的脸在眼眶蓄满泪时变得渐渐模糊。

阮愉，我想和你在一起，在我们可以拥有的时间里。

我也是。

番外
后 来 的 他 们

　　这一年的雪来得有些猝不及防，阮愉只记得前几天还艳阳高照，今天早晨一起来伸手拉开窗帘，雪白的城市映入眼帘。

　　雪仍在下，过了一个夜晚似乎仍没有停歇的意思。

　　距祝伊城离开已经过了将近两个月，这两个月让阮愉真真切切感受到了什么叫度日如年，衣柜里还挂着他平常穿的衣服，可床的另一边却空荡荡的。

　　电话铃声忽然响起来，她瞥了眼来电显示，兴致缺缺。

　　可电话铃声一直没有停歇的意思，能这么不厌其烦地一个接着一个地打的，恐怕也只有顾南，他的耐心总是要比她好上那么一点点。

　　"你看谁像你这样，春节还一个人待着，走，我陪你去看看你妈。"电话里顾南的声音有恨铁不成钢的意思。

　　阮愉的注意力总算从空着的半张床中拉回来，咧嘴一笑："大过年的让我去看她，不是找她晦气吗？你该干吗干吗，不用理我。"

"他还没回来？阮愉，你实话实说，他究竟干什么去了？我总觉得你们俩之间神神道道的，该不会他已经结婚了吧？"

"我是这么没有是非观念的人？"她反问道。

顾南忽然间诡异地沉默了，像是真的在思考阮愉是否有是非观这个东西。

阮愉立刻心领神会，干笑一声，毫不犹豫地挂断电话。

窗外的雪还在下，这个春节，和以往并没有什么不同，她草草收拾好，徒步前往画室，一夜的积雪厚得几乎能没过她的脚踝，明明不远的距离，却硬生生耗了她半个小时之久。

开了壁炉，室内一下子暖和起来，她走进作画室，里面摆满了大大小小这段时间以来祝伊城完成的没完成的画作，每一幅她都如数家珍。这个画室里到处都是祝伊城的气息，如今却空荡荡的，只有她自己一个人。

生日那次，他为她作的那幅巨大的画像被放在了最显眼的位置，阮愉每次都能看上好久，好像怎么看都不会厌，有一次祝伊城在她身边打趣："我觉得我可能还没这幅画在你心里的地位高。"

"怎么会，这是你画的呀。"

因为是你画的，才变成了我眼里的珍宝啊。

她从来没有想过，从学生时代起心心念念敬仰着的人，有一天真的会从画里走到自己身边，这样的缘分夹杂着许多捉摸不透的诡异，也让她更加珍惜和他在一起的时光。

他说过，他在这里的每一秒都不想被浪费。

她又何尝不是呢。

到了下午的时候，雪下得更为猛烈，暴风雪突然席卷了这个南方城市，手机信号非常不稳定，顾南几次尝试联系到她均以失败告终。

气象预报多次提醒，未来二十四小时将出现大到暴雪，阮愉做完整个画室的防护工作，开门准备离开时，天色已经暗了下来，路上几乎没有行人，只有两三辆车被卡在路中央的雪地里，车主已然放弃。

积雪比她出门的时候更厚了，路走得异常艰辛，阮愉突然有点后悔为什么要在这样恶劣的天气出门，然后把责任都归咎于祝伊城。

还不是因为太想他！

她一边艰难地在雪地里行走，一边在心里数落着，想着等他回来，一定要把他和自己关在一起三天三夜，直到两个人互看生厌为止。

风雪打在脸上十分疼，阮愉的脸早已被冻僵，走过一个十字路口的时候，因为积雪盖住了原来的台阶，她一个不慎，膝盖一软，生生扑到了地上。

平时人来人往的路上，此时没有半个人影，雪很快渗进阮愉的膝盖，冰冷刺骨，明明本应该是阖家团圆的春节，怎么偏偏就只有她形单影只地在这儿跟风雪搏斗？脸上忽然湿湿的，她抬手随意一抹，扒拉着站起来的时候才发现双腿已经冻僵了，完全使不上力来，她突然有些赌气地砸了自己一拳。

祝伊城带给她的不只是爱，还有这些愚蠢的软弱和挂念。

正想着，忽然有人靠近，阮愉下意识地抬头去看，身体在这一瞬间腾空，整个人落进了一个温暖的怀抱。

她对上他黑亮的眼，熟悉的眼里全是隐忍的责备和心疼。

委屈一下子涌上心头，眼泪猝不及防地夺眶而出，那种以为再也无法相见的恐惧在这一刻终于决堤。

祝伊城收拢臂膀，快步朝屋檐底下走去，积雪很厚，阮愉刚才走得很是艰难，可他脚下步伐稳健飞快，与她刚才的窘境大不相同。尽管路途难走，可她在他怀里异常安稳，他的气息拂过脸颊，她才敢确信，他回来了。

他以最快的速度到家，抬腿合上房门，还未等阮愉平息下来，吻铺天盖地而来，一改往日的儒雅内敛，像要将她吞没一般。这个吻又急又躁，隐隐却又带着点惩罚的意味。阮愉被他吻得有些喘不过气，可他霸道地把她钳在怀里，两人紧紧相贴，他的心跳穿越身体与她交融，相隔八十几年的岁月，灵魂却从未有过的契合。

"那边的事……处理得怎么样了？"阮愉的声音有些喑哑，不知是刚才淋了雪感冒的缘故，还是因为这一个吻让她气息不稳。

祝伊城弯着腰，双手搂着她，吻从嘴唇蔓延至耳垂，而后轻轻一咬，缱绻中仿佛听到他轻叹一声。

"怎么还是不会好好照顾自己？这么大的风雪还敢一个人在路上乱跑，感冒了怎么办？出事了怎么办？摔倒了不知道爬起来吗？膝盖该冻伤了吧？"他说着就蹲下去，卷起阮愉单薄的裤脚，只见白皙的膝盖处一片通红，眉头微微一拧，貌似在生气。

可阮愉才不怕他，昂了昂头，赌气地回他："谁让你不在。"说得这么理所当然，好像从前没有遇见祝伊城的日子都白活了似的。

祝伊城把她抱起来小心地安置在沙发上，细心地拿热毛巾为她敷膝盖，对上她好奇的视线，胸闷悉数消散，伸手戳了戳她的额头，说："不要用这么幽怨的眼神看我，我不是回来了吗？"

"你还会走吗？"阮愉下意识地问。可她又怎能不知，这个问题他们两人谁都无法回答。

他能来这里，本身就是奇迹，她该满足了不是吗？

他的脸色微微一沉，面上始终挂着笑，长臂一伸，将她揽进怀里："或许你并不喜欢这样的不安定？"

她在他怀里头摇得跟拨浪鼓似的："不，我喜欢你。"

表白的话出口得太快，以至于连她自己都还没反应过来，就见他的笑意忽然一变。

阮愉勇敢地仰头盯着他看，当然不会后悔自己脱口的喜欢二字，在他不在的这些日子，这是她最想对他说出口的话，她喜欢他，比自己以为的更加喜欢。

祝伊城抱紧她，下巴抵着她的额头，低低说道："大姐那颗子弹正中要害，大哥抢救无效去世了。父亲深受打击，一病不起，我回去的时候见到他最后一面，他终于可以了却心愿，和我母亲一同长眠。家里的生意都落到了大姐一个人身上，幸好大姐生性要强，能力又出众，总算稳定了局势。但是……"他停了停，眼里出现一种阮愉从未见过的悲戚，"日本人打来了，他们进了祝公馆，傅九带着大姐提前逃亡上海，房子里一无所有，他们就那样把它炸掉了。"

那个时代，所有的风云变幻只是一刹那的事情，两个月，能改变的太多太多了。

阮愉握住祝伊城冰凉的手，捂在自己怀里，每一次他来到她身边，都是用生命在做筹码。

两个人紧紧依偎在一起，十指紧扣。突然，她感觉中指一凉，一枚精巧的戒指套了上去，他抬起她的手仔细看，对自己的眼光甚是满意。

"我特意找人设计制作的，希望你会喜欢。"

"祝伊城，不能轻易送女人戒指这个道理你不懂吗？很容易让人误会。"阮愉的脸不自觉地发烫，细细看中指的这枚戒指，尽管没有钻石，她还是一眼就喜欢上了它。

戒指并不是重点，送戒指的那个人才是重点。

"那就误会吧，最好是误会一辈子。"他举起她的手在唇边轻轻一吻。

阮愉气得从他怀里弹开："祝伊城，在我们这里，求婚是一件很浪漫的事情，怎么到了你这里就变成了一件这么无趣的事！"

他无辜地看着她，无动于衷，只是笑。

"但是，我喜欢你这么无趣。"遇见他之后，她变得一点原则都没有。

十二点的钟声敲响，外面的鞭炮声此起彼伏，烟花在夜空中绚丽地绽放。

"新年了呢。"阮愉怔怔地看向窗外五彩的烟花，转眼间，一年就这样过去了。

"以后的每一个新年，我都只想跟你一起过。"他凑上去吻住她。

"君子一言，驷马难追哦。"

夜正浓，情已乱。

扫一扫看更多图书番外，作者专访

【官方 QQ 群：555047509 】

每周丰富多彩的群活动，好礼不停送！
作者编辑齐驾到，访谈八卦聊不停！